We moeten je iets vertellen

Van Marion Pauw verscheen eveneens
bij Ambo|Anthos *uitgevers*

Drift
Daglicht
Zondaarskind
Jetset
Gulzig
De wilden
Hemelen

In samenwerking met de Stichting CPNB ter ere van
Juni – Maand van het Spannende Boek verscheen

Grijs gebied

Marion Pauw

We moeten je iets vertellen

Ambo|Anthos
Amsterdam

FSC
www.fsc.org
MIX
Papier van verantwoorde herkomst
FSC® C014496

Eerste druk 2015
Vijfde druk 2016

ISBN 978 90 263 3412 2

Omslagontwerp Roald Triebels, Amsterdam
Omslagillustratie © Giancarlo Melis
Foto auteur © Nick van Ormondt

Verspreiding voor België:
Veen Bosch & Keuning uitgevers nv, Antwerpen

Voor papa & mama,
Dank jullie wel voor jullie
onvoorwaardelijke steun
en liefde. En zelf geteelde groente,
dat ook.
Ik hou van jullie.

I

Een echte schrijver herken je aan de opening. Die briljante eerste zin die intrigeert, vragen oproept, en bij voorkeur een voorspellende waarde heeft voor de rest van het boek. Een klassiek voorbeeld is '*Call me Ishmael*', uit *Moby-Dick*. Je vraagt je meteen af of Ishmael de echte naam is van het personage en waarom hij dit zo nadrukkelijk zegt. Of wat dacht je van '*All happy families are alike; each unhappy family is unhappy in its own way*' van Tolstoj? Duidelijk is dat je als lezer een smeuïg familiedrama te wachten staat. Nog een: '*Ik heb vader naar boven gedaan*' van Gerbrand Bakker. De onderdrukte haat spat ervan af.

Op een bekoorlijke eerste zin kun je als lezer bladzijden lang teren. Bovendien beslissen lezers veelal op basis van de eerste zin of zij een boek wel of niet zullen kopen. Daarom zal een schrijver hier bovengemiddeld lang over nadenken. Hij zal wikken en wegen, schrijven en schrappen, knippen en plakken, net zo lang tot hij een opening heeft geformuleerd die binnenkomt als de duivel op het Haagsch debutantenbal.

Na dit betoog moet ik zelf natuurlijk met iets heel goeds komen, en ik zal het je meteen maar vertellen: dat gaat niet gebeuren. Ik ga niet eens proberen om literair verantwoord te zijn; ik vertel het gewoon hoe het is, inclusief alle foeilelijke clichés en melodramatische toestanden. Weet je waarom? Als je lijdt met een hoofdletter L, als je nog net niet suïcidaal bent maar wel uitgebreid fantaseert over wie er allemaal zullen huilen op je begrafenis, dan is alles nou eenmaal één groot cliché. Daar kan ik ook niets aan doen. Dus als we kunnen afspreken dat ik alles, maar dan ook alles aan je vertel, wil jij dan zo vriendelijk zijn om mijn gebrek aan briljante metaforen, ingewikkelde symboliek en schurende zinnen door de vingers te zien? Ja?* Dank je, dan kunnen we nu beginnen:

Ken je dat moment waarop je wakker wordt en nog helemaal blanco bent? Dat het heel even lijkt of alles oké is?

Dat moment dus. Dat fucking cliché van een fucking moment dat je alleen kunt kennen als je ooit in een volstrekte kutsituatie hebt gezeten. Het zijn een paar seconden van volmaakte vrede, en dan word je om de oren geslagen met alle nare dingen waaraan je nooit meer had willen denken.

Zo begint mijn dag. Nadat ik even heb gezweefd in zalige onwetendheid, word ik me bewust van een doffe pijn in m'n onderbuik. Een naar, jankerig gevoel, alsof ik heel zwaar ongesteld ben. Ik voel het dikke maandverband tussen mijn benen. Het zit aan mijn kruis vastgeplakt. Buikpijn en maandverband. Ik constateer beide zaken, maar voel nog niets. Mijn hersenen zoeken naarstig naar het juiste verhaal. Nog een paar seconden luchtledigheid en dan gebeurt het: alles komt weer keihard binnen.

Het is zeven uur 's ochtends. Waarom ben ik zo achterlijk

* Ik wilde hier daadwerkelijk een leesovereenkomst laten opnemen waarin we dit plechtig aan elkaar zouden beloven. Maar dat mocht niet van Harold, mijn uitgever.

vroeg wakker, juist nu ieder uur dat ik niet bewust hoef mee te maken welkom is? Als ik mijn ogen maar dicht houd. Misschien dat ik dan vanzelf weer wegzak. Maar mijn hoofd laat zich niet meer uitzetten. De ene kutgedachte na de andere. Ik pak mijn telefoon om te kijken of Michiel zo goed is geweest me een bericht te sturen.

Schatje, ik vind het zo erg.

En vijf minuten later, zo lang had hij blijkbaar nodig om dit te bedenken:

Wou dat ik bij je kon zijn.

Ik zou me nu misschien beter moeten voelen, maar dat is niet zo. Het lijkt wel of zijn woorden de pijn alleen maar erger maken.

Dat kun je wel zeggen, maar ondertussen bén je er niet, Michiel.

Ik leg de telefoon weer op het nachtkastje en doe mijn ogen dicht. Ik moet proberen nog wat te slapen. Dat is het beste. Maar het lukt niet. Mijn hoofd laat zich niet het zwijgen opleggen, zelfs niet als ik ademhalingsoefeningen doe die ik ooit uit een boek over mindfulness heb geleerd. Nooit uitgelezen trouwens, dat boek.

Even later pak ik mijn telefoon maar weer, om uit pure ellende op Facebook te kijken naar spiritueel bedoelde tegeltjeswijsheden, updates over katten, honden en kinderen, en foto's die bedoeld zijn om populariteit en succes te benadrukken. Overigens gebeurt er bijna nooit iets interessants. Toch vind ik het nodig om dagelijks mijn hersenen te verontreinigen met hele lappen non-informatie, al dan niet met storende spelfouten erin. Vooral mensen die in het Engels menen te moeten schrijven en dan fouten maken: be-la-che-lijk. Zo zie ik nu dat een of ander vrouwtje met een vierkante bril '*I am a survivalor*' heeft geschreven. Of van die mensen die dingen posten als '*Live your dreams*' en die dan zelf verzekeringstussenpersoon blijken te zijn. Ik wil niet zeggen dat je er niet van kunt dromen om verzekeringstussenpersoon te zijn. Of ja, eigenlijk wil ik dat wel. Niemand wil écht verzekeringstussenpersoon worden, dat word je gewoon omdat je echt niets anders kunt bedenken, toch?

Je moet ook niet met je telefoon op je nachtkastje slapen. Dat is algemeen bekend. Ik heb weleens een tijdje mijn telefoon in de woonkamer gelaten 's nachts. Maar dan werd ik alsnog wakker en moest ik opstaan om te kijken of er nog nutteloos nieuws was. En dat was nóg slechter voor mijn nachtrust.

Dan zijn er nog de kansloze berichten van kansloze mannen. Mannen van wie je het vriendschapsverzoek hebt geaccepteerd omdat je dat nou eenmaal van iedereen doet, omdat je nooit weet wie een potentiële lezer is, en die dan 'hoi' naar je sturen. Of: *Lekker geslapen, Kathelijne?* Of: *Je ziet er goed uit.*

Als ik mijn telefoon terugleg op het nachtkastje, zie ik mijn notitieblokje liggen. Dit ligt altijd naast het bed, voor het geval ik 's nachts een geniale ingeving krijg, wat eigenlijk nooit gebeurt, maar je weet maar nooit. Er staat iets geschreven. Ik pak het blok op en bekijk het wat beter.

We moeten je iets vertellen.

Het is mijn handschrift. Tenminste, het lijkt op de manier waarop ik schrijf als ik gehaast ben. Wat ik eigenlijk altijd ben, maar dat komt vooral omdat ik niet meer het geduld heb om met de hand te schrijven.

Ik vraag me af wanneer ik dit heb geschreven. En waarom? Het zegt me werkelijk helemaal niets.

Mijn telefoon trilt even.

Schatje, ben je al wakker? vraagt Michiel per app.

Ja, antwoord ik. *Jammer genoeg wel.*

2

Bescheidenheid siert een mens NIET. Is het niet verschrikkelijk burgerlijk om wanneer iemand je een compliment geeft, je ogen neer te slaan en te zeggen: 'Nou dat valt wel mee, hoor.' Of: 'Het was in de uitverkoop.' Ik kijk mensen recht aan en zeg 'dank je wel'. Ik doe dat omdat ik het volste recht heb op alle lof, liefde en lust van de wereld. Tenminste, dat houd ik mezelf iedere dag opnieuw voor, met wisselend succes.

Maar soms zijn er dagen dat je in de spiegel kijkt en oprecht meent dat je mooi en bijzonder bent. Een gevoel dat van binnenuit komt en niet omdat je nou eenmaal veel zelfhulpboeken hebt gelezen. Het gebeurde me een paar avonden geleden. Ik was thuisgekomen van een etentje met vriendinnen waarbij weer eens duidelijk was geworden dat niemand nog zin had om naar mijn verhalen over Michiel te luisteren. De eerste maanden hadden ze ervan gesmuld, nu keken ze me meewarig aan en zeiden: 'Echt, Kathelijne, het wordt tijd om te stoppen.' Of ze speelden in op mijn wankele gemoedstoestand: 'Jij verdient toch meer dan dit?' Dus begon ik er zelf maar niet meer over. En zij vroegen er niet meer naar. Ja, hooguit voor de vorm, maar ik voelde dat het niet de bedoeling was dat ik meer dan twee zinnen aan het onderwerp zou wijden.

Ik had de hele avond over voor mij oninteressante onderwerpen gepraat, omdat nu eenmaal niets anders dan Michiel me nog kon boeien. Ondertussen had ik om de vijf minuten onder de tafel op mijn telefoon gekeken of hij nog had geappt. Dat was niet het geval. Ik las mijn laatste appje aan hem nog een keer. Het was verzonden om negen uur 's ochtends. *Ik heb zin in je.* Michiel had het gelezen, dat zag ik aan de blauwe vinkjes, maar hij had het niet nodig gevonden om te antwoorden.

Ik las onze gesprekken van de afgelopen week nog eens door. Enorme groene tekstblokken, met hier en daar een witje tussendoor van hem. *Het is voor mij ook niet makkelijk*, was het laatste wat hij me had geschreven. Alweer vierentwintig uur geleden. Ik gaf niet graag toe dat ik me behoorlijk desperado begon te voelen. Ik, dé Kathelijne Hasselaar. (Vroeger heette ik Ruth, maar daarover later meer.) Had Michiel ook maar enig idee hoeveel mannen mij wél wilden? (Eerlijk gezegd weet ik dit zelf ook niet helemaal, maar laten we ervan uitgaan dat het er veel zijn als je er geen kwalitatieve criteria op loslaat, goed?)

Ik was met een smoesje om elf uur naar huis gegaan. Ik had gezegd dat ik moe was. Het verbaasde mijn vriendinnen al lang niet meer dat ik geen zin had om mee te gaan stappen. En als ik al meeging, was dat alleen maar om iemand te vinden die me uit mijn lijden zou verlossen. Soms ontmoette ik die ook. Dacht ik. Maar verlichting brachten ze nooit.

Ik kwam die avond thuis, kleedde me uit en bekeek mezelf in de spiegel. Dat doe ik vaak. Obsessief vaak, als ik eerlijk ben. Dan kijk ik naar mijn gestroomlijnde lichaam en vraag me af waarom het nog steeds niet genoeg was. Wat als mijn armen net iets gespierder zouden zijn, mijn billen wat groter, mijn buik nóg strakker? Zou dan...?

Die avond zag ik iets wat dieper ging dan de oppervlakkige perfectie. Er straalde iets van binnenuit. Een kwetsbare, tedere schoonheid.* Ik keek lang naar mezelf, gezien dit soort momenten normaliter alleen voorkomen als ik drugs heb gebruikt. Ik voelde me bijzonder. Een zeldzaam wezen dat beschermd en gekoesterd moest worden. Ik geloof zelfs dat ik even van mezelf hield en ik viel zowaar vredig in slaap, mijn eigen armen om mezelf heen geslagen.

Wist ik veel, op dat moment.

De volgende ochtend werd ik wakker met gespannen aanvoelende borsten. Toen ik in de spiegel keek, leek het of ze een cupmaat waren gegroeid en mijn tepels zich iets meer hadden opgericht. Ik overwoog om een naaktselfie te maken en die aan Michiel te sturen. Pas toen realiseerde ik me dat ik zeker een week geleden ongesteld had moeten worden. En ik wist het meteen. Ik wist gewoon dat ik zwanger was.

Ik twijfelde of ik Michiel moest inlichten. Het was vrijdagochtend en hij had al gezegd dat hij me die dag zou proberen te bellen, maar dat hij het heel druk had. Laatste dag voor de vakantie, honderdduizend afspraken. Hij had het gebracht op een toon alsof ik meteen moest snappen waar het over ging, maar ik kon hem alleen maar verbijsterd aankijken en me afvragen waarom het opeens zo ingewikkeld lag. Ik zou andersom altijd tijd voor hem maken. Al had ik natuurlijk geen honderdduizend afspraken. Ik had alleen mijn beeldscherm dat me de hele dag verwijtend aanstaarde. Zo van: schrijf je nog wat of niet?

Ik dacht aan het begin van onze affaire. Ook toen had hij veel

* Ik begrijp dat dit nogal narcistisch overkomt. Harold vond het ook een beetje stom, al heeft hij het niet zo gezegd, maar ik meende het aan zijn minzame gezichtsuitdrukking te zien.

afspraken. Als je hem vroeg hoe het met hem ging, dan zei hij altijd 'druk', en daarmee bedoelde hij 'goed'. Toch had hij het toen nooit te druk om mij te appen. Sterker nog, hij appte als hij met een stijve in een vergadering zat. Hij appte als hij 's nachts naar de wc was geslopen terwijl zijn vrouw lag te slapen. Of tijdens de balletvoorstelling van zijn dochter.

Als ik hem zou bellen met de mededeling dat ik een zwangerschapstest ging doen, had ik in ieder geval zijn aandacht. Ik voelde even een spoortje triomf, maar bedacht meteen hoe ziek dat was en besloot daarom om nog niets te zeggen.

Ik trok een smoezelige joggingbroek en een oude, vale trui aan om mijn ellendige toestand te onderstrepen, en ging met ongepoetste tanden en ontploft haar naar de drogist om een zwangerschapstest te halen. Pas toen ik buiten was, realiseerde ik me dat ik geen jas had aangetrokken. Omdat ik geen zin had om terug de trap op te lopen en omdat de drogist om de hoek zat, ging ik maar door de winterkou.

Bij het afrekenen vroeg ik me af wat het kassameisje dacht. Dat ik hoopte dat de test positief zou uitpakken? Of juist negatief? Beide opties hadden iets wanhopigs. Ik denk niet dat er vrouwen zijn die het niets kan schelen of ze wel of niet zwanger zijn. 'Wilt u wel of niet een baby?' 'Nou, doe maar waar jíj zin in hebt.' Ik zag haar heus wel naar me loeren. Dezelfde manier waarop ze naar je kijken als je condooms afrekent. Al was er ook nog de mogelijkheid dat ze me herkende, al leek ze me niet een meisje dat boeken las.

Ze vroeg of ik een tasje wilde. Ik zei nee en stopte de test in mijn handtas. Ik heb een belachelijk dure handtas gekregen van Michiel toen hij nog moeite deed om indruk op mij te maken. Ik denk dat het best raar stond, die Chanel-tas in combinatie met die joggingbroek met vlekken, die gare trui, geen jas en dan die zwangerschapstest.

Ik woon heel leuk, midden in de Jordaan, de plek waar iedereen wil wonen. Net als alle andere buurtbewoners, die net als ik voornamelijk afkomstig zijn uit onbetekenende dorpen, doe ik daar graag snobistisch over. Ik heb een fijn appartement op de eerste verdieping met aan de straat een voordeur die ik deel met de bewoners van de tweede. Er is één slaapkamer, een woonkamer van zo'n veertig vierkante meter en een kleine keuken. Iedereen die binnenkomt vindt het leuk, niet omdat ik zelf smaak heb, maar omdat Mirjam, die wél smaak heeft, me heeft geholpen met inrichten.

Ik liep snel naar huis, nog sneller dan op de heenweg, rende de trap op, ging linea recta door naar de wc en trok mijn broek naar beneden. Ik had kippenvel op mijn benen. Zittend op de pot opende ik de verpakking van de zwangerschapstest, haalde diep adem en plaste over het staafje heen.

Daarna bleef ik maar zitten, starend naar dat stomme ding. Toen het plusje na een kleine minuut tevoorschijn kwam, nog feller blauw dan op de verpakking, bleef ik nog steeds zitten.

Ik kan niet eens meer terughalen wat ik voelde. Was het verbijstering? Het enige wat ik weet, is dat ik maar naar dat ding bleef staren en dat het zeker nog tien minuten duurde voordat ik eindelijk het woord 'kut' kon uitbrengen. Daarna stuurde ik Michiel een appje. *Ik weet dat je het druk hebt, maar dit is heel belangrijk. Ik* MOET *je nu spreken.*

Ik zag dat hij het meteen las, want er verschenen twee blauwe vinkjes. Hij was online. Ik wachtte op de mededeling dat hij 'aan het typen' zou zijn. Maar er gebeurde niets. Ik wenste opeens dat ik in de tijd leefde dat mensen elkaar nog brieven stuurden. Dan hoefde ik maar één keer per dag op de postbode te wachten en maar één keer per dag teleurgesteld te zijn als er geen antwoord kwam. Nu moest ik de hele fucking dag wachten en de hele fucking dag teleurgesteld zijn.

Na een tijdje wachten, met mijn joggingbroek om mijn enkels, het zwangerschapstestje balancerend op mijn dijbeen, stuurde ik hem opnieuw een bericht. *Ik ben zwanger, lul!!!!!!*

Blijkbaar had ik eindelijk de aandacht. Hij belde me binnen vijf minuten.

'Kattie, schatje, gaat het? Weet je het zeker?'

Zijn stem klonk zo oprecht lief en bezorgd dat ik meteen moest huilen. Ik had nog nooit eerder gehuild in zijn bijzijn of met hem aan de telefoon.

'Ben je daar?' vroeg hij.

Ik probeerde te antwoorden, maar er kwam niets uit.

'Moet ik naar je toe komen, lieverd?'

Het lukte me amper om 'ja' te zeggen, maar ik stootte een klank uit die er genoeg op leek, want hij zei: 'Ik kom eraan.'

Voor we verdergaan. Ik neem aan dat je inmiddels begrijpt dat ik schrijfster ben. Je zou misschien niet denken dat ik behoorlijk succesvol ben als je de melodramatische wartaal leest van het voorgaande hoofdstuk maar het is echt zo. Ik debuteerde drie jaar geleden met een boek over een meisje dat opgroeide in een christelijke sekte, waarbinnen ze werd misbruikt, en uiteindelijk wist te ontsnappen. Blablabla. Ze zeggen weleens dat seks verkoopt, maar dat is niet per se zo, het uitzonderlijke succes van *Vijftig tinten grijs* daargelaten. Streng christendom en de Tweede Wereldoorlog zijn de meest commerciële onderwerpen, op de voet gevolgd door kanker en het verliezen van een kind. Mensen vinden het héérlijk om over andermans ellende te lezen. En als ze erbij kunnen huilen, is dat helemáál top. Niet dat ik dat in gedachten had toen ik *In de Naam van God* schreef, maar het bleek dus een schot in de roos. De teller staat nu op honderdtwintigduizend, wat heel erg veel is in deze moeilijke tijd. Bovendien heeft NRC mij een 'literaire sensatie' genoemd. Maar geen zorgen, volgens *de Volkskrant* is mijn boek een schoolvoorbeeld van literatuur die geen literatuur, maar lectuur is, wat dat ook mag betekenen. Ik kan een slechte recensie best *handelen*, maar stel dat Ilse, Michiels vrouw, achter mijn bestaan komt, dan kan zij dankzij *de Volkskrant* tegen haar vriendinnen zeggen: 'En het is nog een slechte schrijfster ook.' Dat gun ik haar niet.

Daarna schreef ik nog een boek: *Catamaran*. Over een solozeezeiler. Achteraf was het een weerslag van mijn verlangen om alleen te zijn. Na alle commotie rondom *In de Naam van God* leek het me een onderwerp waarmee ik in ieder geval niemand voor het hoofd kon stoten. Mocht je nu denken dat je nog nooit van *Catamaran* hebt gehoord, dan kan dat kloppen. Er zijn in totaal zestienduizend stuks van verkocht. Dit zou voor veel schrijvers een droomoplage zijn, maar je snapt zelf ook wel dat van honderdtwintigduizend naar zestienduizend een vrije val is. *Catamaran* is ook nauwelijks gerecenseerd, dat is dan weer rustig. Niemand heeft zelfs de moeite genomen om te zeggen dat het een matig boek was. Want dat was het.

Volgens Harold, mijn uitgever, is het helemaal niet erg. Het tweede boek is altijd het moeilijkste, zegt hij. Heel goed dat dat boek in de luwte is gebleven, zodat ik met mijn volgende boek weer mijn volle potentieel kan bereiken. Ik geloof dat hij hiermee eigenlijk zegt dat ook hij *Catamaran* kut vond, maar als ik dat aan hem vraag, ontkent hij het.

Ik probeer nu een derde boek te schrijven, maar laten we daar maar meteen over ophouden.

Kun je je voorstellen hoe vermoeiend het is als altijd iedereen iets van je vindt? Natuurlijk, het hoort erbij. Ik bedoel, als *niemand* iets van je boek vindt (zoals bij *Catamaran*) of als iemand *niets* van je boek vindt (waarschijnlijk ook bij *Catamaran*), zou dat ook niet fijn zijn.

Ik ga er nog steeds van uit dat je een oplettende lezer bent en de vorige zin gerust twee keer leest bij onduidelijkheden. Maar voor de zekerheid nog een voorbeeld ter illustratie.

– *Wat vond je ervan?*

– *Hmm, niks eigenlijk.*

Niet bepaald een aanbeveling. Maar stel je voor dat je pak 'm beet secretaresse bent of in een winkel werkt. Dan zijn er vast ook wel mensen die iets van je vinden maar dat zijn er niet zoveel, en deze mensen publiceren hun meningen doorgaans niet op internet of in andere media.

Dat is dus mijn vak: mijn ziel en zaligheid op papier overleveren aan tienduizenden mensen, zodat ze er allemaal iets van kunnen vinden. Het is dat het zo goed betaalt. (Als God je gunstig gezind is en blijkbaar is dat bij mij nog steeds het geval.)

Michiel komt niet uit de boekenwereld. Hij heeft een softwarebedrijf en woont in Blaricum: twee dingen die niet goed matchen met literatuur. Toch ontmoette ik hem op het Boekenbal. Hij was mee met mijn uitgever. Harold neemt normaal gesproken zijn vrouw mee, maar die had griep, dus had hij Michiel meegevraagd, omdat die altijd al zei dat hij graag een keer wilde gaan. Harold, die normaliter te pas en te onpas Tolstoj en andere onleesbare oude meesters citeert, introduceerde Michiel als 'een vriendje van Nyenrode'.

Michiel is charmant. Iemand die nooit om woorden verlegen zit. Die precies zegt wat je wilt horen, maar dat zodanig doet dat je niet eens doorhebt dat het een truc is. Hij kwam naast me zitten tijdens het diner vooraf en maakte me aan het lachen. Hij stelde een aantal goede vragen, waardoor ik het gevoel kreeg dat hij werkelijk geïnteresseerd was in mij als mens (je mag braken). Later op de avond, of eigenlijk in de vroege ochtend, nam hij me mee naar een rustig hoekje en zoende me.

Ik vond hem niet eens heel aantrekkelijk. Bovendien zoende hij niet zo goed. Voor iemand die zo makkelijk praatte, kuste hij zelfs behoorlijk onhandig. Hij vroeg of ik meeging naar de hotelkamer die hij voor de gelegenheid in het Americain had geboekt, maar daar bedankte ik voor.

De volgende ochtend was ik hem al bijna vergeten. Ik kan erg terugverlangen naar dat moment. Het moment waarop hij me nog niets kon schelen, waarop ik het wel amusant vond dat zo'n vijftien jaar oudere gladjanus zich voor mij uitsloofde, maar er verder geen enkele gedachte aan wijdde. Iemand zei ooit tegen me: zorg altijd dat een man jou minimaal tien procent leuker vindt dan jij hem. (Hoe doe je dat eigenlijk?) Nou, Michiel vond mij minstens honderd procent leuker. Ja, we hadden leuk gekletst en ik vond het grappig dat ik met een 'vriendje' van de baas had gezoend (waarom? waarom???), maar verder niets.

Toch zei ik ja toen hij de volgende dag voorstelde om te gaan lunchen. We zaten tegenover elkaar in een tent met witte tafellakens waar men dure wijn drinkt tussen de middag en hij keek me verrukt aan bij alles wat ik zei. Ik betrapte mezelf erop dat ik net iets meer mijn best deed dan normaal en diste de ene na de andere geestige anekdote op. Als je dankbaar publiek hebt, moet je daar maximaal profijt uit halen, vind ik. Normaal moet ik daarvoor afreizen naar een bibliotheek in een of andere uithoek waar lieve vrouwen van boven de vijftig met gifgroene vierkante brillen op me zitten te wachten. In dat soort situaties ben ik op mijn best. Ik heb eens foto's gezien van mensen die in hun eentje in een donkere ruimte stonden. De kunstenaar die deze foto's maakte, wilde graag weten hoe mensen erop zouden staan zonder interactie, zonder prikkels en zonder te weten dat ze gefotografeerd werden. Het vreemde is dat niemand aantrekkelijk leek op de foto's. Allemaal hadden ze een doffe, lege blik in hun ogen, en alles aan hun gezicht leek te hangen. Zo zie je dat we alleen aantrekkelijk zijn in contact met anderen en onze omgeving. Is het dan ook niet logisch dat verschillende mensen en omgevingen een andere mate van aantrekkelijkheid oproepen?

Bij Michiel voelde ik me bijzonder geestig en knap, en ik denk dat ik het op dat moment ook echt was. Aan het einde van de lunch zei hij: 'Ik geloof dat ik verliefd op je ben.' Nu was ik degene die moest lachen.

Ik liep met hem mee naar zijn auto en hij pakte me hartstochtelijk vast, midden op straat, op klaarlichte dag, de eerste en enige keer dat hij publiekelijk zo close met mij was, en zoende me. Het viel me op dat hij lekker rook. Hij droeg een kruidige aftershave die me beviel, maar daardoorheen rook ik de veel complexere geur van zijn huid. Als hij niet zo verdomd lekker had geroken, weet ik niet eens of ik hem terug had gezoend.

Bij het afscheid vroeg hij of hij me mocht bellen.

Ik zei ja.

Hij reed weg in die grote auto van hem en ik vroeg me af waarom ik hier in godsnaam in mee was gegaan.

Eerlijk gezegd denk ik dat het vooral met mijn beroep te maken had. Ik ben gewoon te veel alleen en heb te veel tijd om over dingen na te denken. Nogal logisch dat ik naar afleiding snak als ik naar mijn computerscherm staar en me afvraag wat ik nou in godsnaam weer moet typen. Schrijven is ongelofelijk slecht voor je psychische gezondheid. En ik was al niet de stabielste persoon ter wereld. Misschien liet ik me ook door Michiel verleiden omdat ik op zoek was naar een nieuw verhaal. Omdat ik iets wilde voelen, al was dat gevoel niet eens gebaseerd op iets echts.

De affaire verliep zoals alle affaires verlopen. De eerste maanden waren fenomenaal. Michiel bedacht het ene na het andere cliché filmscenario om mij te paaien: romantische weekendjes weg, picknicken met champagne en kaviaar in de duinen, dure lingerie en die stomme handtas van meer dan tweeduizend euro. Verhitte appjes, hysterische beloftes, mij urenlang in de ogen kijken en in superlatieven vertellen hoe geweldig ik was. Michiel wist heel goed hoe hij een meisje moest inpakken.

In het begin kon ik nog van een afstandje naar hem kijken en me afvragen wat ik deed met een man die én oud én kalend én getrouwd was (detail) én drie kinderen had (detail). Ik kwam tot de conclusie dat het wel amusant was, dat hij goed kon beffen (navraag bij vriendinnen leert dat die hele generatie dat goed schijnt te kunnen) en dat het toch best leuk was om een Chaneltas te hebben en in het Okura te hebben gegeten.

Al die tijd dacht ik dat ik niet echt betrokken was, dat het een grapje was, een spel. Totdat de urgentie bij Michiel begon af te nemen en hij zijn hysterische vasthoudendheid liet varen, en ik tot de conclusie moest komen dat ik serieus verslaafd was aan zijn aanbidding en attenties. Ik wilde er alles aan doen om die terug te krijgen.

Ik weet het, dit klinkt allemaal heel oppervlakkig en dom. (En als literatuur die geen literatuur is, maar lectuur.) Maar wat ik er nog niet bij heb verteld, is dat ik inmiddels oprecht dacht dat ik van hem hield. Dat denk ik trouwens nog steeds. Zeker weten is vrijwel onmogelijk in dit soort situaties. Daarom hoor je me er ook niet zoveel over.

3

Bij voorkeur heeft je hoofdpersoon een jeugdtrauma. Klassiek is dat zijn of haar ouders zijn omgekomen bij een auto-ongeluk. (Later blijkt natuurlijk dat ze zijn vermoord.) Een dood broertje of zusje – de hoofdpersoon denkt dat het zijn of haar schuld is – of heel erg gepest zijn, werken ook. Mijn jeugd is eigenlijk één langgerekt trauma, al is er geen sprake van een specifieke gebeurtenis. Er is niets waarvan ik zwetend wakker word. Er is niet één ervaring uit te pakken waarvan je denkt: o ja, toen ging het mis. Al vind ik het nog steeds een zegen dat ik nu gewoon televisie kan kijken zonder dat iemand de tv midden in een programma uitzet omdat iemand toevallig 'godverdomme' zegt of omdat er seks in voorkomt. Mijn trauma bestaat vooral uit het onzichtbaar zijn. Zie je, mij werd vanaf mijn eerste dag geleerd dat ik me moest aanpassen. Als ik maar precies zou doen wat God wilde (en de voorganger, en mijn ouders, en de juf van de zondagsschool), zou ik er heel misschien mogen zijn. Er is mij stelselmatig afgeleerd om ergens zelf iets van te vinden, om iets te willen of iets te bedenken. Weet je wat mijn moeder vaker tegen me zei dan wat ook? 'Het gaat er niet om wat jij wilt, het gaat erom wat God wil.' Ook herinner ik me de eindeloze preken van de voorganger die zei dat we een onbeschreven blad moesten zijn, zodat God alles voor ons kon invullen.

Maar een echt trauma? Nee, dus. Niet geslagen, niet misbruikt, niemand dood... Hoe kan ik nu enige sympathie opwekken bij jou als lezer voor mijn aanstellerij?

In afwachting van Michiel trok ik snel een leuk jurkje aan, kamde mijn haar, verwijderde alle uitgelopen mascara van mijn wangen en ruimde mijn appartement op. Ik zette een muziekje op en ging onder een dekentje op de bank zitten, zodat ik er kwetsbaar maar prachtig uit zou zien wanneer hij binnenkwam.

Ik had Michiel een paar maanden daarvoor al mijn sleutel gegeven. Hij had hem in ontvangst genomen zoals ik die Chaneltas in ontvangst nam. Iets waar je nooit om hebt gevraagd, waarvan je beseft wat de waarde is, maar waar je toch niet zo goed raad mee weet. Ik dacht dat hij heel blij zou zijn met de onbeperkte toegang tot mijn huis en lichaam, maar hij glimlachte vaag en zei: 'Oké.'

Ik zat gespannen onder het dekentje te wachten en zette de hele tijd mijn mp3-speler terug naar het begin van het liedje waarvan ik wilde dat het zou spelen als hij binnenkwam.

Na een eeuwigheid hoorde ik dan eindelijk de sleutel in de voordeur. Michiel kwam de woonkamer binnen en sloeg meteen zijn armen om me heen.

Ik snoof zijn geur op. De geur van zijn lichaam en zijn aftershave. Ik hield zo van die geur, ik wilde het liefst zijn oksels schoonlikken, zoveel hield ik ervan.

'Meisje,' zei hij. 'Meisje toch, hoe kan dit nou weer?'

Ik liet me door hem vasthouden, terwijl ik alweer zachtjes moest huilen, en toen ik hem aankeek, zag ik dat zijn ogen ook een beetje rood waren.

'Lieve, lieve Kattie toch. Moet ik even wat te drinken voor je inschenken?'

'Doe maar een glaasje water,' zei ik met een heel klein stemmetje.

Alsof het een zaak van leven en dood was dat ik zo snel mogelijk dat glaasje water zou krijgen liep hij naar de keuken. Hij kwam terug, zette het water voor me neer en ging naast me zitten. Terwijl ik een slok nam, voelde ik zijn warme bruine ogen op mij gericht.

'Ik vind het zo erg,' zei hij. 'Zo verschrikkelijk erg. Vooral omdat ik deze hele week wegga. Je weet dat ik niet anders kan, hè? Anders zou ik echt voor je komen zorgen.'

Ik knikte.

'Ik zou lekkere dingetjes voor je halen, gezonde sapjes, die theetjes die jij zo graag drinkt, en lekker met jou in bed liggen en series kijken en je haar borstelen en je vasthouden en je vertellen dat je de allerliefste van de wereld bent. Want je weet dat ik dat vind, hè?'

Ik knikte weer. Nam nog maar een slokje water.

'Ik vind het zo vreselijk naar. Schatje, wat is het toch allemaal verdrietig en oneerlijk. Kon ik mezelf maar in tweeën splitsen. Ik vind het zo erg dat ik er niet voor je kan zijn. Hoelang ben je overtijd, denk je?'

'Ik geloof een week.'

Nu was hij degene die knikte. 'Lieverd, ik hoop dat je het niet vervelend vindt, maar ik heb al even geïnformeerd hoe het zit. Omdat je er zo vroeg bij bent, kun je een pil nemen, dan hoeven ze niet...' Hij stopte even met praten en zuchtte. 'Het is als een hevige ongesteldheid, zeiden ze, en dan...' Nu had hij echt tranen in zijn ogen. 'Kattie, het spijt me zo. Ik vind het zo erg.' Hij sloeg zijn armen om me heen, drukte me weer tegen zich aan. 'Ik wou echt dat alles anders was.'

'Ik ook,' fluisterde ik.

Hij deed een pluk haar achter mijn oor. Ik vond het fijn als hij dat deed. Het gaf me het gevoel dat ik een klein meisje was. En dat was ik ook wel een beetje, vergeleken met hem. 'Het spijt me dat het allemaal zo snel moet. Maar ik dacht, als je het fijn vindt dat ik met je meega, dan kunnen we vandaag nog terecht. Ik begrijp het als je nog even tijd nodig hebt, maar aan de andere kant wil ik er zo graag voor je zijn. Ik wil je hand kunnen vasthouden en je kunnen troosten.'

Ik zei niets. Staarde voor me uit. Ik heb eigenlijk geen flauw idee meer wat ik op dat moment dacht. Óf ik wel iets dacht.

'Ik hou van je.' Michiel kneep me bijna fijn. 'Ik hou zo ontzettend veel van je. Dat wist ik natuurlijk al, maar op dit soort momenten realiseer ik me het des te meer. De wereld zit zo oneerlijk in elkaar. Waarom mag je niet gewoon van meerdere mensen houden?'

Ik hield wél alleen van hem. Maar dat zei ik niet.

'Zullen we dan maar gaan?' vroeg Michiel. 'Dan hebben we het maar gehad. Misschien kunnen we daarna nog lunchen. Of wat jij maar wilt. Ik heb al mijn afspraken voor vandaag afgezegd.'

Ik stapte in zijn enorme Audi. Ik heb geen verstand van auto's; als iemand naar een auto wijst en mij vraagt wat voor een het is, dan zeg ik: 'Een blauwe.' Maar omdat Michiel altijd zelf aan zijn auto refereerde als 'de Audi', weet ik dat dat het merk was. Michiel begeleidde me aan de arm naar de Audi, deed het portier voor me open en behandelde me alsof ik al hoogzwanger was en er met de grootst mogelijke voorzichtigheid met mij moest worden omgesprongen. Terwijl ik instapte, probeerde ik niet te kijken naar de kinderzitjes op de achterbank.

Onderweg zeiden we niet veel tegen elkaar. Af en toe keek ik even opzij en zag ik dat hij het moeilijk had. Zijn kaak stond strak en één keer zag ik hem een traan wegvegen. Al die tijd hield hij mijn hand stevig in de zijne geklemd. Hij liet me alleen los toen hij de auto in zijn achteruit moest zetten om te parkeren. De Audi was een automaat, schakelen vond Michiel tijdverspilling.

Hij stapte uit, liep snel om de auto heen om mijn portier te openen – dit is iets wat hij alleen in de eerste twee maanden van onze relatie heeft gedaan – en hielp mij uitstappen. 'Ik vind het zo erg,' zei hij nog maar een keer.

Ik knikte.

'Gaat het?'

'Natuurlijk niet.' Ik probeerde mijn stem luchtig te houden.

'Je weet dat we echt geen keus hebben, hè?'

Ik knikte maar weer. Een bijbeltekst schoot me te binnen. Zoals dat wel vaker gebeurt, al heb ik echt geprobeerd om al deze nutteloze kennis te wissen:

'Als een lam dat naar de slacht wordt geleid, als een ooi die stil is bij haar scheerders, deed hij zijn mond niet open.' Jesaja 53:7.*

* Vroeger kreeg ik voor iedere uit het hoofd geleerde bijbeltekst een dubbeltje. Eerst was dat een kwartje, maar mijn goede geheugen werd wat duur voor mijn ouders.

4

Je moet je hoofdpersonage een karaktereigenschap geven waardoor de lezer zich met hem of haar kan identificeren. Dus ook al is hij een klootzak, hij heeft een klein hartje. Ook al is ze het lelijke eendje, ze is ontzettend slim, grappig en, als ze haar bril afzet en haar haar föhnt, bloedmooi. Je kunt je hoofdpersonen ook zielig maken: ze hebben hun beide ouders op jonge leeftijd verloren, ze worden mishandeld, gediscrimineerd, ze zijn ongeneeslijk ziek of hebben extreme faalangst. Ook populair: de held. Het Jack Reacher-achtige type dat altijd van iedereen wint en door alle mooie vrouwen wordt besprongen, ook al heeft hij drie dagen zonder te douchen vastgezeten in een kelder. Bij zo'n type is herkenning nauwelijks nodig; dan is de zwijmelfactor genoeg. Maar vooruit, we geven hem ook nog een hond om uit een brandend huis te redden. Dat herkent iedereen. Zijn vrouwelijke equivalent: de dappere vrouw die haar leven geeft om gorilla's te redden in oorlogsgebied.

Ik begrijp dat je tot nu toe een niet al te positieve indruk van mij hebt gekregen. Ik weet heus wel wat je van mij vindt: een verwende jonge vrouw die geobsedeerd is door haar uiterlijk en zonder tegenstribbelen instemt met een abortus van het kind van haar getrouwde minnaar, en dan ook nog denkt dat ze het recht heeft om zich zielig te voelen. En je hebt gelijk. Mocht je nog denken dat ik me over een paar hoofdstukken zal ontpoppen tot Rachel uit *Friends*, Walter White uit *Breaking Bad* of iedere willekeurige rol die ooit door Carice van Houten is gespeeld (tv-personages zijn herkenbaarder dan boekpersonages, dat is nou eenmaal zo), dan heb je het helemaal mis. Dit ben ik. Mooier kan ik het niet maken. Al hoop ik ergens dat je mij een heel klein beetje aardig vindt. Er is vast wel iets van herkenning te vinden, toch? Als je het heel hard probeert?

In de kliniek moest er eerst een echo gemaakt worden. Ik dacht eraan dat Michiel dit vaker had meegemaakt. Hoe hij naast Ilse had gezeten, haar hand in de zijne, en hoe hij reikhalzend naar het kleine scherm gekeken moest hebben. Hoe blij ze geweest moesten zijn toen ze voor het eerst hun kindje zagen.

Omdat ik nog maar net zwanger was, kwam ik in aanmerking voor een vaginale echo. Ze deden een condoom over de echostaaf, smeerden er wat glijmiddel op en lieten hem in mijn keurig onthaarde poes verdwijnen. Ik vroeg me af wat Michiel nu dacht. Ik keek naar zijn gezicht. Ingespannen tuurde hij naar het scherm. Hij moest vanuit zijn ooghoeken gezien hebben dat ik naar hem keek, want hij kneep in mijn hand.

De arts, type daadkrachtige vrouw – dat kon ook niet anders als je de hele dag vrouwen van hun ongewenste kinderen verloste – schoof voorzichtig de staaf op en neer op zoek naar mijn baarmoeder. We zagen veel zwart en een grijzige vlek.

'Daar zit het vruchtje,' zei de vrouw. Ze ging er met een cursor naartoe en wees het aan. Ze nam het formaat op. 'Het lijkt er inderdaad op dat je er op tijd bij bent. Ik zou zeggen dat je hooguit een week of zes zwanger bent. Kijk, hier is het hartje.'

'Moet u dat nou zeggen?' vroeg Michiel. 'Over dat hartje?' Hij klonk oprecht van streek.

'Dit is niet niks,' zei de arts, een beetje snauwerig.

Michiel en ik keken elkaar aan. Ik voelde me zowaar even heel erg samen met hem.

De vrouw haalde voorzichtig de staaf uit mijn vagina en veegde discreet het glijmiddel van de binnenkant van mijn benen weg. 'Je mag je weer aankleden,' zei ze toen. Michiel liep alvast met haar mee naar het spreekgedeelte van haar kamer en zij schoof het gordijntje dicht zodat ik wat privacy had.

Ik deed mijn veel te sexy kanten stringetje weer aan en trok mijn veel te mooie jurkje naar beneden. Ik keek naar de bank waar ik op had gelegen en naar het echoapparaat, dat nog aanstond. Het grijzige vlekje was nog in beeld. Het was helemaal niets, een gek geworden hompje cellen dat dacht dat het nog een kans maakte ook. Het had nog geen bewustzijn, nog niet eens handen en voeten, alleen dat hartje dat tegen wil en dank aan het kloppen was geslagen.

Ik werd me ervan bewust dat ik al lang naar dat echoapparaat stond te staren, en ik wilde niemand ongerust maken. Ik wierp er nog een laatste blik op en liep toen naar Michiel en de arts, die zwijgend tegenover elkaar zaten. Toen ik naast Michiel ging zitten, pakte hij onmiddellijk mijn hand vast.

'Ik heb je... partner' – het ontging me niet dat de arts naar de trouwring van Michiel keek – 'tijdens ons telefoongesprek al een beetje verteld hoe het werkt. Maar het lijkt me belangrijk dat wij hier ook nog samen doorheen lopen. Je krijgt straks een pilletje dat de groei van de zwangerschap stopt. Dat mag je meteen hier al innemen. Daarnaast krijg je een tweede pil mee naar huis. Die slik je over twee dagen. Vervolgens gaat je lichaam het vruchtje afstoten. Je kunt dan een paar dagen hevig bloeden. Soms zien vrouwen ook een vliesje, of het vruchtzakje. Is alles duidelijk wat ik nu zeg?'

Ik knikte.

'Dan ben ik wettelijk verplicht om je te vragen of je zeker weet dat je een overtijdbehandeling wilt.'

Ik keek onwillekeurig naar Michiel. Zijn ogen waren een beetje rood, hij maakte de indruk dat hij ieder moment kon gaan huilen.

Ik zag het grijze vlekje weer voor me. Ik dacht aan alle keren dat Michiel er meer dan achtenveertig uur over had gedaan om me terug te appen. Ik dacht aan afgelopen kerst, toen ik van ellende zo dronken was geworden dat ik over het antieke tapijt van mijn beste nichtenvrienden heen had gekotst. Ik dacht eraan dat Michiel komende week op wintersportvakantie zou gaan met zijn gezin. Dat ikzelf in de schaduw moest leven, was al erg genoeg. Hoe zou ik dat een kind kunnen aandoen? En bovendien: hoe zou ik ooit voor een kind kunnen zorgen als ik niet eens goed voor mezelf kon zorgen?

'Je mag er nog even over nadenken,' zei de arts. 'Je hebt nog zeker een week waarin je de pil kunt nemen. En als je je daarna nog bedenkt, is er de mogelijkheid van een abortus.'

Ik wendde mijn blik van Michiel af en probeerde normaal adem te halen. Ondertussen voelde ik de ogen van de arts op mij branden. Ik kon nog terug. Ik kon nog kiezen voor een heel ander leven. Ik was jong, ik verdiende mijn eigen geld, ik... Meer argumenten om de zwangerschap door te zetten kon ik niet bedenken. Ik was volstrekt ongeschikt voor het moederschap, al helemaal als ik het alleen zou moeten doen.

'Ik wil het.' Terwijl ik het zei, keek ik bewust niet meer naar Michiel. Ik was bang dat ik opluchting bij hem zou zien. Of juist niet. Of misschien wist hij ook niet hoe hij zich moest voelen.

De arts keek me doordringend aan. 'Weet je het heel, heel zeker?'

Ik voelde opeens tranen opkomen die ik meteen weer terugdrong. Ondertussen kneep Michiel hard in mijn hand. Ik probeerde mijn hand uit de zijne te trekken, maar hij hield me te stevig vast.

Ik haalde diep adem en zei: 'Ja, ik weet het zeker.'

'Goed,' zei de arts. Ze stond op om iets uit een kast achter haar te pakken. Ze draaide zich om met een doosje waar de pil in zat die het leven van het vruchtje ging beëindigen. 'Ik zal even een glaasje water voor je pakken.'

'Gaat het?' vroeg Michiel zachtjes.

Ik kon hem nog steeds niet aankijken.

'Nee,' zei ik.

'Met mij ook niet.' Hij kneep voor de zoveelste keer in mijn hand. Waarschijnlijk kon hij ook niets beters bedenken. 'Kijk me eens aan, lieverd.'

Ik draaide langzaam mijn gezicht naar hem toe. Het viel me weer op dat hij toch echt vijftien jaar ouder was dan ik. En de stress maakte hem ook niet bepaald jonger.

'Ik vind dit echt heel erg.'

Ik knikte als een klein kind. Toen gaf de arts mij het bekertje water en de pil. Ik propte hem snel naar binnen en slikte door.

We zaten weer in de Audi en Michiel vroeg wat ik wilde doen. Toen ik niet meteen antwoordde, zei hij: 'Je wilt niet lunchen, neem ik aan...'

Ik zag op het dashboardklokje dat het één uur 's middags was. We waren nog niet eens halverwege de dag en ik had al een kind vermoord.

'Ik wil naar huis.'

'Begrijp ik.' Hij startte de auto. Onderweg zeiden we niets meer tegen elkaar. Toen we voor mijn appartement stonden, er was weer eens geen parkeerplaats, zei Michiel dat ik alvast kon uitstappen en hij de auto zou wegzetten.

‘Ik wil alleen zijn,’ zei ik. Ik wist niet eens zeker of het zo was, maar ik gunde het hem in ieder geval niet dat hij zich iets beter zou kunnen voelen door nu fanatiek voor mij te gaan zorgen.

‘Maar schatje… Ik kan je toch niet alleen laten nu? Heb je wel iets te eten in huis?’

‘Dat vraag je me normaal toch ook niet?’ Ik pakte de deurhendel vast. ‘Fijne vakantie.’

‘Kattie… Zo wil ik geen afscheid nemen. Laat me de auto even wegzetten.’

Achter ons begon de eerste ongeduldige automobilist al te toeteren.

‘Maar ik wil het zo.’ Ik nam zijn waterige ogen, kalende hoofd en rimpels nog eens goed in me op. ‘Dag. Fijne vakantie.’

Ik stapte snel de auto uit. Voelde toch nog iets van triomf.

Michiel belde nog aan, maar ik deed niet open en de grendel zat erop. Hij zette een tasje boodschappen van de dure biologische supermarkt en een achterlijk grote bos bloemen voor de deur neer. Ik ging die avond stappen. Ik zoende met drie verschillende jongens, van wie ik er één aan mijn borsten liet zitten, feestte door tot vijf uur ’s ochtends en sliep daarna tot drie uur ’s middags. ’s Avonds nam ik de tweede abortuspil in en keek op Netflix zes afleveringen *Orphan Black* achter elkaar. Ik probeerde er niet aan te denken hoe Michiel nu met zijn gezin in de Audi door Duitsland reed. Hoe Ilse op de plek zat waar ik gisteren had gezeten en hoe de kinderen de achterbank bevuilden met snoepwikkels en chipskruimels. Ze waren acht, vijf en twee. Ilse was iedere keer zwanger geworden nét als Michiel overwoog om bij haar weg te gaan. Dit had Michiel me al maanden geleden toevertrouwd. Ik had liever niet dat hij over haar praatte, maar aan de andere kant wilde ik alles over haar weten, dus liet ik hem meestal maar vertellen. Net zoals ik liever had gehad dat Ilse haar

Facebook-pagina had geblokkeerd voor onbekenden, maar ze had nou eenmaal alles openstaan, dus kon ik het niet laten om af en toe een kijkje te nemen.

Waarom had zij geen abortus hoeven ondergaan en ik wel? Ja, zij was eerder. Dat was het enige antwoord: omdat zij eerder was.

Omdat het punt waarop ik Michiel zou bellen en hem verrot zou schelden steeds dichterbij kwam, nam ik maar een slaappil en viel in slaap.

En nu bloed ik.

5

Ik had me nog zo voorgenomen om nooit meer op te nemen als Michiel belt, maar houd dat slechts tien seconden vol. Je kunt je afvragen hoe ik er ooit in ben geslaagd om twee hele boeken te schrijven, met zo'n gebrek aan zelfdiscipline. Ik verlang intens terug naar de kalme, gefocuste persoon die ik ooit was.

'Kat?' Michiel klinkt gehaast, al neem ik aan dat hij zijn best doet om dat te verbergen. 'Ik kan maar heel kort bellen, ik wil even horen hoe het met je gaat.'

'Geweldig,' zeg ik. 'Maar genoeg over mij. Hoe gaat het met jou? Ligt er lekker veel sneeuw? Hebben de kinderen het naar hun zin? Vindt Ilse het gezellig dat ze eindelijk eens wat meer tijd met je kan doorbrengen?'

Hij zucht diep. 'Ik snap wel waarom je zo doet. Ik kan je niet vertellen hoe erg ik het vind dat ik er niet ben om je te steunen. En als je dan toch wilt weten hoe het met Ilse gaat: die klaagt dat ik er totaal niet bij ben. Ik heb me gisteren bijna dood gedronken, omdat ik niet wist wat ik met mezelf aan moest.'

'Arme Ilse,' zeg ik.

'Zo bedoel ik dat natuurlijk niet. Ik zeg het alleen zodat je weet dat ik hier niet aan het doen ben alsof er niets aan de hand is. Ik heb hier ook veel pijn en verdriet van. Dat je dat maar weet.'

'Papa?' vraagt een kinderstem op de achtergrond. Wie zou het zijn, Noa of Pim? De jongste niet, denk ik.

'Ik kom zo, schatje,' zegt Michiel. Daarna zucht hij. 'Ik moet gaan, lieverd. Maar ik bel je weer zodra ik kan, goed?'

Ik wil nog zeggen dat dat van mij echt niet hoeft, maar hij heeft al opgehangen.

Ik sta op en loop naar het toilet. En ik weet dat het niet hoort om ranzige, intieme details op te schrijven, tenzij het ranzige details zijn waar mensen geil (*Vijftig tinten*) of op een andere manier opgewonden (het gehele oeuvre van Karin Slaughter) van kunnen worden. Waar ik het over heb zijn de droevige, smoezelige details die je écht niet wilt weten: het maandverband dat ik vannacht tussen mijn benen had is verzadigd met vies, bruin bloed. En als ik plas, komen er grote hoeveelheden gestold bloed mee.

Ik tuur naar de donkerbruine klonters in de toiletpot en vraag me af of een ervan het vruchtje is.

Misschien moet ik er een foto van nemen en die naar Ilse sturen. (Want natuurlijk heb ik haar telefoonnummer. Ilse heeft echt geen idee hoe makkelijk mensen aan haar informatie kunnen komen, al verbaast het me niet dat ze ook daarin een naïeve doos is.) Met de tekst: *Dit is het halfzusje/-broertje van je kinderen*. Kijken hoe ongezellig ze dán de vakantie vindt. Kijken hoeveel Michiel dán moet drinken om zijn ellende te vergeten.

Ik walg van mijn eigen gedachten, ik walg van mezelf. Als dit allemaal voorbij is, moet ik echt mijn leven beter aanpakken. Misschien moet ik gewoon weer een baan nemen en het schrijven bewaren voor de vakanties en weekenden. Ik denk dat ik gewoon niet zo goed gedij bij een gebrek aan structuur. Ik kan het niet meer aan om hele dagen alleen achter een computer te zitten. Zelfs vakken vullen bij de Albert Heijn lijkt me heerlijk. Dat alle pakken in een schap strak zijn uitgelijnd en dat als iemand aan mij vraagt waar de gembersiroop staat, ik dat precies weet. En dat ik dan de klant een fijne dag wens en dat die klant zich echt een klein beetje fijner voelt, en ik oprecht geloof dat ik de wereld een beetje mooier maak.

Ik ga weer in bed liggen. Pak m'n telefoon maar weer eens. Er zijn sinds ik naar de wc ben geweest alweer twee nieuwe berichten binnengekomen via de chat op Facebook. Beide berichten luiden: *Hoi*. Waarom zou je zoiets achterlijks sturen? Ik kan bijna niet geloven dat er mensen zijn die denken dat dat zin heeft. Alleen wanhopige mensen zouden reageren op dit soort berichten. Maar hé, misschien zijn de hoi-zenders daar juist naar op zoek.* Omdat ik niets beters te doen heb, kijk ik toch even wie de afzenders zijn. Een is een man van in de vijftig met een rood hoofd. Op zijn profielpagina staan verontwaardigde berichten over het huidige kabinet. Ik ontvriend hem meteen. Niet omdat ik zelf zo'n voorstander ben van onze regering, maar omdat ik mensen die zich op Facebook opwinden over de politiek irritant vind. De andere hoi komt van een jongen die zowaar niet onaantrekkelijk is. Ik kijk door zijn foto's. Hij heet Thomas, hij surft, altijd een pre, en hij is afgelopen zomer naar Panama

* Ik overwoog hier een oproep te doen om vooral niet naar aanleiding van dit boek een 'hoi' te gaan sturen. Maar toen bedacht ik dat alleen leuke mensen mijn boeken lezen, en zeker niet gefrustreerde mannen die in een waanwereld leven. Mocht je toch een gefrustreerde man zijn die denkt dat het echt zin heeft om 'hoi' te zeggen tegen vreemde vrouwen op Facebook, dan weet je hierbij dat het kansloos is, tenzij je er echt heel goed uitziet op je profielfoto.

geweest. Hij heeft best leuke vrienden en gaat deze zomer naar Loveland. Niet wat je zou verwachten van een hoi-zegger.

Het idee om de hele dag in bed te blijven liggen, staat me opeens tegen. Misschien moet ik afleiding zoeken, het huis uit. Iets doen. Met iemand.

Ik app Mirjam of ze tijd heeft. Ik heb haar nog niet verteld over de abortus. Ik weet zeker dat ze dan boos wordt, omdat ik haar niet de kans heb gegeven er voor me te zijn. Vervolgens zal ze me meenemen naar de bioscoop en me naderhand dronken voeren in de kroeg.

Vandaag? appt ze.

Ja, antwoord ik.

Sorry, poppie, vandaag erg druk. Morgen? Of is het dringend?

Nee, app ik. *Todo perfecto.*

Heb je weer gezeik met Michiel?

Nee, schattie. Zie je morgen, oki? Ik ben blij dat ze me niet kan zien. Om het zo normaal mogelijk te laten lijken, plak ik er nog een paar hartjes achteraan.

Ik ga in m'n hoofd het rijtje af van alle andere vriendinnen en kennissen en kom tot de conclusie dat er werkelijk niemand is die ik wil zien. Ik vraag me af hoe ik ze in godsnaam over de abortus kan vertellen. Ze zouden geschokt zijn, boos op Michiel, boos op mij, en daarna zouden ze stomme goedbedoelde adviezen geven. Ze zouden me heel lief aankijken en zeggen hoe naar ze het voor me vinden, net zo lang tot ik ga huilen en dan zouden zij er nog een goed gevoel aan overhouden ook.

Ik scrol door mijn appgeschiedenis, een lange lijst van vrouwen en enkele nichtenvrienden die me allemaal hartjes sturen, kusjes en luf joes, en toch is er niemand die ik nu in vertrouwen wil nemen. Achteraf ben ik misschien zelfs blij dat Mirjam niet kan, want bij haar kan ik niet doen of er niks aan de hand is.

Dan kijk ik maar weer eens naar de profielfoto van die Thomas. Ik heb nog nooit eerder iemand beantwoord die zo stom was me een 'hoi' te sturen, maar vandaag doe ik het gewoon. *Hoi*, zeg ik terug.

Hij is online, want hij reageert meteen. *Hoi*, zegt hij weer.

Hoelang zullen we hoi blijven zeggen?

Hij stuurt een smiley. En dan: *Hoi?*

Ik moet toch even lachen. *Waarom stuur je alleen 'hoi'?*

Toch normale begroeting?

Als ik je zou tegenkomen in de kroeg. Maar als FB*-bericht aan volslagen vreemde, dan:* NO.

Volgens mij zitten wij nu anders wel te chatten.

Bijdehand! Zeg eerlijk, hoe vaak reageert er iemand op 'hoi'? Iemand die je niet kent. En iemand die niet menopauzaal is, want dat telt niet.

Dit is eerste keer. En meteen raak. (-;

Eerst bijdehand doen en dan smoesjes verzinnen.

Zo, jij bent wel streng.

Waarom stuur je 'hoi'?

Je leek me leuk.

O.

En ik wil weleens een drankje met je drinken.

Ik denk aan Michiel die nu in een verwarmde skilift zit. *Is goed.*

Echt?

Anders zei ik het toch niet?

Je woont in Amsterdam, toch? Zie ik je om acht uur in Festina Lente.

Cool.

Nog nooit in mijn leven heb ik een afspraak gemaakt met een wildvreemde. Omdat ik hem vooral niet al te veel hoop wil geven en het dikke maandverband strakke spijkerbroeken uitsluit, trek ik een joggingbroek aan, weliswaar zonder vlekken, en een truitje. Oké, het truitje is best sexy, strak en laag uitgesneden, maar niet zodanig dat het lijkt of ik moeite heb gedaan.

Ik kom expres een kwartier te laat, hoewel Festina Lente op vijf minuten fietsen van mijn huis ligt. In plaats van naar binnen te lopen, ga ik op een van de bankjes voor het café zitten en steek een sigaret op, ook al is het best koud. Ik rook normaal eigenlijk alleen op feestjes, maar misschien is dit een goed moment om fulltime te beginnen. Op het pakje staat: ROKEN TIJDENS DE ZWANGERSCHAP IS SLECHT VOOR UW BABY. Ik heb dat pakje al een week geleden gekocht en nooit gelezen wat erop stond, omdat ik zelf heus wel weet dat roken niet goed voor me is. Bovendien denk ik dat een tekst als ROKEN IS DODELIJK niet helpt. Iedere keer dat je een sigaret rookt en blijft leven, is het tegendeel weer bewezen. Wat wel zou helpen is bijvoorbeeld VAN ROKEN GA JE UIT JE BEK STINKEN, of: VAN ROKEN KRIJG JE EEN PLOOIROK OM JE MOND. Maar daar heeft blijkbaar niemand aan gedacht. Ik neem nog een trekje en zeg 'sorry' tegen het vruchtje, al zit dat er misschien al niet meer. Ik probeer in mijn hoofd te omschrijven hoe ik me nu voel. Een goede schrijver hoort dat natuurlijk te kunnen, zelfs op dit soort momenten, maar ik kom niet veel verder dan: heel raar.

Even later komt er een jongeman naar buiten. 'Kathelijne?' vraagt hij.

'Hoi,' zeg ik.

'Zit je hier al lang?'

'Nee, nog maar net.' Ik denk dat hij verwacht dat ik sorry ga zeggen dat ik te laat ben, maar dan kan hij lang wachten.

'Wil je iets drinken?' Hij klinkt een beetje nerveus.

'Thee.'

'Thee?'

'Ja. Heb je daar problemen mee?'

'Nee, ik dacht alleen dat we misschien gezellig een gin-tonic konden drinken. Of een wijntje. Bier...'

'Gin-tonic? Gin-tonic is het nieuwe rosé. Over twee jaar begrijpt niemand meer waarom we daar zo hysterisch over deden. En dan al die stomme variaties: met rozemarijn, met grapefruit, met basilicum, met blablabla. Tonic is zo overheersend dat het niet uitmaakt wat je erbij flikkert. Al die ingewikkelde gin-tonics smaken precies hetzelfde.'

Hij kijkt me even ontzet aan. 'Sorry. Goed, een thee dus.'

Als hij wegloopt, valt het me op dat hij een behoorlijk goed lichaam heeft. En je kunt wel zien dat hij zijn best heeft gedaan om er hip uit te zien. Waarom zou je anders een overhemd dragen met een hamburgerprint? Misschien moet ik iets aardiger tegen hem doen.

Even later zet hij een thee voor me neer. 'Ik heb voor de zekerheid maar vier verschillende zakjes meegenomen.'

'Heb je ook groene thee?'

'Ja.' Hij geeft me het zakje. Zelf heeft hij een biertje.

'Dank je.'

'Proost.' Hij tikt zijn bierglas tegen mijn theeglas, waarbij er wat bier over de rand klotst, mijn thee in. 'Zal ik nieuwe voor je halen?' zegt hij snel. Vergis ik me nou, of wordt hij rood?

'Hoeft niet,' zeg ik.

Ik zie hem naar woorden zoeken. Straks vraagt hij of ik hier ver vandaan woon. Of nog erger, hoe ik aan mijn ideeën kom. Er is geen schrijver die die vraag niet al honderd keer heeft gehoord. Maar mocht je het willen weten: ideeën zijn er genoeg. Kijk om je heen, lees de krant, praat eens met iemand. Dat is helemaal het probleem niet. Het lastige is dat je vervolgens maandenlang die kutideeën moet uittypen. Hele dagen in je eentje achter een computer. Jippie.

Of misschien gaat hij wel zeggen dat hij nooit boeken leest.

Of dat hij alleen maar non-fictie leest, zoals *Kieft* en *De prooi*. Dat zou misschien wel het allerergste zijn.

Hij opent zijn mond en ademt in. Nu zal het wel komen.

Hij is ongeveer net zo oud als ik. Misschien iets jonger. Hij heeft een mooie mond. Mooi gevormde lippen. Geen enkele rimpel op zijn gezicht, behalve een paar heel fijne lijntjes rondom zijn ogen die hem ook wel weer karakter geven. Michiel stikt van de rimpels. Die weet dan wel weer altijd wat hij moet zeggen. Maar wat heb ik aan al die woorden als ik iedere nacht alleen moet slapen?

Ik neem me voor om, wat deze Thomas ook zegt, er vriendelijk op te reageren. Maar hij zegt toch maar niets en neemt nog een slok van zijn bier.

'Ik moet even naar de wc,' zeg ik dan. 'Blijf jij buiten? Of ga je weer naar binnen?'

'Nou, het is hier best koud. Maar als jij buiten wilt blijven zitten om te roken, dan pak ik even mijn jas.'

'We gaan wel naar binnen.' Ik glimlach naar hem. Het is een wat geforceerde lach, maar dan weet hij in ieder geval dat ik het goed bedoel.

Ik maak de wc-bril uitgebreid schoon en ga dan zitten. Voordat ik van huis wegging heb ik een schoon maandverband in mijn onderbroek gedaan. Er zit nu alweer behoorlijk wat bloed in. De wc van Festina Lente is schaars verlicht, dus ik kan niet zien wat er meekomt als ik plas. Straks verlies ik hier het ding, vruchtje, whatever, en weet ik dat niet eens. Ik wil het toch zien, vreemd genoeg. Ik wil zien wat het is – of het alleen een zakje is met wat weefsel erin, of dat ik er een klein mensje in zal herkennen. Ik wil het zien zodat ik tenminste weet waar ik me zo kut over voel.

Michiel is vanavond aan het kaasfonduen bij hun favoriete restaurant. Ze komen daar ieder jaar, vaste prik, en eten dan met een ander gezin dat in hetzelfde gebied op vakantie is. Dit heb ik uiteraard niet van hem. Het enige wat ik na vanochtend nog van hem gehoord heb, is dat hij me later op de avond zal proberen te bellen. Nee, Ilse heeft het op Facebook gezet. Ze hadden nog geen hap kunnen nemen of Ilse vond het al nodig om dit heugelijke feit met de rest van de wereld te delen. Op de foto zit Michiel een beetje achteraan, tussen zijn kinderen in. Hij lacht. Het lijkt godverdomme nog een echte lach ook, al kun je dat natuurlijk niet afleiden uit zo'n donkere foto.

Ik voel te laat dat ik moet huilen. Meestal kan ik het wel terugdringen door aan grappige dingen te denken, zoals dat Mirjam laatst midden op straat in haar broek plaste omdat ze dronken was. Of ik ga snel mijn foto's bekijken. Honderden gelukzalige momenten, al dan niet gefaket.

Maar het is al te laat. Opeens stromen er tranen over mijn wangen en hoor ik mijn eigen gierende ademhaling. Net zoals Eskimo's honderden verschillende woorden schijnen te hebben voor sneeuw, kan ik wel honderd soorten huilen benoemen. Wat denk je van het 'ik kom er niet meer uit, dus ga ik maar huilen'-huilen, of het 'dus jullie houden tóch echt van me'-huilen, of het 'als ik nu niet een beetje huil, kom ik over als een koud monster'-huilen. Dat zijn milde huilvormen die makkelijk te starten en te stoppen zijn. Waar ik op de wc bij Festina Lente door word overvallen is het 'alles is verloren en het komt nooit meer goed'-huilen. Een huilen dat als een Amerikaanse goederentrein over je heen dendert en waar geen einde aan lijkt te komen.

Ik pak mijn telefoon en probeer alsnog de foto-methode. Helaas kom ik bijna meteen een foto van mij en Michiel tegen. Hij wilde niet dat ik die zou nemen – nu ik daaraan terugdenk, vraag ik me af of hij bang was dat ik die foto tegen hem zou gebruiken – maar ik heb het toch gedaan. Hij zit achter me met zijn armen om me heen. En het lijkt echt of we bij elkaar horen.

En dan wordt het huilen* nog erger. Het lukt me niet eens meer om het geluid te dempen. Ik kijk op mijn horloge. Ik zit nu al fucking twintig minuten op die plee. Het wordt tijd dat ik eraf kom, maar ik weet niet hoe. Er wordt op de deur geklopt. Een vrouwenstem vraagt of het gaat.

'Laat me met rust,' weet ik uit te brengen. Ik probeer te stoppen. Doe die stomme ademhalingsoefening uit het zelfhulpboek waarvan ik de titel ben vergeten. Maar het lukt me zelfs niet om ook maar één diepe ademteug te nemen. Mijn adem is schokkerig en mijn neus zit helemaal dicht.

Hoe moet ik ooit van de wc komen en ongezien langs al die mensen en Thomas naar buiten komen? Als ik Mirjam nou eens app dat ze me moet komen redden. Misschien kan ze een doek over me heen gooien en me naar buiten begeleiden, alsof ik die baby ben van Michael Jackson, Blanket. Als ze wil, mag ze me over de rand van het balkon gooien ook. En bij die gedachte moet ik nog harder huilen**.

Er wordt weer aangeklopt. 'We gaan de deur opendoen,' zegt iemand, een andere vrouwenstem dit keer, maar ik kan me vergissen.

'Nee!' roep ik. Ik zie het slot langzaam omdraaien. Het zal vast niet de eerste keer zijn dat iemand zich opsluit in de wc. Snel pak ik de deurklink vast, zodat ze de deur niet kunnen opentrekken.

'Wat is hier aan de hand?'

'Laat me nou.' (Lahahahaaaat me nouhouhou.)

* Hysterisch, oncontroleerbaar huilen.

** Huilen om je eigen suïcidale gedachten waarvan je ook wel weet dat je ze toch niet echt meent.

‘Kathelijne?’ Nu meen ik de stem van die Thomas te herkennen. ‘Wat is er? Mag ik bij je komen?’ Hij klinkt echt heel lief en bezorgd. Voor zover je dat kunt zijn om iemand die je helemaal niet kent.

Ik vrees dat ze net zo lang zullen blijven staan totdat ik naar buiten kom. Ik haal nog een paar keer diep adem.

‘Wacht even.’ Ik trek al huilend mijn onderbroek en joggingbroek omhoog en spoel de wc door.

De deur gaat open en daar staan Thomas en het barmeisje. Ik realiseer me dat ik eruit moet zien als een monster. Beiden kijken geschokt naar me en weten overduidelijk ook even niet hoe het verder moet. Opeens lukt het dan toch om te stoppen met huilen, al komen er nog wat naschokken.

‘Ik ga maar naar huis,’ zeg ik tegen Thomas. Mijn neus zit helemaal dicht. Zonder hem nog aan te kijken loop ik langs hem heen, in een rechte lijn het café uit. Ik probeer mijn fiets van het slot te halen. Dat gaat al maanden moeizaam, ik moet echt eens het slot smeren. Een simpele oplossing voor een probleem waar ik iedere dag tegenaan loop, alleen vergeet ik steeds om smeerolie te halen. En nu ik loop te trillen, vanbinnen en vanbuiten, lukt het natuurlijk helemaal niet om dat slot open te krijgen. Dan zie ik Thomas’ schoenen naast me. Ik herken ze, want het zijn van die hippe Nike-gympen met een beperkte oplage. Ik heb hier zelf helemaal niets mee, maar ik ken genoeg mensen die hun levensstudie hebben gemaakt van dit soort dingen. (Onder wie Michiel.)

‘Sorry,’ zeg ik zonder op te kijken. Dat kutslot. Dat fucking kutslot.

‘Geeft niks.’

Ik verwacht dat hij weg zal gaan, maar hij blijft om me heen dralen. ‘Zal ik het doen?’ vraagt hij na een tijdje.

Ik zucht diep. ‘Graag.’

Ik doe een stap achteruit om hem ruimte te geven. Hij heeft het slot binnen twee seconden open.

'Dank je,' zeg ik. Ik voel me moe en hulpeloos. 'Nou, dan ga ik maar naar huis.'

'Moet ik met je meegaan?'

Ik lach sarcastisch. 'Nou, nee.'

'Ik bedoel niet mee naar binnen.' Hij begint te hakkelen. 'Ik bedoel of ik met je mee moet fietsen, want... je ziet er niet zo eh... stabiel uit.'

'Ik kom vast nog wel thuis.' Ik fiets snel weg, voordat hij iets anders kan bedenken.

Thuis zie ik op Facebook dat Ilse een foto van de lege fonduepan heeft geplaatst met het woord 'jammie' erbij. Het kutwijf.

Ik heb zelf nog helemaal niets gegeten. Niet dat ik echt honger heb. Als ik nou goed voor mezelf zou zorgen, zou ik naar de biologische supermarkt gaan en soep en een salade halen. Juist als het niet goed met je gaat, moet je zo gezond mogelijk eten. En ik ben al een beetje aan de dunne kant.

Maar alleen al het idee dat ik mijn jas weer moet aantrekken en de kou in moet en al die voetstappen moet zetten en mensen onder ogen moet komen, put me uit. Ik vind in de koelkast een stuk kaas, een halve komkommer en sla waar wat bruine plekken in zitten, maar die kan ik wegsnijden, en ik maak een salade. Als toetje eet ik dan nog een van de gezonde mueslirepen uit de proviandtas van Michiel. Ik snap echt dat hij het lief bedoelde, die tas met boodschappen, maar het is vrij hypocriet dat meneer zelf heeft zitten kaasfonduen vanavond. Ik houd ook heel erg van kaasfondue, godverdomme. Het probleem is alleen dat je vaste verkering moet hebben om het te kunnen eten, omdat je dagenlang naar kaas stinkt.

Nadat ik heb gegeten, probeer ik televisie te kijken, maar het kan me allemaal geen fuck schelen. Ik neem een slaappil, ga nog een laatste keer plassen, waarbij de bloedstolsels onverminderd meekomen, en ga dan in bed liggen. God zij geprezen voor chemische hulpmiddelen.

6

Als ik wakker word – gelukkig pas om acht uur 's ochtends, lang leve zolpidem – voel ik me net als de dag ervoor heel even neutraal. Dan komt alles weer binnen. Ik wil nu al niet meer. Hoelang gaat het duren tot dit voorbij is? Tot het geen pijn meer doet, tot ik me weer een beetje normaal voel?

Ik pak mijn telefoon. Michiel heeft gisteravond zes keer gebeld en vijf appjes gestuurd. Hij schrijft dat hij zich ongerust maakt, vraagt of alles wel oké is, en in zijn laatste bericht is hij zowaar boos. *Dit kun je niet maken! Heb je enig idee hoe klote ik me voel?* En vanochtend om halfzeven nota bene appte hij alweer: *Blijkbaar wil je geen contact. Weet dat dit mij veel pijn doet, maar als je het zo wilt, heb ik geen keus. Ik wacht op je.* xxx

Ik overweeg om hem terug te appen dat het goed met me gaat, daarna overweeg ik te zeggen dat het slecht met me gaat, weer daarna wil ik hem appen dat hij me met rust moet laten. Uiteindelijk beslis ik om helemaal niets van me te laten horen. Kijken hoe goed de kaasfondue vanavond nog smaakt.

Ik zucht maar weer eens diep. Ga naar de wc. Weer bloedstolsels. Weer de vraag of dit het dan is, het vruchtje.

Ik zet wat kussens tegen het hoofdbord en ga op bed zitten, mijn benen lekker onder de dekens. Misschien moet ik gewoon de televisie maar aanzetten. Of op Facebook kijken. Dan zie ik het notitieblokje op mijn nachtkastje liggen. Het lijkt wel of de tekst langer is geworden. Ik pak het op en lees:

We moeten je iets vertellen.

Iets wat je diep hebt weggestopt het is nu tijd dat het naar boven komt je was altijd zo bang als klein meisje zo bang in het donker maar voor wat dan voor iets wat je zou komen verscheuren

Er gebeurt iets raars met mijn keel. Ik weet niet wat het is, maar ik voel opeens sterk de drang om te slikken, alleen lukt het niet. Wat is dit nou weer? Een allergische reactie? Kan er een insect in mijn keel terechtgekomen zijn en me gebeten hebben, al is het winter? Ik leg het notitieblokje naast me neer en haal diep adem door mijn neus. Dan blaas ik uit door mijn mond. Het dikke gevoel in mijn keel blijft. Waarom schrijf ik dit soort dingen 's nachts? Wie zijn 'we' en waar gaat dit over?

Word rustig, zeg ik tegen mezelf. Het is heel normaal dat je door de stress raar gaat doen. Bovendien heb ik weleens gelezen over mensen die na het innemen van zolpidem in hun slaap in de auto zijn gestapt en een ongeluk hebben veroorzaakt. Het is gevaarlijk spul. John Mayer heeft er zelfs over gezongen: '*Red wine and Ambien,*' – Ambien, dat is dus zolpidem – '*you're talking shit again. It's heartbreak warfare.*'

Ik voel nog steeds die enorme druk op mijn keel, alsof hij wordt dichtgeknepen. Ik heb hier zó geen zin in. Was ik maar een normaal mens, met een normale baan, een normale vriend en normale ouders. Vooral dat laatste. Met hen is alles per slot van rekening begonnen.

Laat ik je maar iets over mijn jeugd vertellen. Niet alleen omdat ik denk dat het tijd is, maar ook omdat ik zelf de afleiding kan gebruiken. Want hoe meer ik me op mijn keel focus, hoe erger het wordt.

Mijn moeder belt mij één keer per week, wanneer mijn vader naar de bijbelstudiegroep voor mannen is. En heel soms belt ze me als mijn vader boodschappen aan het doen is. Meer tijd dan dat brengen mijn ouders niet apart van elkaar door.

Mijn moeder kan mij alleen bellen wanneer mijn vader weg is, omdat ze officieel geen contact meer met mij mag hebben. Mijn vader vindt dat ik hen én de hele kerk te schande heb gemaakt met mijn boek. En niet omdat het geen echte literatuur is volgens die zure trut van *de Volkskrant*, want dat kan ze geen zier schelen, maar omdat volgens hem nu iedereen denkt dat zij godsdienstwaanzinnige ouders waren die geen oog hadden voor de behoeften van hun kind. Omdat *In de Naam van God* gaat over een meisje dat misbruikt wordt in een sekte, wilde iedere interviewer weten in hoeverre het boek autobiografisch was. Ik heb naar waarheid verteld dat mijn ouders streng christelijk zijn, maar dat er geen sprake was van een sekte en al helemaal niet van misbruik. Ik dacht dat ik daarmee niemand voor het hoofd stootte, maar dat dacht ik dus verkeerd.

Lange tijd ben ik boos geweest omdat mijn moeder niet tegen mijn vader in durft te gaan en hem niet gewoon vertelt dat zij wél haar dochter wil spreken, of hij het er nou mee eens is of niet. Maar op aanraden van Mirjam, de enige van wie ik weleens iets aanneem, ben ik er pragmatisch in gaan staan. Het is óf als wees door het leven, óf accepteren dat het al heel wat is dat mijn moeder een heuse zonde begaat (liegen) door mij één keer per week stiekem te bellen. Niet dat we over al te spannende dingen praten. Mijn moeder wil vooral weten of ik wel genoeg eet en vertelt mij voor de rest van het gesprek tot in detail over het ziekteverloop van diverse familieleden, buren en kerkleden. Na tien minuten weten we geen van beiden meer wat we moeten zeggen en hangen we op.

Er is overigens wel degelijk een meisje misbruikt in onze kerk, alleen was ik het niet. Dat zit zo: we hadden een heel knappe jeugdleider, Christopher. Christopher had jaren met zijn vrouw als zendeling in Afrika gewerkt en was sinds een jaar terug in Nederland. Wij vonden hem allemaal zeer interessant, met zijn blonde haar en gebruinde gezicht (zelfs na een jaar had hij nog die net-uit-de-tropen-look; nu pas bedenk ik dat hij waarschijnlijk een zonnebank had thuis). Hij zag eruit en gedroeg zich als iemand die ook in de seculiere wereld populair en succesvol zou kunnen zijn. En van dat soort mensen hadden we er maar weinig in de kerk. Zijn vrouw Agnes paste beter in het evangelische plaatje: slecht haar, geen smaak en een figuur waar niemand wild van werd. We vroegen ons altijd af waarom Christopher uitgerekend op háár was gevallen en konden niets anders bedenken dan dat zij de dochter van de voorganger van de kerk was.

Een keer per week hadden we jeugdbijeenkomsten. Dan leerde Christopher ons hoe we satanische achteruitdraaimuziek konden herkennen en wat we moesten zeggen als mensen ons vroegen hoe het zat met de dinosaurussen*, en studeerden we

* Dit is een heikele kwestie in streng christelijke kringen. Volgens de Bijbel is de aarde hooguit zesduizend jaar oud, maar dinosaurussen leefden zo'n 225 tot 65 miljoen jaar geleden. Bovendien komen dino's nergens in de Bijbel voor. Volgens Christopher leefden mens en dino in de eerste jaren wel degelijk naast elkaar, maar zijn alle -rexen en -donten gestorven tijdens de zondvloed omdat ze niet in de ark van Noach pasten.

musicals in die de dood en opstanding van Christus verbeeldden en die we met Pasen opvoerden in het plaatselijke overdekte winkelcentrum.

Christopher en Agnes hadden een baby, de reden dat ze waren teruggekomen. Ze vroegen Ilonka of zij af en toe wilde oppassen.

Ik was stikjaloers op Ilonka dat ze bij onze gebronsde vertegenwoordiger van God thuis mocht komen. En sinds zij oppaste, meende ik te zien dat hij haar net iets meer aandacht gaf tijdens onze jeugdsamenkomsten. Ook gaf hij haar betere rollen in de paasvoorstelling. (Zij: Maria Magdalena. Ik: Romeinse soldaat naast het kruis.) Vóór Christopher waren Ilonka en ik beste vriendinnen. We wilden immers allebei zendeling worden. Door de rest van school werden we als freaks beschouwd omdat we naar de Evangelische Kerk gingen, hoewel we allebei ons best deden om zo normaal mogelijk te zijn. Denk maar niet dat we alle snedige antwoorden die we tijdens de rollenspellen hadden geoefend in de praktijk toepasten. We waren niet gek.

Naarmate Ilonka langer oppaste bij Christopher, begon ze geheimzinnig en afstandelijk te doen. Opeens wilde ze op vrijdagmiddag niet meer mee naar onze favoriete ijssalon. Later wilde ze ook niet meer rondjes met me lopen in de pauze. Vanaf dat moment nam ik maar boeken mee naar school die ik las aan de meest afgelegen tafel in de kantine. Ik was nu officieel eenzaam.

Ik verloor zowel Ilonka als Christopher uit het oog. Ilonka ging studeren in een of ander provinciestadje. En als ik mijn ouders nog bezocht, ging ik niet op zondag, om verplicht kerkbezoek of discussies daarover te vermijden, dus zag ik ook Christopher niet meer. Slechts één keer zag ik hem samen met zijn vrouw lopen op de parkeerplaats van de Lidl. Hij was nog steeds even gebronsd en geblondeerd als vroeger, maar toen ik dichterbij kwam, zag ik dat hij rimpels had gekregen, en zijn lippen leken dunner dan ik me kon herinneren. Ik wilde hallo tegen hem zeggen, maar hij keek straal langs me heen. Alleen Agnes keek me even aan, met een kille, onderzoekende blik.

Op een avond, ik werkte net twee jaar als copywriter in de reclame en was er (als enige ter wereld overigens) van overtuigd dat ik creatief directeur zou worden, belde mijn moeder om te vertellen dat Christopher zichzelf had verhangen. Er werd een gebedsavond georganiseerd om te voorkomen dat hij in de hel* zou komen, wat echt sneu zou zijn na al zijn goede werken.

'We hadden niet veel contact met hem,' zei mijn moeder huilend** aan de telefoon. 'Maar hij heeft zoveel betekend voor zoveel mensen.'

Hoeveel hij had betekend in het leven van Ilonka, zou ze me na de gebedsdienst vertellen. Ik was eerst van plan geweest om niet te gaan, maar ik was wel nieuwsgierig naar wat er van de anderen van de tienerclub was terechtgekomen. Ik vroeg me af of ze nog steeds oprecht geloofden in het hele Bijbelgedoe of dat ze, net als ik, waren afgegleden naar alleen Kerstmis en Pasen. En ik wilde natuurlijk dat ze zouden zien hoe succesvol ik was geworden. Niet meer Ruth met haar beugeltje en scheef geknipte pony, maar iemand die cool was, die in de hoofdstad woonde

* 'Weet u niet dat u een tempel bent van God en dat de Geest van God in uw midden woont? Indien iemand Gods tempel vernietigt, zal God hem vernietigen, want Gods tempel is heilig – en die tempel bent u zelf.' Aldus 1 Korintiërs 3 vers 16 en 17. Daarom denken strenggelovige christenen dat mensen die zelfmoord plegen naar de hel gaan. Andere theorie is dat je voor de zonde van zelfmoord geen vergeving kunt vragen (omdat je dood bent, duh) en dáárom in de hel komt.

** Huilen omdat het zo hoort.

en bij een reclamebureau werkte, veel cooler dan Ilonka. Inmiddels had ik ook een andere naam aangenomen: Kathelijne.

De gebedsdienst was net zo hysterisch als iedere andere dienst van de kerk van mijn ouders. Nadat de leider van de dienst had gezegd hoe spijtig het was dat de duivel uitgerekend in zo'n groot christen als Christopher was gevaren en dat dit een waarschuwing moest zijn voor ons allemaal, begon hij in tongen te spreken*. Hij stootte iets uit in de trant van 'asjachalabalasjachablahashimkalacha', en al snel deden enkele andere mannelijke (altijd mannelijke, waarom dat was weet ik nog steeds niet) kerkleden mee. Ik stond naast Ilonka en probeerde oogcontact met haar te krijgen, maar zij hield haar ogen stijf dicht. Zij was dan ook nog steeds christelijk, al was ze in haar nieuwe woonplaats lid geworden van een minder extreme kerk. De enige die wel terugkeek, was Andreas. Ik had met hem vaak rollenspellen gedaan, die ik altijd won, of ik nou de christen speelde of de zondaar. We lachten samenzweerderig naar elkaar. Daarna moest ik snel de andere kant op kijken omdat het hele gedoe me op de zenuwen begon te werken en ik bang was dat ik de slappe lach zou krijgen.

Na afloop van de gebedsdienst – die een uur zou duren maar uiteindelijk gewoon twee uur had geduurd, ook wat dat betreft was er niet veel veranderd – ging ik met Ilonka nog een biertje drinken. Andreas wilde ook graag mee, maar zijn vriendin belde om de paar minuten waar hij bleef, dus droop hij maar af. Ik vreesde dat hij er niet erg op vooruit was gegaan: eerst in het gareel van de Evangelische Kerk, nu onder de duim bij een vrouw. Misschien was hij zo iemand die het gewoon fijn vond als ie-

* Evangelische christenen geloven dat als ze vervuld worden van de Heilige Geest, ze in een taal kunnen bidden die alleen God verstaat. Dat heet dan 'in tongen spreken'.

mand hem vertelde wat hij moest doen. Al zou het ook kunnen dat het de arme jongen systematisch was afgeleerd om voor zichzelf te denken en dat er dus niet veel opstandigheid van hem te verwachten viel.

Na het derde biertje in het dorpscafé, waar we vroeger uiteraard nooit mochten komen, vertelde Ilonka me wat er vroeger was voorgevallen tussen haar en Christopher.

'Ik was altijd een beetje verliefd op hem,' zei ik, nadat we eerst eindeloos over haar studie, mijn studie, haar werk, mijn werk, en jongens (ik) hadden gepraat. 'Weet je dat ik heel jaloers was dat jij altijd bij hem mocht oppassen?'

Ze spuugde de slok bier uit die ze net had genomen. 'Je weet niet wat je zegt,' zei ze. 'Je kletst maar wat, hè?'

We waren inmiddels tien jaar ouder en ik realiseerde me dat er iets helemaal fout had gezeten. 'Sorry,' zei ik. 'Ik had werkelijk geen idee.'

'Nee, jij was altijd maar aan het dagdromen over je toekomstige man, die je zo snel mogelijk wilde ontmoeten zodat je op je achttiende verjaardag kon trouwen.'

'Zei ik dat echt?'

Ilonka lachte even. 'Je was een hopeloze romanticus.'

Ze begon te vertellen. Hoe Christopher haar in eerste instantie een goed gevoel had gegeven over zichzelf. Hij had haar overladen met complimenten, dat ze zo mooi was en dat ze al zoveel verder was dan de andere meisjes van haar leeftijd. (Hier ging even een steek door me heen – had Christopher mij daarmee bedoeld?) Hoe hij haar altijd een stevige omhelzing gaf bij het afscheid. Hoe hij regelmatig informeerde of ze al een vriendje had. Het misbruik zelf was begonnen toen hij haar een keer naar huis bracht na het oppassen. Hij had haar fiets achter in de auto gelegd, een terreinwagenachtig ding. Ilonka had opgemerkt dat hij een beetje naar alcohol rook en zijn vrouw had nog gezegd dat het misschien niet zo'n goed idee was dat hij ging rijden, maar hij had erop gestaan. Vlak voor haar huis had hij de auto in de berm gezet en gezegd dat hij zich zo prettig voelde bij haar. Het leek wel of zij hem helemaal begreep. Hij dacht dat ze verwante zielen waren en vond dat ze zo wijs was voor haar leeftijd. Toen had hij zich naar haar toe gebogen.

Ze had zijn kus niet beantwoord. Ze had als versteend op die autostoel gezeten terwijl hij zich op haar stortte als een uitgehongerd dier. Na enkele seconden had hij de controle over zichzelf hervonden en sorry gezegd. 'Ik had mezelf niet in de hand. Je doet iets met me.' Ilonka zei dat ze na jaren therapie pas de formulering van een echte *predator* herkende. 'Jíj doet iets met me.' Zij had iets gedaan, hij kon er eigenlijk niet zoveel aan doen.

Ze was uitgestapt, hevig in de war. Er was ons Evangelische Kerk-meisjes altijd voorgehouden dat we geen seks mochten hebben voor het huwelijk. Zelfs zoenen bewaarden wij liever voor de ware. En nu was zij gekust door een getrouwde, oudere man. Ze zei dat ze zich heel vies en zondig voelde en zeker nog een halfuur had gebeden voordat ze de slaap kon vatten. Maar toen hij een paar dagen daarna belde of ze weer kon komen oppassen, had ze gewoon 'ja' gezegd. Ze kon nog steeds niet zo goed terughalen waarom.

'Omdat je je misschien ergens toch gevleid voelde door zijn aandacht,' zei ik.

Ze keek me boos aan. 'Natuurlijk niet. Ik denk dat ik voor mijn gevoel geen keus had.'

De reden waarom ze werd gevraagd om op te passen, was meestal omdat zijn vrouw naar de vrouwenbijbelstudiegroep ging – dezelfde groep die mijn moeder nog steeds trouw bezoekt – en Christopher ging tennissen. Maar algauw maakte hij er een gewoonte van om na een halfuur thuis te komen met de boodschap: 'Ik had ineens veel meer zin om met jou te kletsen dan om tegen die stomme bal te slaan.'

Dat 'kletsen' behelsde de eerste weken nog zoenen, maar na een tijdje begon Christopher aan haar borsten te zitten en nog een paar weken later legde hij haar hand op zijn kruis. Ze had geen idee wat ze moest doen, maar trok ook haar hand niet weg. 'Je moet wrijven,' zei hij. 'Zie je wat je met me doet?' Voor de vorm haalde ze dan haar hand een paar keer over zijn gulp, waarachter het opgezwollen vlees zat, om zich zo snel mogelijk weer terug te trekken. Dan wachtte ze tot hij haar hand er weer op legde.

De volgende fase was dat hij in haar slipje begon te wroeten. Ze had het afschuwelijk gevonden. Die graaiende hand in haar kruis, het gehijg in haar oor: 'Je maakt me helemaal gek. Door jou kan ik mezelf niet beheersen. Je weet niet wat je met me doet.' Hij drong met zijn vingers bij haar naar binnen en likte ze vervolgens gulzig af. Dat had Ilonka nog het allersmerigste gevonden. Vlak daarna, voordat het écht helemaal uit de hand kon lopen, hield het op.

Het misbruik stopte omdat de voorganger, tevens Agnes' vader, had ontdekt wat er aan de hand was. Ilonka was met haar ouders bij de voorganger ontboden en daar hadden ze samen met Christopher en Agnes gebeden. (Ilonka vond dit minstens zo erg als het misbruik zelf.) Ilonka moest Christopher vergeven omdat goede christenen dat nou eenmaal deden, en daarmee was alles opgelost.

Achteraf was Ilonka misschien nog wel het meest boos op de voorganger, zei ze. Christopher was gewoon ziek, ze had later begrepen dat ze niet het eerste en ook niet het laatste meisje was geweest, Agnes was bang om haar man te verliezen, maar de voorganger, de grote Johan Kouwenhoven, had beter moeten weten. Hij had dit niet onder het tapijt moeten schuiven alsof het een klein misstap was die de beste kon overkomen. Hij had zelfs gezegd dat er niet écht iets was gebeurd (lees: geen penetratie).

In mijn boek gaan misbruiker en slachtoffer wél over tot de daad en komt het slachtoffer zelfs klaar. Dat was overigens uitsluitend uit psychologische overwegingen; het maakte het verhaal sterker. Het leek mij des te verwarrender dat het slachtoffer genot had ervaren. Ik bedoel, hoe moet je dát ooit goed krijgen in je hoofd. En inderdaad bleek dát later de verjaardagsfeestfactor* van het boek te zijn.

Christopher werd uit zijn functie als jeugdleider gezet en mocht voortaan de bezoeken aan zieken en bejaarden coördineren. Mij ontging dit alles destijds uiteraard. Ik weet alleen dat ik er vreselijk van baalde dat ik nu alleen nog de zondagen had om naar hem te loeren en te fantaseren over hoe het zou zijn als ík zijn vrouw was en we samen in Afrika arme kinderen zouden bekeren. Maar ook dat ging snel voorbij. Toen ik zestien was kreeg ik mijn eerste vriendje, een vrij lelijke jongen met een bril met jampotglazen en eenzelfde soort beugel als ik, waardoor we moesten uitkijken dat onze elastiekjes niet verstrikt raakten tijdens het zoenen. Thijs was net als ik een kelderrestantje. Onze gedeelde vreugde dat we allebei eindelijk iemand hadden die ons aandacht gaf, maakte ons gek van geilheid. Binnen een maand liet ik al mijn ideeën over wachten tot de huwelijksnacht varen en gingen Thijs en ik als bonobo's op elkaar los.

Toen mijn ouders doorkregen dat ik 'het' had gedaan (mijn moeder bleek mijn dagboeken te lezen en was derhalve niet alleen op de hoogte van mijn bedavonturen met Thijs maar ook van mijn fantasieën over Christopher en de kindertjes in Afrika), waren ze zo woedend op mij dat ze me verboden Thijs ooit nog te zien. Ze gaven me bovendien een maand huisarrest.

* Een boek wordt pas echt succesvol als mensen erover gaan praten op verjaardagsfeestjes. Dat is, naast televisieoptredens, de belangrijkste verkoopfactor.

Ik vond hun reactie zo overtrokken dat ik in die maand dat ik in mijn kamer naar het behang zat te koekeloeren, want lezen mocht niet en televisiekijken al helemaal niet, voor het eerst ben gaan nadenken over wat ík nou van het geloof vond. Mijn conclusie was dat alles draaide om het wel, maar vooral het níét hebben van seks. Van alle zondes die ik had begaan, en dat waren er heus wel wat (brutaliteit, diefstal, godslastering, spijbelen van de kerk om VPRO-ochtendtelevisie te kunnen kijken), werd deze vleselijke zonde het zwaarst bestraft. Toen de maand huisarrest voorbij was, had ik een nieuwe tactiek bedacht. Ik vertoonde al het gedrag dat mijn ouders wilden zien, zei precies wat ze wilden horen, klaagde nooit meer over de verplichte zondagsdienst om negen uur 's ochtends. En zodra ik mijn vwo-diploma had, ging ik zo snel mogelijk op kamers wonen in Amsterdam.

Toen mijn boek was verschenen lieten mijn ouders weten dat ze het contact met mij verbraken. Net als Ilonka, overigens. Zij stuurde me na de verschijning van *In de Naam van God* één zeer onchristelijke mail waarin ze zei dat als ze me tegen zou komen, ze m'n kop eraf zou rukken om de plee ermee te dweilen. Die mail verbaasde me, ten eerste omdat het boek niet over haar ging, en ten tweede omdat haar toon niet echt in de vergevingsgezinde sfeer paste die christenen graag ophouden. Ik mailde haar terug met een uitleg, waaraan Ilonka geen boodschap had. Dat begrijp ik ergens wel. Maar fictie is nou eenmaal het enige terrein waarop ik volledige vrijheid heb, en dat wil ik graag zo houden. Of ben ik nu heel egoïstisch?

Er werd nadat *In de Naam van God* was verschenen een gebedsdienst gehouden om mij te redden. Het was de eerste gebedsdienst voor één persoon sinds de zelfmoord van Christopher. Kun je nagaan hoe *pissed off* iedereen was.

Ik denk dat mijn ouders me dankbaar moeten zijn. Zaten ze vóór mijn boek altijd hun stinkende best te doen op de achterste rij, tijdens mijn gebedsdienst werden ze naar voren gehaald en speciaal gezegend. Ik moet eerlijk zeggen dat het ook mij ergens wel goeddeed dat al die mensen die daarvoor nooit een seconde naar mij hadden omgekeken, nooit een gedachte aan mij hadden gewijd, waarschijnlijk hiervoor niet eens wisten hoe ik heette, nu voor me aan het bidden waren alsof hun leven ervan afhing. Op het moment dat de dienst gehouden werd, heb ik ter ere van al die mensen een enorme joint gerookt. Dat maakte de ervaring nog beter.

Toen mijn moeder me vier maanden later voor het eerst stiekem belde, vertelde ze hoe verschrikkelijk iedereen het toch voor haar en mijn vader vond. Een buurvrouw had zelfs een plakboek gemaakt van al mijn interviews en met neongroene markeerstift de passages onderstreept die mogelijk kwetsend waren. Zodra de buurvrouw weg was, had mijn vader het plakboek opgepakt en in de container geflikkerd. Mijn moeder had het er even later weer uit gehaald en bewaart het nu onder haar Tupperware-bakken. (Zij is overigens het type vrouw dat zelfs na dertig jaar nog alle bakken en deksels compleet heeft.)

7

Hoe weet je of een idee goed is? Dat is het kutterige*: daar kom je pas achter als je ermee aan het werk bent. Ik ken schrijvers die eerst maanden met een idee in hun hoofd rondlopen en er net zo lang op kauwen tot ze zeker weten dat ze er wat mee kunnen. Daar heb ik het geduld niet voor. Mijn nieuwe boek gaat over een huisvrouw in de jaren vijftig die erachter komt dat haar echtgenoot een dubbelleven leidt en vervolgens zonder afscheid te nemen naar Afrika vertrekt. Ik heb nu al geen idee meer hoe het verder moet. Dit hele verhaal hangt me goed de keel uit en ik wil eigenlijk iedereen dood laten gaan, terwijl ik nog niet eens op een kwart zit (twintigduizend woorden). Ook is het nog de bedoeling dat ik echt naar Afrika ga om research te doen, maar ik zie er zo tegen op om in mijn eentje te gaan, en bovendien verander ik de hele tijd van land. Eerst speelde het zich af Kenia, daarna Zuid-Afrika, tegenwoordig Zambia. Ik heb het eerste deel maar naar Harold gestuurd in de hoop dat hij me op weg

* Harold had dit woord met een rode pen vervangen door 'vervelende'. Hahaha!

kan helpen en vanmiddag hebben we een afspraak. Ik hoop maar dat Harold het nieuwe manuscript goed vindt. En als hij dat niet vindt, hoop ik dat hij zo vriendelijk is om tegen me te liegen. Ik weet niet of ik nog meer tegenslagen kan verdragen nu.

In de Naam van God heb ik zonder begeleiding geschreven. Ik hoefde maar aan Christopher te denken, bungelend aan een touw op zolder, of aan mijn vader die zich zichtbaar ongemakkelijk voelt bij alle vrouwen en bij mij in het bijzonder, of aan de klotekinderen op school, of aan de vlammende preken van de voorganger waarin we allemaal heilig en zondig tegelijk werden verklaard, en de woorden stroomden. Het boek telt ruim negentigduizend woorden en ik heb het in amper vijf maanden geschreven, terwijl ik nog een baan ernaast had ook. *Catamaran* ging ook nog redelijk. *In de Naam van God* was nog niet verschenen en ik zat vol kinderlijk schrijfplezier dat nog niet om zeep was geholpen door alle *haters*. Desondanks ging het schrijven al wat stroever en heb ik een jaar gedaan over zeventigduizend woorden.

Met dit nieuwe, voorlopig titelloze boek ben ik al vier maanden bezig. Ieder woord lijkt een worsteling. Waarom heb ik ooit bedacht dat ik dit kon? Ik had het gewoon bij één boek moeten laten. Alles wat er nu komt, kan alleen maar shit zijn.

Maar goed, het moet, het moet, het moet, ook al vraag ik me af of ik niet gewoon een eendagsvlieg ben.

De uitgeverij die mijn boeken publiceert is gevestigd in een riant grachtenpand. Dat hoort zo, zelfs nu de boekenverkopen zo dramatisch zijn teruggelopen. De helft van het personeel is al de laan uit gestuurd, maar dat kantoor moet blijven, net als de dure lunches, de boekpresentaties met oesters en het uitgeven van ingewikkelde literaire werken die niemand wil lezen, maar die zo mooi staan op de fondslijst.

Ook zo'n vraag die men mij graag stelt: hoe komt het dat het zo slecht gaat in het boekenvak? Dat kan ik precies vertellen. Sowieso lezen mensen minder. Nu we allemaal verslaafd zijn aan onze smartphones, kunnen we nauwelijks nog voldoende aandacht opbrengen om een paar uur achter elkaar hetzelfde te doen. Daarnaast is boeken lezen uit. Praatte vroeger iedereen bij het koffiezetapparaat over de nieuwe Nicci French, tegenwoordig gaat het over *House of Cards* of een andere serie die iedereen gezien móét hebben. En dan de illegale downloads. Die schijnen ook nog dertig procent van de omzet weg te nemen. Dus uiteindelijk verkopen schrijvers nu nog maar de helft van wat ze vijf jaar geleden verkochten. En uitgevers dus ook.

Mijn uitgeverij is een van de weinige die geen deel uitmaakt van een groter concern. Harold is ooit zijn eigen uitgeverij begonnen en heeft toen het geluk, of het briljante inzicht, gehad dat een van de boeken die hij uitgaf een megaseller werd (650.000 stuks, iets met kanker én een dood kind ín de Tweede Wereldoorlog). Ook is Harold niet vies van een beetje commercie. Met zijn Nyenrode-'vriendjes' bedenkt hij concepten om boeken bij benzinestations te verkopen en dat soort dingen. Laatst stelde hij voor om voor Moederdag een samenwerking aan te gaan met een bouwmarkt. Mannen zouden bij een aankoop boven een bepaald bedrag *In de Naam van God* cadeau krijgen, zodat ze niet meer hoefden na te denken over een cadeau voor hun vrouw. Ik heb natuurlijk ja gezegd, al zei Mirjam dat ik het niet moest doen omdat het absoluut niet chic was. Vervolgens heb ik me de hele maand mei geschaamd en was ik blij toen de actie voorbij was.

Harold is een gedistingeerde heer die met een aardappel in zijn keel over onbegrijpelijke dingen praat, ik vermoed voornamelijk om andere mensen zich dom te laten voelen, en die dunne sigaartjes rookt die hij speciaal via een vriend importeert uit Cuba.

Als ik binnenkom in zijn met mahonie en boeken gevulde herenkamer, begroet hij mij stijfjes met drie kussen, zo ver mogelijk bij mijn mond vandaan. Wat dat betreft doet hij me aan mijn vader denken. Die heeft eenzelfde soort ongemak met lichamelijke intimiteit. Michiel heeft mij verteld dat ze vroeger weleens samen naar seksclubs gingen en dat Harold na twee whisky helemaal losging. Een kant van hem die ik best eens zou willen zien, maar ik denk dat ik dan lang kan wachten.

Harold vraagt of ik wijn wil, ook al is het nog maar twee uur 's middags, kijkt teleurgesteld als ik nee zeg en laat dan koffie komen.

Hij schraapt zijn keel en kijkt me indringend aan. 'Gaat het goed met je?'

'Dat is een lastige vraag,' zeg ik.

Harold weet kennelijk niet wat hij daarop moet zeggen.

'Ik ben een beetje ziek geweest,' zeg ik dan.

'Je lijkt afgevallen,' zegt hij. 'Eet je wel genoeg?'

'Ik heb gewoon een snelle stofwisseling. En ik was dus ziek. Als ik je dat had verteld, had je dan bloemen gestuurd?'

Hij lacht obligaat. Voor hem op tafel ligt een uitdraai van mijn manuscript. Althans, de twintigduizend woorden die ik tot nu toe heb geschreven. Ik probeer te lezen wat hij er zoal bij heeft gekrabbeld. Al gaat dat lastig, zo op z'n kop, en Harold heeft een vreselijk handschrift.

'Hoe gaat het met jou?' vraag ik.

'Uitstekend,' zegt hij.

'Nog onbegrijpelijke nieuwe dichters ontdekt die niemand wil lezen?'

'Ik heb wel net een feministische schrijfster uit Noord-Korea aangekocht die moest onderduiken na de verschijning van haar boek. Dit zou weleens de opvolger kunnen worden van *De duivelsverzen*. Qua controverse, hè.'

'Was zeker niet goedkoop, die boekrechten. Daar gaat het marketingbudget voor mijn nieuwe boek,' zeg ik, en ik zucht demonstratief. Ik weet niet waarom ik zo mijn best doe om grappig te zijn, want Harold lacht nooit om mijn grappen. Misschien ben ik gewoon zenuwachtig.

'Over je nieuwe boek,' zegt Harold, en hij laat een stilte vallen.

'Doe toch maar een wijn,' zeg ik. 'Of whisky.'

Hij staat meteen op en wil naar de keuken lopen.

'Grapje,' zeg ik. 'Oké, slechte grap.'

Hij blijft nog even staan. 'Als je wilt, kan ik wel een flesje opentrekken, hoor.'

'Nee, echt niet,' zeg ik. 'Begin maar gewoon met schieten.'

Hij gaat weer zitten. Hij draagt een overhemd in een onbestemde kleur blauw dat ongetwijfeld erg duur is geweest. Ik weet dat Michiel ook allerlei speciale kledingadresjes heeft. Het zal wel een Nyenrode-ding zijn.

'Over je manuscript, althans wat ik tot nu toe heb gelezen...' Hij bladert door het pak papier alsof hij weer even moet terughalen wat er ook alweer staat. 'We zouden er bladzijde voor bladzijde doorheen kunnen lopen, maar misschien is het beter om het eerst over de grondbeginselen te hebben.'

'Dit is een vrij ruwe versie, hè,' zeg ik. 'Er moet nog heel veel aan gebeuren. Maar ik wilde het je alvast laten lezen, zodat je weet waar ik mee bezig ben. En ik moet ook meer research doen. Ik ga binnenkort naar Afrika.'

'Ik zal heel eerlijk tegen je zijn, Kathelijne,' zegt Harold. 'Ik weet het niet met dit boek.'

Om mezelf een houding te geven, neem ik een slok van mijn koffie. Ik ben me ervan bewust dat ik veel met mijn ogen knipper.

'Hoe bedoel je?' vraag ik zodra ik het idee heb dat ik kan praten.

Hij kijkt peinzend voor zich uit, zit waarschijnlijk te bedenken hoe hij dit tactvol kan brengen, zodat ik niet ga huilen* of boos word. Aan de andere kant werken er alleen maar vrouwen voor hem, dus als het goed is, is hij het gewend om om te gaan met heftige emoties. Ik heb weleens mannen horen zeggen dat ze het zat zijn om vrouwen in dienst te hebben, omdat ze altijd moeten huilen**. (Dat, en zwanger worden.) Maar dat is nou eenmaal hoe wij het doen. Stel dat vrouwen de wereld zouden regeren. Die zouden in crisissituaties gewoon even huilen*** en dan zou het weer voorbij zijn. Mannen kroppen hun emoties net zo lang op tot ze niet anders meer kunnen dan bommen gooien en vliegtuigen neerhalen en zo.

Ik kijk om me heen of Harold een doos tissues op zijn kamer heeft staan en verdomd, hij heeft zelfs een chique zilveren tissuehouder. Ik sta op om de doos te pakken en zet hem dan pontificaal op tafel neer.

'Ga verder,' zeg ik.

Uiteraard ziet Harold hier weer de lol niet van in. Maar hoe stoïcijnser hij doet, hoe meer ik me ga uitsloven.

'Ik vraag me af of dit het juiste onderwerp is voor jou. Zie je, *In de Naam van God* was authentiek, persoonlijk, onbeschaamd. Daarna kregen we *Catamaran*, daar hoeven we het niet lang over te hebben; je voelt denk ik zelf ook wel dat dat niet je beste boek was. Maar omdat het je tweede boek was, heb ik het laten passeren. Maar nu... Nu moet je je comeback maken, Kathelijne. En om eerlijk te zijn... Het boek waar je nu mee bezig bent, voelt wat... krampachtig aan.'

Ik voel hoe ik hem aanstaar, mijn ogen nog heviger knippe-

* Huilen omdat vrouwen nou eenmaal altijd om alles huilen.

** Huilen als voorbode van een burn-out.

*** Huilen om stoom af te blazen.

rend dan daarnet. 'Het is nog een eerste versie, hè. Misschien moet ik het in een andere vorm schrijven. Eerste persoon in plaats van derde.'

Harold doet alsof hij er serieus over nadenkt, maar ik zie dat hij faket. 'Mag ik vragen, heb je plezier in het schrijven van dit boek?'

'Ja, nou ja, eh... best wel, geloof ik. Het gaat alleen op dit moment niet zo soepel. Maar dat komt omdat ik privé nogal wat aan mijn hoofd heb. Ik denk ik dat met ieder boek moeite zou hebben nu.'

'Dat weet ik natuurlijk niet,' zegt Harold. 'Maar ik weet wel dat we dit zoals het nu is niet als literair werk kunnen brengen.' Hij kijkt me indringend aan, misschien moet dit wel een empathische blik voorstellen, maar zo voelt het echt niet. Ik hoop niet dat hij er iets over tegen Michiel heeft gezegd, want in Michiels ogen ben ik nu nog zo bijzonder en getalenteerd, en ik wil niet dat hij anders over mij gaat denken. Maar natuurlijk heeft Harold dat niet gedaan, want waarom zou hij, en het is toch belachelijk dat ik aan Michiel denk terwijl mijn carrière misschien wel naar God is. Ik ben te afhankelijk. Dat is mijn probleem.

'Ik weet dat dit heel moeilijk is, Kathelijne. Maar is er niet een ander onderwerp waarover je kunt schrijven? Iets wat dichter bij jezelf ligt.'

Ik pak een tissue uit de zilveren doos en veeg even onder mijn ogen, want ik geloof dat er een traan is ontsnapt en ik wil niet dat mijn mascara doorloopt. 'Weet ik veel,' zeg ik dan.

'Misschien moet ik toch maar een wijntje inschenken.'

Als hij de kamer uit is, trek ik snel mijn manuscript naar me toe. De eerste twintig bladzijden heeft Harold nog braaf zijn best gedaan om commentaar te leveren. Daarna is hij er zo te zien mee gestopt. Zo slecht is het blijkbaar. Ik wil het manuscript snel terug op zijn plek leggen, maar Harold staat alweer in de kamer. Met wijn.

'Ja, op een gegeven moment leek het me beter om eerst over de basis te praten, voordat ik door zou gaan met mijn feedback. Leek me anders zo ontmoedigend voor je.'

'En dit is niet ontmoedigend, denk je?' Ik hoor dat mijn stem een beetje overslaat.

'Hier is je wijn.' Hij duwt me een glas in de hand.

Ik neem maar een grote slok. Ik neem aan dat Harold hier ervaring mee heeft en blijkbaar is drinken de beste strategie nu.

'Luister, ik begrijp heel goed dat dit rauw op je dak valt en dat dit niet is wat je van dit gesprek had verwacht. Maar ik weet ook zeker dat je een getalenteerde schrijfster bent en dat je in staat bent te excelleren met een onderwerp dat beter bij je past.'

Ik neem nog maar een slok wijn. Harold drinkt nooit goedkope wijn. Ook dit is iets ingewikkelds, Michiel zou meteen weten wat het is. Ik proef alleen maar dat het duur is.

'Denk er maar even over na.'

Even? Ik ben al een fucking halfjaar over dit fucking boek aan het nadenken. Misschien ben ik gewoon een eendagsvlieg. Heb ik één goed boek gescoord en moet ik het daarbij laten. Ik kan vast nog wel terug de reclame in. Of naar Thailand verhuizen en bij een strandtent gaan werken. Of een rijke man zoeken die niet getrouwd is. Ik heb het lichaam van een lingeriemodel, tenslotte. Misschien kan ik zelfs écht lingeriemodel worden, al ben ik daar wellicht net iets te oud voor met mijn begin dertig. Dat is voor schrijversbegrippen heel jong, maar voor modellenbegrippen bejaard.

'Maar als ik er nog een keer goed doorheen ga…' zeg ik. 'Ik bedoel, wat vind je er precies niet goed aan? Is het de stijl? Of het verhaal an sich? Moet ik de karakters beter uitwerken? Is het niet geloofwaardig?'

Harold schudt zijn hoofd. 'Het is het gewoon niet. Het voelt geforceerd, bedacht, en als ik eerlijk ben is je stijl soms wat simplistisch.'

'Dus je wilt het niet uitgeven?'

'Als je het zo sterk wilt stellen...'

'Je wilt het niet uitgeven,' zeg ik nog een keer.

'Nee.' Harold kijkt weg en neemt een slok wijn. 'Maar ik wil wel een ander boek van jou uitgeven. Een boek dat bij jou past.'

O god, ik ga huilen*. Godverdomme. Als ik bij iemand niet wil huilen, is het bij Harold. Harold met zijn strak gestreken overhemden die al verkrampt als hij je drie kussen moet geven bij de begroeting.

'Ik doe dit vooral voor jou. Dat zie je nu misschien heel anders, en ik snap dat je dit moet verwerken, ik begrijp het zelfs als je me op dit moment een beetje haat. Maar Kathelijne, ik weet zeker dat jij een beter boek in je hebt. Als jij nu nog een keer met een zwak boek komt, dan ben je weg. Eer je dan weer het vertrouwen van het publiek hebt opgebouwd... Dat is echt heel moeilijk. En het is toch al een moeilijke markt, dat weet je.'

'Ja, dat proef ik.' Ik neem nog een slok van mijn wijn. Dan zet ik het glas op tafel. 'Goed, dan ga ik wel een ander boek schrijven. Iets over affaires met getrouwde mannen en abortussen of zo.'

'Kijk, dat zou ik heel graag willen lezen,' zegt Harold. 'Seks, kindermishandeling, godsdienst, dat zijn goede onderwerpen voor jou. Jij kunt daar zo lekker wrang over schrijven.' Hij leunt voorover en kijkt me doordringend aan. Hij zou eens zijn wenkbrauwen moeten trimmen. Lange grijze haren springen alle kanten op. 'Je kunt op papier niet iemand anders proberen te

* Huilen uit bittere teleurstelling. En ik stop nu met dat gedoe over soorten huilen, goed? Harold vindt het irritant worden.

zijn dan je bent. Boeken liegen niet. Ik krijg iedere dag manuscripten opgestuurd en ik kan bijna altijd precies zien welke schrijvers deze aspiranten proberen te imiteren. Na het succes van *Komt een vrouw bij de dokter* kreeg ik tientallen manuscripten over vreemdgaande mannen die dol waren op voetballen en al dan niet een zieke vrouw thuis hadden zitten. En je wilt niet weten wat een zooi ik binnenkreeg na *Vijftig tinten grijs*. Tegenwoordig stikt het weer van de historische romans. God mag weten wat we straks weer gaan krijgen.'

'Wil je zeggen dat mijn boek een slechte imitatie is?' Ik weet echt wel dat dit kinderachtig is.

'Nee, nee, zo bedoel ik dat niet. Het valt me alleen op dat je zoekende bent naar een stijl, een nieuwe stijl misschien zelfs, en het enige wat ik wil zeggen is: dat hoeft niet. Maar je bent heel gevoelig nu, dat begrijp ik. Laat dit gewoon even bezinken, dan gaan we volgende week gezellig lunchen en brainstormen. Goed?'

Hij zet zijn glas resoluut neer, het slotsein van dit gesprek.

'Ik ga ermee aan de slag,' zeg ik stijfjes.

Fuck Harold. Fuck Harold met z'n dure bullshit, omslachtige piswijnen en eh... mahoniehouten meubilair. Wat weet hij nou van boeken? (Veel, vrees ik, maar ik heb geen zin om redelijk te zijn nu.)

Ik wil een baksteen door zijn ruit flikkeren en een andere uitgever zoeken. Al is dat niet handig, want dan moet ik mijn voorschot van twintigduizend euro terugbetalen, en ik heb al dat geld al uitgegeven. Bovendien moet ik nog heel veel belasting betalen en had ik eigenlijk moeten sparen, en dat heb ik dus allemaal niet gedaan.

Misschien levert het wel heel veel publiciteit op als ik een baksteen gooi en word opgepakt. Misschien kom ik zelfs in *RTL*

Boulevard en rent morgen iedereen naar de winkel om *In de Naam van God* te kopen. Alleen moet het er dan nog wel goed liggen, en ik weet niet of dat zo is.*

Anyway, fuck Harold. Ik ben fucking woedend. En dat voelt fucking duizend keer beter dan verdriet. Ik zou nu een marathon kunnen lopen, met blote handen een boom uit de grond kunnen rukken of een vervelende man in elkaar kunnen rammen.

Er loopt een vrouw langs. Ze blijft staan en kijkt me nieuwsgierig aan. Dan kijkt ze naar het bordje van de uitgeverij, waar ik nog steeds voor sta, en dan weer naar mij. Ze heeft een gifgroene bril op met vierkante glazen en is boven de vijftig, dus de kans is groot dat ze mijn boek heeft gelezen. 'Ben jij soms...?' vraagt ze.

'Nu niet!' snauw ik. 'Zie je niet dat dit een slecht moment is?'

'Sorry, hoor,' zegt de vrouw. Ze lijkt oprecht geschrokken, sterker nog, ze ziet eruit alsof ze zou kunnen gaan huilen.** Dat arme mens heeft vast mijn boek niet alleen zelf gekocht, maar ook nog cadeau gegeven aan haar vriendinnen. Het is toch heel lief dat ze dat (hoogstwaarschijnlijk) heeft gedaan, en nu doe ik zo lelijk tegen haar. Ik kan ook zien dat ze heel erg haar best gedaan heeft op haar oogmake-up, maar dat dat niet helemaal lukt zonder leesbril, want haar eyeliner gaat alle kanten op. En ook dat komt opeens heel hard bij me binnen, vraag me niet waarom.

* Van tevoren denk je als schrijver dat goede recensies het belangrijkste zijn voor je boekverkoop. Niet dus. Ook denk je dat het belangrijk is dat je veel publiciteit krijgt. Dat klopt wel een beetje; zie noot op p. 57 – op tv komen en mond-tot-mondreclame kunnen absoluut geen kwaad. Maar het allerbelangrijkste is dat je goed in de boekhandel ligt. Boekhandels hebben maar een paar vierkante meter aan tafels en dáár moet je liggen, anders koopt geen hond je. Wat er niet is, kunnen mensen nou eenmaal niet kopen.

** Nee, ik zeg niets...

'Nee, ík moet sorry zeggen. Sorry. Ik zit in de kloterigste week van m'n hele leven en daar kunt u ook niet zoveel aan doen.'

Nog voor ik de zin heb kunnen afmaken, is ze al op een drafje doorgelopen. Ze kijkt nog een keer verschrikt om, alsof ze bang is dat ik haar zal achtervolgen, haar zal aanvallen van achteren, haar op de grond zal duwen en die bril van haar hoofd zal trappen, zoals ik in eerste instantie van plan was.

'Kutwijf,' zeg ik net zachtjes genoeg zodat ze het niet kan horen, hoewel ik natuurlijk niet weet hoe goed haar oren zijn.

8

We zitten nu bijna op een derde van het boek. Dat betekent dat er nu een heftig incident moet plaatsvinden, waardoor het verhaal in een stroomversnelling komt. Een goed boek zit barstensvol techniek waar jij als lezer hopelijk niets van merkt. Zo kun je doorgaans drie akten onderscheiden. De introductie, die we net zo'n beetje achter de rug hebben en waarin je mij en al mijn frustraties hebt leren kennen. Dan moet er nu iets gebeuren waardoor ik denk: '*Dammit*, en nú ga ik iets doen!' Vervolgens ga ik dat een hele akte lang doen, en in de laatste akte volgt een heftige apotheose waar ik gelouterd uit zal komen. Ik kan niet wachten tot het zover is. Ik wil zo graag uitgroeien tot een evenwichtige, verstandige, stabiele Kathelijne. Fuck, misschien krijg ik wel een baby op het eind of trouw ik met Michiel. Maar eerst zal ik dus in actie moeten komen, en omdat ik daar totaal geen zin in heb, ga ik mezelf maar afleiden met gedachten over Thomas.

Ik open Facebook, scrol langs drie nieuwe hoi-zeggers en één *Kathelijne, je bent zo mooi, mag ik een keer foto's van je maken?* om bij Thomas uit te komen. Ik kijk nog eens naar zijn tijdlijn. Ik ga helemaal terug naar 2009. En nu ik toch bezig ben, kijk ik meteen maar even naar de pagina's van zijn ouders, zijn oudere broer (die een stuk minder knap is dan hij en bij een verzekeringsmaatschappij werkt) en de meisjes die het vaakst zijn foto's liken. Ze zijn allemaal schoonheidsspecialist of posten dagelijks narcistische selfies waarop ze niet eens zo heel erg knap zijn, en dat is dan weer knap voor een selfie met filter, dus erg spannend zijn ze niet.

Sorry van gisteravond, schrijf ik hem. *Ik geloof dat ik iets heb goed te maken. Kunnen we de avond overdoen? Als ze me nog binnenlaten bij Festina Lente (-;*

Ik ga douchen om te voorkomen dat ik al te gefocust blijf wachten. Ik hoop maar dat Thomas 'ja' zegt, want hij is werkelijk de enige die mij nu kan redden. Hij en Michiel, maar ik geloof dat de kans dat laatstgenoemde in de Audi stapt en zijn gezin achterlaat op de berg om bij mij te zijn, nihil is.

Ik douch heel lang. Ik probeer te visualiseren hoe het water niet alleen mijn buitenkant, maar ook mijn binnenkant schoonspoelt. Warme blauwe stralen die alles wat grauw en lelijk en somber is verdrijven. (Deze techniek heb ik ook uit een zelfhulpboek.) Het lukt me niet om langer dan een paar seconden te focussen. Mijn gedachten dwalen algauw af naar Michiel, het vruchtje, Ilse, zijn drie kinderen die wél geboren mochten worden, en dan weer terug naar Michiel. En dan ga ik huilen omdat huilen onder de douche ook gewoon wel iets fijns heeft.

Als ik me heb afgedroogd, is er alweer een halfuur verstreken. Dat heb ik dus goed gedaan. En inderdaad heeft Thomas gereageerd. Zou hij net als ik bijna geen leven hebben en daarom zo aan zijn Facebook vastgeplakt zitten?

Nieuwe ronde, nieuwe kansen. Vanavond acht uur bij Tabac.

Als Michiel belt, neem ik toch maar op. Ik ben nooit zo goed geweest in het negeren van mensen van wie ik obsessief hou.

'Lieverd,' zegt hij, met veel emotie in zijn stem, al dan niet echt. 'Ik ben zo blij dat je opneemt. Hoe gaat het met je?'

'Lichtelijk suïcidaal, maar los daarvan geweldig. En jij? Net gezellig met z'n allen geluncht in een of andere knusse berghut?'

'Kattie, even serieus... Ik wil echt heel graag weten hoe het met je gaat. Ik maak me enorme zorgen om je. Is het... erg?'

'Nou, iedere keer wat gezellige klodders, als je dat soms bedoelt, maar ik heb het vruchtje zelf nog niet voorbij zien komen. Als het zover is, maak ik wel een leuke selfie.'

'Doe nou niet zo naar. Je weet toch dat het niet anders kon. En je wilt zelf toch ook geen baby? Je bent nog zo jong. Je hebt je hele leven nog voor je.'

'En jij hebt je hele leven al achter je,' zeg ik.

'Doe niet zo flauw.'

'Het is toch zo?'

'Schatje, ik begrijp dat het moeilijk is. Ga je nog iets doen vanavond? Een beetje afleiding zoeken lijkt me slim. Volgens mij draaien er wel een paar leuke films. Waarom bel je Mirjam niet?'

'Omdat ik een date heb.'

Michiel is even stil.

'Met een onwijs knappe jongen,' zeg ik. 'Van mijn eigen leeftijd.' Dat laatste zeg ik omdat ik weet dat hij het vreselijk vindt om al bijna vijftig te zijn, een feit dat hij dan ook hardnekkig probeert te negeren.

'Nou, daar schrik ik van,' zegt hij na een tijdje. Hij slikt. 'Dat vind ik best heftig, als ik eerlijk ben.'

'Hoezo? Jij bent toch ook met je vrouw op vakantie? Hebben jullie het al gedaan?'

'Dat is iets heel anders. Jij wist al van haar bestaan toen wij wat met elkaar kregen.'

'Je hebt mijn vraag niet beantwoord: hebben jullie het al gedaan, ja of nee?'

'Dat gaat je niks aan.'

'Ja, dus.'

Michiel zucht diep. 'Ik weet dat ik er helemaal niets van mag zeggen. Maar weet dat het mij pijn doet en dat ik er altijd voor je ben.'

'O ja? Waar ben je dan? Ik zie je niet.'

Ik hoor hem zowaar naar woorden zoeken. 'In gedachten ben ik de hele tijd bij je. Ik denk helemaal nergens anders aan, alleen aan jou.'

'Dus ook toen je lag te neuken met Ilse, dacht je aan mij.'

'Kat... Jij bent soms echt heel kinderachtig. En ik geef je geen ongelijk. Je hebt het volste recht om nu kinderachtig te zijn.'

'Dank je wel... papa.'

Hij zucht. 'Ik moet zo gaan, lieverd.'

'Want?'

'Anders ben ik te lang weg.'

'Ja, stel je voor dat Ilse je te lang moet missen. Zou echt heel sneu voor haar zijn.'

'Stuur me even een berichtje als je straks weer thuis bent, goed? Ik vind het fijn om te weten dat je veilig bent.' Dan hoor ik wat geluid op de achtergrond en verandert zijn toon. 'Goed, zet jij het op de mail? Dank je wel. Dag.' En weg is hij.

Ik voel een enorme woede over me heen komen. Wat denkt hij wel niet? Ja, heel aardig dat hij belt. Maar zou hij nu niet gewoon bij me moeten zijn? Is dit niet het moment waarop je als echte vent je vrouw vertelt: 'Schatje, er is iets gebeurd wat je niet zo leuk gaat vinden.' Maar nee, hij denkt dat hij overal mee weg kan komen. En waarom? Omdat hij het allemaal zo mooi kan brengen?

Thomas zit aan een tafeltje bij het raam en heeft wederom zijn best gedaan om er hip uit te zien. Deze keer draagt hij een grof wollen vest en een T-shirt met wijde hals met een opdruk van een of andere ongetwijfeld toffe band. Jongens kunnen zo dwingend zijn in hun muzieksmaak. Ze denken status te ontlenen aan het kennen van totaal onbekende, bizarre bandjes. Sowieso hebben jongens nogal de neiging om hun interesses tot norm te verheffen. Zo lezen de meeste mannen alleen boeken die door andere mannen zijn geschreven. En die dan bij voorkeur over voetballers gaan. Als ik zeg dat ik schrijfster ben, vragen ze of ik kinderboeken schrijf. Maar laat ik daar maar niet al te diep op ingaan, want Thomas zit op me te wachten en ik zie nu al dat hij zenuwachtig is.

'Hoi,' zeg ik nadrukkelijk, maar Thomas pakt de grap niet op.

'Hé,' zegt hij. 'Gaat het weer een beetje?'

Ik doe mijn jas uit en ga tegenover hem aan het tafeltje zitten. Ik heb hetzelfde jurkje aan als tijdens het bezoek aan de abortuskliniek. Altijd een succesnummer. Ik zie zijn ogen over mijn lichaam gaan.

'Sorry van gister,' zeg ik. 'Ik had even niet zo'n goeie avond.'

'Geeft niet. Wil je wat drinken?' vraagt hij.

'Ik haal wel. Gin-tonic?'

'Ik dacht dat je dat stom vond.'

'Vanavond doe ik alles zoals jij het wilt.' Ik draai me om en loop naar de bar. Ik weet dat hij naar mijn kont kijkt. (Laat ik even zeggen dat ik een enorme hekel heb aan hoofdpersonages die de hele tijd moeten benadrukken hoe prachtig ze zijn. Maar gezien ik met een maandverband tussen mijn benen rondloop waarmee je het Amsterdam-Rijnkanaal kunt dempen en bovendien vroeger echt heel lelijk was, vind ik dat ik het mag. Vergeef me.)

Gelukkig hebben ze bij Tabac niet zo'n bullshitkaart met tien varianten gin-tonic en schenken ze het in gewone glazen en niet in van die aanstellerige cocktailglazen. Als ik terugkom, heeft

Thomas zijn vest uitgetrokken. Ik zet de gin-tonic voor hem neer.

'Heb je het warm?' vraag ik.

Hij wordt rood. 'Eh, ja.'

'Proost,' zeg ik. Ik tik mijn glas tegen het zijne en neem een slok. 'Heerlijk.'

Hij kijkt me een beetje angstig aan.

'Zo, Thomas,' zeg ik om hem gerust te stellen. 'Heb je een leuke dag gehad?'

'Jawel,' zegt hij. 'Drukke dag.' Hij vertelt over een nieuw concept dat hij aan het ontwikkelen is. Iets met een app. Het is vast heel interessant.

'Hmm,' zeg ik. 'Echt heel leuk.' Ik probeer oprecht een belangstellende vraag te formuleren, maar er is niets van zijn verhaal blijven hangen waar ik op in kan haken.

Het gesprek valt een beetje stil. Ik zie hem kleuren, helemaal tot voorbij de wijde hals van zijn hippe T-shirt. Ik vraag me af of zijn hele lichaam nu rood is en of ik dat wil ontdekken.

Hij schraapt zijn keel. 'En jij?' vraagt hij dan. 'Heb jij een leuke dag gehad?'

Ik overweeg om hem over het gesprek met Harold te vertellen, maar omdat ik daar emotioneel van zou kunnen worden, doe ik het maar niet. 'Ik heb geschreven,' zeg ik maar. 'Lekker de hele dag in eenzame opsluiting achter de computer. Het lijkt heel romantisch om schrijver te zijn, maar hier komt het uiteindelijk op neer: zitten en typen.' (Die laatste opmerking is een van mijn favoriete oneliners, ik heb hem al minstens twintig keer in de bibliotheek gebruikt tegen vrouwen met vierkante brillen die het allemaal enig vonden.)*

* Ik snap dat het niet zo overkomt, maar ik hou echt heel veel van 'mijn' vrouwen met vierkante brillen. Jullie zijn geweldig!

'O,' zegt hij. 'Ik moet eerlijk bekennen dat...'

'Zeg maar niet,' zeg ik. Want dit haat ik het allermeest. Nog meer dan de mensen die vragen hoelang het duurt om een boek te schrijven en of ik op het Boekenbal mag komen. Ik voel me vreselijk opgelaten als mensen 'eerlijk bekennen' dat ze nog nooit een boek van mij hebben gelezen. Op de een of andere manier voelt dat altijd alsof ík heb gefaald, al bedoelen ze dat natuurlijk niet zo.

'Ik heb ook nog nooit jouw app gebruikt,' zeg ik.

Hij kijkt me verbaasd aan. 'Hè? Ik wilde zeggen dat je gelijk hebt over gin-tonic. Ze smaken eigenlijk allemaal hetzelfde: vooral naar tonic.'

Ik voel een brede glimlach over mijn gezicht trekken. 'Dank je.'

Als ik mijn glas leeg heb, stel ik voor om naar zijn huis te gaan. Weer wordt hij rood. Ik begin dat steeds charmanter te vinden. Veel charmanter dan de gelikte praatjes van Michiel.

'Naar mijn huis?' herhaalt hij.

'Ja. Woon je in de buurt? Je wilt denk ik niet voor niets telkens in de Jordaan afspreken.'

'Ik woon in De Baarsjes. Best wel even fietsen.'

'Moet lukken, toch?'

'Eh, oké dan. Denk ik.' Hij wil zijn portemonnee trekken en naar de bar lopen, maar ik zeg dat ik al betaald heb.

'Waarom?' vraagt hij. 'Dat hoef jij toch niet te doen?'

'Het minste wat ik kon doen, na onze vorige desastreuze ontmoeting,' zeg ik.

'O. Oké.'

Ik trek mijn jas aan. '*Let's go.*'

Het valt best mee hoe ver het fietsen is naar De Baarsjes. Hooguit tien minuten. Maar het is wel koud.

We komen aan bij een Oost-Europees aandoend laagbouwcomplex. 'Ik had natuurlijk niet op je gerekend,' begint Thomas nerveus te praten terwijl hij de deur openmaakt. 'Anders had ik wel wat in huis gehaald. Chips of zo.'

'Ik heb geen honger.'

Zijn appartement bestaat uit een kleine woonkamer met open keuken en een nog kleinere slaapkamer. De deur staat open, vandaar dat ik dat meteen zie. Er hangt helemaal niets aan de muur en op de vensterbank staat één lullige vetplant.

'Heb je die van je moeder gekregen?' vraag ik.

'Ja,' zegt hij. 'Ik woon hier nog maar net.'

Ik plof neer op een veel te harde bank. Vast Ikea. 'Heb je wel wat te drinken in huis?'

'Ik denk het wel.' Hij opent de koelkast. 'Biertje? Of zal ik thee zetten?'

'Oké.' Ik kijk ondertussen verder de kamer rond. Geen boek te zien en in de hoeken van de kamer staan enorme geluidsboxen. Zo'n jongen dus.

Thomas geeft me een biertje. Een salontafel of iets om het op te zetten heeft hij niet, dus ik hou het in mijn hand. Hij pakt zijn iPad om muziek aan te zetten. Het duurt vrij lang voor hij iets heeft uitgekozen. En inderdaad: een underground-bandje. Hoe voorspelbaar. Zodra het opstaat, komt hij naast me zitten.

'Wat heb je enorme boxen.' Het komt nogal fout mijn mond uit.

'Zit je me uit te lachen?'

'Nee. Nou ja, een klein beetje. Waarom heb je zulke achterlijk grote boxen?'

'Ik hou gewoon van muziek.'

Ik vraag maar niet verder. Een lulverhaal over vage bandjes

ligt bij dit soort jongens altijd op de loer en daar heb ik dus echt geen zin in. Ik probeer een ander gespreksonderwerp te bedenken, maar kom even nergens op.

Dan begin ik hem maar te zoenen. Ik zou anders ook niet weten waarom ik hier ben. Niet voor de muziek en zeker niet voor het bier, want ik hou daar niet eens van, en ook niet voor de sprankelende conversatie. Thomas lijkt eerst overrompeld, maar kust me dan terug. Hij zoent beter dan Michiel, dat is meteen duidelijk: goeie opbouw, niet direct met zijn tong in mijn huig, afwisseling.

'Doe je dit met alle mannen die je een berichtje sturen via Facebook?' vraagt hij.

'Ja,' zeg ik. 'Ik heb het er druk mee.' Ik kruip boven op hem en weet zeker dat hij het maandverband tussen mijn benen wel moet voelen nu, maar hij moet maar blij zijn dat ik hier überhaupt ben. Ik kus hem in zijn nek, trek zijn T-shirt uit en kus dan zijn buik. Ondertussen masseert hij mijn borsten en probeert hij zijn handen naar mijn kruis te brengen, maar ik zorg dat hij daar net niet bij kan.

Hij heeft een rood-blauw gestreepte boxershort aan en ik zie dat hij al behoorlijk stijf is. 'Til je heupen op,' zeg ik. Ik stroop zijn spijkerbroek en onderbroek naar beneden. Het lijkt zowaar of Thomas zich goed heeft voorbereid. Keurig onthaard, en hij lijkt wel geparfumeerd. Ik neem hem* in mijn mond en zuig hem af. Na een paar minuten zegt hij: 'Als je zo doorgaat, hou ik het niet lang meer. Wil je niet...?'

Ik antwoord niet, maar voer het tempo nog wat op. Hij komt zonder geluid te maken klaar, alleen zijn ademhaling versnelt een beetje. Ik vind het saai als mensen geen geluid maken tijdens

* Hier stond een gedetailleerde omschrijving van Thomas' geslacht, maar dat mocht niet van Harold.

hun orgasme, sowieso als ze geen geluid maken tijdens de seks. Ze hoeven niet te schreeuwen (liever niet juist) of ranzige teksten te declameren (al is dat op z'n tijd best leuk), maar het siert een man toch als hij zich een beetje kan laten gaan.

Ik sta op. 'Zo,' zeg ik dan. 'Ik ga even plassen en dan naar huis. Ik neem aan dat de wc in de gang is?'

'Ja,' zegt hij. Terwijl ik wegloop, zie ik hem zijn broek weer ophijsen. Hij heeft geen idee wat hem is overkomen. En zelf weet ik eigenlijk ook niet wat me bezielde.

Hij heeft een ouderwetse wc, met een plateau zodat je je behoeftes nog eens goed kunt bekijken. Ik vraag me af of Thomas dat doet. Vast wel, want zo zijn alle mannen.

Mijn maandverband zit weer gezellig vol en heeft een niet heel andere kleur dan de glühwein die Michiel vast op dit moment samen met Ilse en hun keurige vrienden aan het drinken is, ver weg van het oorlogsgebied in mijn kruis. Zijn enige taak is mij af en toe te bellen en te doen alsof hij het allemaal vreselijk vindt. Hij zal dit nog een paar weken na zijn vakantie volhouden en dan zal hij zeggen dat het niet meer gaat tussen ons. Dat het beter is omdat hij me niets kan bieden en ik zoveel meer verdien, blablabla. Hij zal het voorzichtig en rustig brengen om me vooral niet boos te maken. Want boze vrouwen zijn onberekenbare vrouwen. En dat is het laatste wat hij kan gebruiken.

Als ik, nadat ik heb afgeveegd, wil doorspoelen, zie ik het liggen. Het vruchtje. Onmiskenbaar. Een tere, huidkleurige amandel, omringd door bloed. *Een mensje, gemaakt naar Gods beeld.*

Ik ga op mijn knieën voor de pot zitten, mijn handen onder mijn kin, mijn ellebogen op de wc-bril, en kijk ernaar. Ik voel me kapot vanbinnen. Alsof er iets onherstelbaar verwoest is dat nooit meer zal helen. Ik kan niet eens huilen. Alleen maar kijken naar het vruchtje dat nooit teruggeplaatst kan worden, dat voor altijd uitgedreven is. Zou het een jongen of een meisje zijn geweest? Hoe zou hij of zij eruit hebben gezien? Misschien word ik wel nooit meer zwanger en is dit het dichtst dat ik ooit bij het moederschap zal komen. Dit moment, zittend op mijn knieën voor Thomas' pot. Ik weet niet eens in welke straat ik nu ben.

Ik breng mijn hand naar de doorspoelknop. Een wit plastic vierkant dat ik moet indrukken om mijn vruchtje op zijn of haar laatste reis te sturen door het Amsterdamse rioolstelsel.

Ik weet dat ik die knop moet indrukken. Misschien is het ook beter voor mijn verwerkingsproces als ik het doe. Maar het lukt me niet. Mijn hand ligt krachteloos op de bovenkant van het waterreservoir. Druk die knop in, zeg ik nog een keer tegen mezelf, maar het circuit in mijn hersenen dat mijn hand moet aansturen, is in staking gegaan.

Hoelang zit ik hier al? En hoelang zal het duren voordat Thomas ongerust wordt en tot de conclusie komt dat het levensgevaarlijk is om mij alleen naar de wc te laten gaan? Ik moet weg. Zo snel mogelijk. Wegwezen, niet omkijken en nooit meer terugkomen.

Ik strompel de wc uit, pak mijn jas die in de gang aan de kapstok hangt en ga naar buiten. Het regent.

IJskoude regen.

9

We moeten je iets vertellen.

Iets wat je diep hebt weggestopt het is nu tijd dat het naar boven komt je was altijd zo bang als klein meisje zo bang in het donker maar voor wat dan voor iets wat je zou komen verscheuren

Je moet dood je mag er niet meer zijn waarom zo ontzettend bang handen die je keel dichtdrukken

Wat is dit? Wat de fucking fuck is dit? Ik moet geen slaappillen meer gebruiken. Ik was het ook niet van plan, maar na gisteravond had ik echt geen keus. Ik heb het weer stikbenauwd. Ik gooi mijn dekbed van me af en neem een volle ademteug, alsof ik een minuut onder water heb gezeten en eindelijk weer boven kom. Waarom doe ik mezelf dit aan? Waarom schrijf ik deze shit? Komt dit eigenlijk wel van mij? Alsof het allemaal al niet naar genoeg is. Zou het vruchtje op een of andere manier met me proberen te communiceren? Is mijn ongeboren baby boos?

Doe normaal, zeg ik tegen mezelf. Je staat onder extreme

stress en je onderbewustzijn neemt een loopje met je. Er is niets aan de hand. Over een week voel je je alweer beter. Echt. Wees nou gewoon lief voor jezelf.

Maar ik kan op mezelf inpraten wat ik wil, ik blijf me angstig en alleen voelen.

De telefoon gaat.

'Michiel,' zeg ik als ik heb opgenomen. 'Michiel?' Ik verlang opeens wanhopig naar hem. Hij zou me kunnen vasthouden, me troosten, me vertellen dat het allemaal goed komt. Michiel zegt altijd het juiste. Het kan me niet eens meer schelen of hij het meent of niet.

'Schatje, wat is er? Je klinkt heel raar.'

Ik begin meteen te huilen, omdat zijn stem oprecht heel lief klinkt en ik heel even denk dat hij het meent en dat dit niet een kwestie is van mij zoet houden totdat ik voldoende hersteld ben om het uit te maken.

'Lieverdje toch. Het spijt me zo verschrikkelijk.' Ik stel me voor dat hij deze toon ook gebruikt tegen zijn kinderen als ze op hun knie zijn gevallen. Voor heel even zou ik een van hen willen zijn.

'Ik mis je zo.' Mijn stem klinkt snotterig en hysterisch.

'Ik jou ook. Dit is voor ons allebei niet makkelijk. Al is het voor jou natuurlijk het ergst,' zegt hij er snel achteraan.

'Waarom kun je niet gewoon bij me zijn? Waarom wil je me niet? Waarom wilde je ons kindje niet?' Deze kant kent hij helemaal niet van mij. Normaal ben ik zo meegaand en rustig en doe ik mijn best om precies zo te zijn zoals hij wil dat ik ben. Grappig als hij vertier zoekt. Sexy als hij geil is. Serieus als hij wil praten.

'Je hebt geen idee hoe graag ik je wil. En hoe erg ik het vind dat het zo is gelopen. Het is allemaal zo oneerlijk.' Hij stopt met praten, ik denk omdat hij het nu zelf ook niet meer weet. En als hij het niet meer weet, wat moet ik dan?

'Waarom praat je niet verder? Zeg alsjeblieft iets waardoor ik me beter voel. Ik wil op dit moment alleen nog maar dood.' Dit is zonder meer het meest wanhopige wat ik ooit tegen iemand heb gezegd.

Maar hij zegt nog steeds niets.

'Ben je daar nog?'

Ik kijk naar zijn naam op mijn telefoonscherm waar nu de woorden 'gesprek beëindigd' onder staan. Een paar seconden ben ik volkomen ontdaan. Dan begin ik te krijsen en met mijn vuisten op mijn kussen te slaan, niet eens omdat ik dat wil; het gebeurt gewoon. Het kan niet anders of de hele straat hoort het, maar dat kan me niet schelen. Het is dat ik geen rijbewijs heb, anders zou ik nu in de auto stappen en naar Oostenrijk rijden om Michiel op z'n bek te slaan, en als ik er toch ben, dan gelijk die Ilse ook maar. Want al kan zij er niets aan doen, ik weet zeker dat het goed zou voelen. Hoe kan hij mij dit aandoen? Hoe, hoe, hoe, hoe, hóé? Hoe kan hij zeggen dat hij van me houdt, er altijd voor me wil zijn, maar als het even te moeilijk wordt, me zo in de steek laten?

Een tijdlang ben ik in alle staten, compleet van het padje, knetters psychotisch geschift. Dit is de gemoedstoestand waarin mensen van flats springen, bakstenen door ruiten gooien en drieënveertig keer met een mes op hun geliefde insteken. Ik ben totaal, maar dan ook helemaal reddeloos verloren.

Maar toch kom ik op een gegeven moment overeind en bekijk ik mezelf in de spiegel. Ik zie eruit als een wildevrouw, met woest haar, zwarte vegen over mijn wangen en rode ogen. Klaar, zeg ik tegen mezelf. Klaar, weg met deze onzin.

Ik app Mirjam of ze zin heeft om koffie te drinken. Ik zie dat ze het heeft gezien, maar ze antwoordt nog niet. Dus schrijf ik: *Fucking noodgeval. Ik ga dood als je niet komt en dan is het allemaal jouw schuld.*

Zij is de enige die ik nog wil zien. Verder is er niemand tegen wie ik wil praten en niemand van wie ik wil horen. Gelukkig antwoordt ze meteen dat ze komt. We spreken af op de Noordermarkt, bij een lunchtentje dat ik niet ken. Mirjam kent altijd plekken die ik niet ken, ik snap niet hoe ze dat doet.

Ik loop het lunchtentje binnen. Alle muren zijn met schoolbordverf beschilderd en er hangen geweien aan de muur. Ze hebben hier vast vijftien soorten worst en huisgemaakte muntlimonade. Ik ga eerst even naar het toilet.

Ik wacht op mijn koffie en op Mirjam, maar zij is standaard minstens een kwartier te laat. Ze mist het gen om op tijd te komen, zegt ze. Ondertussen kijk ik maar weer eens op mijn telefoon.

Zit ik hier te wachten in een café vol hippe mensen. Ik vind hippe mensen zo vermoeiend. Als er iets is waar ik geen talent voor heb, is het hipheid. Nog erger: mensen die zichzelf fashionista noemen. Of modemeisje. Misschien ben ik gewoon jaloers omdat ik zelf alleen maar goed ben in sexy zijn en qua kleding eigenlijk nooit iets anders kan bedenken.

Dan komt Mirjam eindelijk binnen. Zij is wel hip. Ik heb haar weleens gevraagd hoe ze weet dat ze nu een hoed en een houthakkersblouse moet dragen (ik neem vandaag maar als voorbeeld). Dan zegt ze dat ze het in de bladen ziet en het verder gewoon aanvoelt.

'Ha schatje,' zegt ze, en ze kust me op de mond; ook heel hip en hoofdstedelijk. Ze verontschuldigt zich niet voor het feit dat ze twintig minuten te laat is. Dat doet ze nooit. 'Sjezus, wat zie jij er vreselijk uit. Kom je net bij een *after* vandaan of zo?'

'Ik ben een beetje ziekjes geweest.'

Ze kijkt me nog een keer doordringend aan. 'Wat had je dan?'

'Griepachtig iets.'

'Hmm.' Ik heb vaak het gevoel dat ze dwars door me heen

kijkt. 'Hoe gaat het met Michiel?'

'Ik wil het er niet over hebben.' Ik weet heus wel dat ik haar straks ga vertellen over de abortus, maar doe nog even of dat niet zo is.

'Hij is nu toch op wintersport met zijn gezinnetje? Hoe voelt dat voor jou?'

'Dat voelt kút. Kunnen we erover ophouden?'

Ze haalt haar schouders op en bestelt een kop thee bij de jongen die al deze tijd al aan ons tafeltje staat te wachten, maar ook dat heeft ze niet door.

'Waarom lach je?' vraagt Mirjam.

'Omdat je een geboren koningin bent.'

'Hoe bedoel je?' Ze is oprecht belangstellend, er klinkt geen spoortje agressie in haar stem, mocht je dat soms denken.

'Laat maar.'

Even later zet de jongen thee voor haar neer. Omdat ze dat zelf niet opmerkt, bedank ik hem in haar plaats.

'Wat is het fucking noodgeval, schat? En waarom zie je er zo bizar slecht uit? Wanneer heb je voor het laatst je haar gewassen?'

Ik begin maar over het gesprek met Harold. Het minst erge probleem, al is het maar hoe je het bekijkt. Laat ik het zo stellen: ik begin met het probleem waarvan ik denk dat zij er iets zinnigs op kan zeggen. Over Michiel gaat ze toch alleen maar zeggen dat ik hem moet vergeten en dat ik een jongen van mijn eigen leeftijd moet zoeken die niet getrouwd is en die zowaar boeken leest.

'Heb jij dat weleens gehad?' vraag ik ter afsluiting.

Mirjam neemt een slok van haar thee, zich geen seconde afvragend hoe dat kopje daar op miraculeuze wijze is verschenen, en kijkt even nadenkend uit het raam. 'Nou, ikzelf niet. Maar ik ken wel een andere schrijver bij wie dit is gebeurd.'

'Echt?' vraag ik. 'Wie dan?'

Mirjam kent heel veel andere schrijvers. En ze is bevriend met

Adriaan van Dis. Ik zou ook zooo graag vrienden willen worden met Adriaan, omdat ik een enorme *celebrity crush* op hem heb, maar hij lijkt nooit zo in mij geïnteresseerd. Als ik eerlijk ben is niemand ooit in mij geïnteresseerd als Mirjam in de buurt is, behalve Mirjam zelf, en daarom hou ik zo van haar.

'Geloof me, dit komt vaker voor, en ook bij schrijvers bij wie je het niet zou verwachten. En eet iets. In godsnaam. Het lijkt wel of ik hier bij Bergen-Belsen aan tafel zit.'

'Ik wilde net een omelet bestellen.'

'Bestel dan, goddomme. Nu snap ik wat je bedoelde met dat je doodgaat als ik niet kom. Stom wijf.'

Ik bestel een omelet met kaas, heel veel groenten en plakjes avocado *on the side*, om Mirjam een plezier te doen.

'Kun je niet aan jouw uitgever vragen of ze mijn nieuwe boek willen uitgeven?'

'Dat wil ik best doen, en je weet dat je bij iedere andere uitgever terecht zou kunnen, maar je weet óók dat dat niet de oplossing is.' Mirjam legt haar hand op mijn arm. 'Ik heb eerlijk gezegd ook altijd het gevoel gehad dat dat boekidee niets voor jou was.'

Dit heb ik nog niet verteld. Mirjam is spiritueel. Ze bezoekt regelmatig workshops waarin ze haar innerlijke godin ontdekt, gaat naar Ayahuasca-weekenden en mediteert twee keer per dag. Bij iedere zweverige activiteit die ze onderneemt, zegt ze dat het écht iets voor mij is. Dat ze zeker weet dat het me zo goed zou doen, blablabla. Maar ik heb in mijn jeugd al genoeg gebeden, urenlang opwekkingsliederen gezongen en moeten luisteren naar wat God allemaal voor mij in petto had. Volgens anderen dan. En al zegt Mirjam honderd keer dat wat zij doet ánders is, ik zie niet zo'n groot verschil. Behalve dat je bij haar vorm wél seks voor het huwelijk mag hebben. Ik begrijp niet waarom Mirjam dit nodig heeft. Ik bedoel, is spiritualiteit niet meer iets voor menopauzale vrouwen?

'Ik zie dat dit je heel boos maakt,' zegt ze. 'En dat begrijp ik. Want je hebt zo geworsteld met dit boek. Ik weet hoeveel energie je erin hebt gestoken. Maar geef toe, je hebt er nog geen dag lekker aan gewerkt.'

'Ik denk dat ik ga,' zeg ik. 'Ik trek dit niet. Het enige wat ik wil is een beetje support van jou. Kun je niet gewoon zeggen dat Harold een lul is? Dat zou een fijn begin zijn.' Godverdomme, nu moet ik weer huilen ook.

'Harold ís ook een lul,' zegt Mirjam snel. 'En hij stinkt altijd enorm uit zijn bek.'

'Dank je.' Ik veeg mijn neus af aan de mouw van mijn trui.

'Maar hij heeft wel gelijk. Sorry.'

'Weet je wat hij zei? Dat ik een onderwerp moet kiezen dat dichter bij mezelf ligt. Dus ik zei: o, iets over een verhouding met een oudere man en een abortus. En Harold zei: ja, zoiets.'

'Heb jij een abortus gehad?'

Ik zeg even niets. Ik overweeg om nee te zeggen, maar dat heeft ze waarschijnlijk toch wel door. En blijkbaar wil ik dat ze het weet, anders had ik dit niet gezegd.*

* Schrijvers zijn allemaal amateurpsychologen. Boeken schrijven lijkt een hogere kunst, maar iedere letter is gewoon een wanhopige poging om de menselijke psyche in het algemeen, en de eigen psyche in het bijzonder te doorgronden. We vinden het heerlijk te bedenken welk traumatisch voorval in de jeugd van de hoofdpersoon zorgt voor problemen in het heden. Ook denken we na over de rolverdeling tussen en positie van onze personages. Waar staat iedereen ten opzichte van elkaar en hoe kan alles verschuiven zodat aan het einde van het boek niemand meer dezelfde is, zelfs de lezer? Maar als je zoveel interesse hebt in psychologie, vraag je je misschien af, waarom ben je dát dan niet gaan doen? De belangrijkste reden waarom de meeste schrijvers geen psychologen zijn gewor-

'Zie je er daarom zo verrot uit?' Ze kijkt me nog steeds doordringend aan met die alwetende ogen van haar. Misschien is ze echt wel heldervoelend. Ze kan in ieder geval heel begripvol kijken.

Mirjam legt haar hand op mijn arm en zegt dingen als 'o, schatje toch', 'arme lieverd', 'o wat naar', 'ach arme ziel'.

De jongen van de bediening legt discreet een paar servetten naast me neer, of misschien heeft Mirjam hem daar opdracht toe gegeven zonder dat ik het doorhad. Ik veeg mijn ogen af, al heeft dat in dit stadium niet zoveel zin meer.

'Van Michiel?' vraagt Mirjam.

Ik knik.

Ze schudt haar hoofd en ik weet dat ze wil zeggen dat hij een lul is, maar gelukkig doet ze dat niet.

De ober zet mijn omelet op tafel. Ik heb geen honger meer.

'Eét,' zegt Mirjam.

Ik neem voor de vorm een paar happen.

'Waarom?' vraagt Mirjam nadat ze me even heeft laten eten.

'Waarom wat?'

'Waarom heb je het niet gehouden?'

Het mes dat ik in mijn hand had, klettert op tafel. 'Wat is dat voor een domme vraag? Waarom ik het niet heb gehouden? Wat denk je zelf?'

Mirjam blijft rustig. Zij heeft dat boek over mindfulness uiteraard wel uitgelezen, en nog wel meer boeken over meditatie

den, is omdat we te dwingend zijn. Wij kunnen immers alles bepalen in onze boeken. Wie gaat er dood, wie blijft er leven, wie vindt het geluk en wie wordt in het ravijn gesmeten. Zou je ons een echt mens voorzetten, dan zouden we er al na drie sessies genoeg van hebben, omdat hij niet precies doet wat wij zeggen.

ook. Ze kijkt me recht aan. 'Heb je er überhaupt wel goed over nagedacht?'

'Godverdomme, Mirjam,' zeg ik. Eigenlijk wil ik de omelet in haar gezicht smeren, maar omdat ik daar net iets te agressiegeremd voor ben, sta ik op, graai mijn jas van de leuning en ren naar buiten.

Ik haal mijn fiets van het slot en bedenk dan pas dat ik al zeker een halfuur niet op mijn telefoon heb gekeken, wat echt heel lang is voor mijn doen. Michiel heeft me inmiddels vier berichten gestuurd:

Sorry, er kwam iemand binnen, dus ik moest wel ophangen.

Sorry sorry sorry.

Ben je oké?

En dit is nog wel de ergste: *Ik zit te huilen in de skilift. Wat een diep, intens verdriet.*

Boehoe.

Ik voel een kort moment van triomf, ondanks alles, en word dan weer somber omdat ik mezelf zo onvolwassen vind.

10

Ik was nog maar net tien minuten thuis toen de deurbel ging. Ik wist dat het Mirjam was. Ik deed niet meteen open, omdat ik óók wist dat ze zeker drie keer aan zou bellen en ik van plan was bij de derde keer pas open te doen voor een dramatisch effect.

Ze kwam binnen met het restant van de omelet in een kartonnen doosje. Dat zette ze voor me neer en ze zei: 'Voordat we verdergaan met dit gesprek, wil ik eerst dat je die omelet opvreet, oké?'

Ik was haar hier zo belachelijk dankbaar voor dat ik huilend* die omelet met plakjes avocado *on the side* opat, en ze had wel gelijk dat het een klein beetje hielp.

Toen ik klaar was met eten, vroeg Mirjam: 'Heb jij een werkster?'

'Nee,' zei ik.

'Dan wordt het hoog tijd dat je er een neemt. Het is hier een enorme klerezooi. Jij moet echt leren om beter voor jezelf te zor-

* Van Harold moet ik echt STOPPEN met huilen. En als ik al huil, dat vooral niet meer moet vermelden.

gen. Je bent goddomme een volwassen vrouw, al wil je iedereen doen geloven dat je nog een meisje van vijftien bent.'

'Ik heb gewoon een moeilijke week,' zei ik. 'Daar komt het door. Normaal ben ik echt heel netjes en schoon.'

Ze pakte mijn hand vast en zei: 'Dat snap ik allemaal, lieverd. Maar daarom heb je juist iemand nodig die een beetje streng voor je is. Waar staat de stofzuiger?'

'Dit is echt raar,' zegt Mirjam. 'Maar misschien wel het beste wat jou kon overkomen.'

Ze heeft het notitieblok op mijn nachtkastje gevonden toen ze mijn bed aan het verschonen was. Met haar feilloos gelakte nagel tikt ze op het papier. 'Dit is je nieuwe boek. Jij gaat uitzoeken waar dit over gaat.'

'Maar denk je niet gewoon dat het over de abortus gaat? Dat ik mezelf verplaats in de... vrucht, op een of andere manier, en Michiel de schuld geef?'

'Dat zou natuurlijk kunnen. Maar – en ik hoop dat je me dit vergeeft – ik vóél dat er iets anders aan de hand is. En dat het voor jou heel belangrijk is om uit te zoeken wat dit betekent.' Ze denkt even na. 'Misschien zijn dit wel je engelen die met jou communiceren.'

'Is dat nu niet gewoon vreselijk in de mode, praten met engelen?'

'Ze willen altijd met je communiceren. Alleen wil jij waarschijnlijk nooit luisteren en proberen ze het nu maar zo.'

Het doet me weer erg denken aan de kerk vroeger. De jeugdleider die we kregen na Christopher, zei ook dat God tegen ons probeerde te praten, en dat het aan ons lag als wij Hem niet hoorden. We waren nu op een leeftijd dat we spreekbuizen konden worden van God, als we ons daar maar voor openstelden. En als we niets doorkregen, dan moesten we maar nog meer bidden, en wat ook zou helpen was als we een tiende van ons zakgeld zouden afstaan aan de kerk.* Nadat we het er hier uitgebreid over hadden gehad, begon de een na de ander visioenen te krijgen. Ook voor elkaar. Maar niemand zag ooit iets voor mij. En ik zag helemaal niets, voor niemand. Ik zat in de gebedskring zonder het idee te hebben dat er ook maar iemand was die mij zag, God incluis.

'Maar hoe wil je dat ik dit uitzoek? Er staat toch geen enkel aanknopingspunt in?'

'Dat je een klein meisje bent, dat iemand geprobeerd heeft je te vermoorden. Waarschijnlijk een van je ouders, denk ik dan... Of was er iemand anders die vaak op je paste?'

Ik denk er even over na. 'Het voelt heel echt,' zeg ik. 'Ik krijg ook telkens een rare druk op m'n keel als ik het lees.'

'Ik krijg het ook wat benauwd op m'n keelchakra,' zegt Mirjam.

Nu lach ik haar wel gewoon in haar gezicht uit. Ik weet dat ze dat niet erg vindt. Ze begint bovendien zelf ook te lachen. 'Jij weet niet eens wat een chakra is,' zegt ze. 'Maar hoe dan ook denk ik dat je met je ouders moet gaan praten.'

'Hoe zie je dat voor je? Denk je dat ik gewoon naar mijn ouders kan gaan en zeggen: "Lieve papa, ik weet dat je geen contact meer met mij wilt, maar zou je me kunnen vertellen of iemand mij heeft geprobeerd te vermoorden toen ik klein was?"'

'Haha,' zegt Mirjam droog. 'Je weet heus wel hoe je dat moet aanpakken, slimmerd. Misschien moet je hem om vergeving

* In het Oude Testament staat dat de Israëlieten een tiende van hun inkomen aan de kerk zouden moeten geven. Het Nieuwe Testament is soepeler, daarin gaat het over geven naar vermogen. Toch worden 'de tienden', zoals deze giften ook wel worden genoemd, door fanatieke christenen nog steeds als minimum beschouwd.

vragen. Daar zijn christenen toch dol op?'

'Ja hoor. Waarom zou ik dat doen?'

'Je kunt toch zeggen: "Het spijt me dat jullie je gekwetst voelen. Hoe kunnen we ons contact herstellen?"'

'Ik ga echt geen sorry zeggen als ik het niet meen. Bovendien heb ik als schrijver toch artistieke vrijheid? Als mensen dat niet snappen, dan zoeken ze het maar uit. Weet je wat het is? Niemand heeft mij gevraagd of ik het fijn vond om naar de kerk te gaan. Of ik het fijn vond om altijd de weirdo te zijn die nooit televisie mocht kijken, nooit normale kleren aanhad en nooit naar schoolfeestjes mocht. Ik was een kind en had maar te dealen met wat zij voor mij hadden bedacht. En nu is het precies andersom. Zij zijn mijn ouders en ze hebben maar te dealen met mij.'

'Zo, dat zit je wel hoog, hè,' zegt Mirjam. 'En juist daarom moet je met ze praten. Je zegt toch geen sorry voor je boek zelf? Je toont alleen begrip voor hun gevoel. Dat moet toch lukken? Als je heel eerlijk bent, snap je zelf ook heus wel dat je boek niet zo tof op hen overkomt. Daarom is het des te moediger dat je het hebt geschreven. Sterker nog, je gaat nu een boek schrijven dat nog veel kutter voor ze is, maar voor jou noodzakelijk.' Ze pauzeert even om na te denken. 'Ik voel dat jij door het schrijven van dit boek echt een schil gaat afwerpen.'

'Welke schil?'

'Datgene waardoor jij je afvraagt of je er wel mag zijn.'

Ik zucht. 'Waarom doe je altijd alsof jij me beter kent dan ik mezelf ken?'

Mirjam kust me op mijn wang. 'Omdat dat gewoon zo is.'

II

Discipline is een van de belangrijkste eigenschappen van de schrijver. De dagen waarop een schrijver wakker wordt, naar zijn computer rent en moeiteloos vijfduizend woorden tikt, zijn heel, heel zeldzaam. Er zijn natuurlijk schrijvers die hier een uitzondering op zijn, maar zij mogen allemaal de herpes genitalis krijgen. Discipline is tegen een heuvel op fietsen. Je werkt je in het zweet, het is bijzonder onprettig en je komt maar langzaam vooruit. Maar dan kom je op het punt, boven aan de heuvel, waarop inspiratie het overneemt, en dan race je naar beneden met de wind in je haar en kost het je geen enkele moeite om de trappers rond te laten gaan. De kunst is er iedere dag opnieuw in te geloven dat dat moment gaat komen. Al is de helling nog zo steil en zijn je benen nog zo moe.

Als ik wakker word, een moment waar ik steeds meer tegen op begin te zien, zit ik vol zelfhaat. Ik ben een vre-se-lijk mens geworden. Een plaat die continu overslaat. Ik kan mijn eigen gezeik niet meer aanhoren. En dan blijk ik ook nog weer in mijn slaap te hebben geschreven:

We moeten je iets vertellen.

Iets wat je diep hebt weggestopt het is nu tijd dat het naar boven komt je was altijd zo bang als klein meisje zo bang in het donker maar voor wat dan voor iets wat je zou komen verscheuren

Je moet dood je mag er niet meer zijn waarom zo ontzettend bang handen die je keel dichtdrukken

Tabitha, waarom, Tabitha, waarom waarom waarom

Who the fuck is Tabitha? Ik ken niet eens een Tabitha. Dit moet echt ophouden. Straks moet ik nog worden opgenomen in een psychiatrische inrichting (wat misschien wel weer goed is voor de boekenverkoop). Hoe kan ik een normaal leven leiden als ik zelfs mezelf niet meer kan vertrouwen? Waar komt dit vandaan? Waarom schrijf ik dit en waarom kan ik me niet eens herinneren dat ik het heb gedaan?

Dan neem ik een besluit. Dit wordt het keerpunt van mijn leven. Het omslagpunt van dit boek, het moment waarop de protagonist het dieptepunt van haar bestaan heeft bereikt en er maar één weg is: naar boven. Vandaag ga ik alles anders doen. Mijn ouders bezoeken om de waarheid uit ze te trekken, naar de sportschool, ophouden met zeuren, Michiel vertellen dat ik hem nooit meer wil zien. Klaar met alle flauwekul. Ik zal jullie laten zien dat ik een hoofdpersoon ben zoals jullie ze graag hebben: daadkrachtig, sterk en principieel.

Ik begin meteen vol gas. Ik geef geen krimp als ik mijn maandverband verschoon, gelukkig wordt het bloeden al minder, ik dwing mezelf om een schaal yoghurt met allerlei superfoods te eten en maak een groene smoothie. Na het douchen ga ik met mijn aantekeningenboekje aan tafel zitten om een plan te maken.

Wie is Tabitha*? Waar komt die naam vandaan anders dan uit de Bijbel? En zou iemand daadwerkelijk hebben geprobeerd mij te vermoorden? Mijn vader? Mijn moeder?

Als ik aan mijn vader denk, zie ik een grauwe man op de bank zitten met de Bijbel. Zie ik hem aan komen lopen over het tuinpad, fiets aan de hand, gepijnigde uitdrukking op het gezicht. Zie ik hem zwijgend aan de avondmaaltijd. Heb ik ooit bij hem op schoot gezeten? Heb ik weleens een spelletje met hem gespeeld, heeft hij me ooit verteld dat hij trots op me was, dat hij van me hield, dat hij blij was dat ik zijn dochter ben? Heb ik überhaupt weleens een gesprek met hem gevoerd?

Opeens weet ik heel zeker dat Mirjam gelijk heeft. Dat ik dit bock moet schrijven. Ik ga precies uitzoeken hoe het zit en ik ga het hele verhaal over Michiel en de abortus erin verwerken. Het mooie is dat ik helemaal niets zelf hoef te verzinnen. Ik hoef alleen maar op te schrijven wat er gebeurt.

Misschien dat ik dan gewoon een vriendje van mijn eigen leeftijd krijg, een zorgzaam iemand als Thomas, met wie ik misschien zelfs een kindje krijg dat er wél mag zijn en waar ik van kan houden, en dat ik dan een normaal, compleet mens word. Misschien dat ik dan niet de hele tijd probeer zo perfect, intelligent, grappig en sexy te zijn, omdat ik weet dat ik goed ben zoals ik ben.

Ik weet zeker dat dit allemaal mogelijk zal zijn door het schrijven van dit boek, dus ik besluit meteen te beginnen. Allereerst maak ik een lijst van mensen die ik wil spreken, naast mijn ouders. De eerste die me te binnen schiet is Ilonka. Ik zou echt

* Tabitha was in de Bijbel een vrouw die bekendstond om haar goede werken. Op een dag werd zij ziek en stierf. De discipel Petrus, die het dorp bezocht waar zij lag opgebaard, zei haar op te staan, en zij stond op uit de dood. Et voilà, weer een heel dorp tot God bekeerd.

heel, heel graag contact met haar willen, en niet eens omdat zij misschien weet wie Tabitha is, als die überhaupt bestaat. Ik stuur haar een e-mail waarin ik zeg dat het me spijt dat ik haar heb gekwetst met *In de Naam van God* en dat ik haar heel graag wil spreken. Hopelijk reageert ze.

Mirjam had gelijk. Dit is mijn onderwerp. Dit is wat ik móét schrijven, de rest is bullshit.

12

De treinreis naar het dorp van mijn ouders duurt anderhalf uur. Een treinreis waarin je twee keer moet overstappen met heel slechte aansluitingen. Met de auto is het maar drie kwartier, maar mijn ouders hebben geen auto. En mocht je nog niet tot die conclusie zijn gekomen: ik ook niet.

Toen we nog wel contact met elkaar hadden, zijn mijn ouders hooguit twee keer in Amsterdam geweest. Ze houden niet van de grote stad. Te druk. Te veel verleidingen. Satan die alomtegenwoordig is in de vorm van hoeren, drugsdealers en jongens op scooters met merkkleding aan. En te duur bovendien.

Ik stap uit op het station dat bestaat uit twee perrons en een glazen hok waarin je kunt schuilen als het regent. Iemand heeft met een spuitbus VUILE KUTHOER op de ramen gekalkt.

Het huis van mijn ouders is een klein kwartier lopen van het station. Dwars door het dorp heen. Sinds mijn boek is uitgekomen, ben ik hier nooit meer geweest, al heeft de lokale bibliotheek me een paar keer uitgenodigd om een lezing te komen geven. De contactpersoon zei dat ze in het systeem heeft gezien dat ik vroeger lid ben geweest. Ik haalde zeker vijf boeken per week.

En nu leek het haar zo leuk als ik dan weer eens terugkwam om een lezing te geven, waarbij ze me meteen erelid konden maken.

Dat klopt, van die vijf boeken per week. Ik las altijd al veel, maar toen Ilonka geen vriendinnen meer wilde zijn en ik nog geen vriendje had, waren boeken mijn enige vrienden. Mijn vader had er op school bij de leraar Nederlands over geklaagd dat ik Jan Wolkers moest lezen en ander godslasterlijk materiaal. Op een of andere manier was dit uitgelekt naar alle andere leraren en daarna naar de leerlingen uit mijn klas. Misschien was het makkelijker geweest als ik op de Veluwe was opgegroeid, waar iedereen streng in de leer was.

Ik heb uiteraard nee gezegd tegen die lezing. Het idee dat er oud-klasgenoten zouden komen die in het ergste geval zouden benadrukken dat ze me altijd zo'n bijzonder meisje hadden gevonden en in het minst erge geval zouden doen alsof er niets aan de hand was, stond me enorm tegen. Ze zouden met me op de foto willen en Facebook-vrienden willen worden en zeggen dat ik toch echt eens langs moest komen. Dit wilde ik koste wat kost vermijden, en weet je waarom? Omdat ik zeker weet dat ik nog met ze op de foto zou gaan ook, Facebook-vrienden zou worden en zelfs zo stom zou zijn om bij ze op bezoek te gaan. Je kunt je nog zo voornemen om trots te zijn, maar het uitgehongerde kind in mij snakt er nou eenmaal naar om gevoed te worden. Omdat ik dit van mezelf weet, vermijd ik liever zulke situaties, net zoals mensen die op dieet zijn geen snoep in huis moeten halen en ex-rokers zelfs geen klein trekje kunnen nemen.

Ik heb extra veel aandacht aan mijn uiterlijk besteed en de donkere kringen onder mijn ogen weggewerkt met camouflagecrème. Het laatste wat ik wil is dat mensen mij zien en zeggen: 'Weet je nog Ruth Hasselaar? Ik zag haar laatst lopen en ze zag eruit als een junk.' Ik heb een lichte jas aangetrokken zodat mijn zwarte Chanel-tas extra goed uitkomt. Dat iedereen maar meteen kan zien dat ik nu beroemd, rijk en succesvol ben. Ik kan me niet herinneren ooit iemand in dit dorp met een Chanel-tas te hebben gezien, maar dat kan ook zijn omdat ik nooit op dat soort dingen heb gelet.

Ik passeer de Lidl, waarbij ik even moet terugdenken aan de ontmoeting met Christopher en zijn vrouw op de parkeerplaats, die geen ontmoeting was, omdat zij me niet herkenden, en loop langs de kerk. De protestantse kerk, waar de normale mensen naartoe gingen, die echt niet hun kinderen dwongen om mee te gaan.

Er is uiteraard niets veranderd. In dit soort dorpen verandert er nooit iets. Nog altijd Van Wittenstein Damesmode, de Bruna, de DA, de ijzerhandel, de speelgoedwinkel en de ijssalon/coffeecorner die tegenwoordig Coffee4U heet. Het enige wat me opvalt is dat de sportzaak is verbouwd. Ze hebben nu een grotere etalage en als ik naar binnen kijk, lijkt het of ze wat muren hebben uitgebroken.

'Ruth!' Ik reageer nog steeds op die naam, al word ik al twaalf jaar bijna door niemand meer zo genoemd. Ik krimp nog steeds ineen als ik hem hoor. In mijn hoofd echoot het Ruth-kut, Ruth-flut en Ruth-trut. (Misschien ben ik toch wel vrij veel gepest, nu ik er zo over nadenk, en daardoor wel degelijk een sympathieke hoofdpersoon. Ik hoop het maar.)

Ik draai me om en zie een vrouw op me afkomen. Ze is nogal dik en draagt een donkerroze jas die haar nog vormlozer maakt dan ze al is, met daaronder een beige broek en van die lelijke pennyloafers. Als ze dichterbij komt, zie ik dat ze pareltjes in haar oren heeft.

'Hoi,' zeg ik. Ik heb geen idee wie ze is. Haar haar is in een soort mahoniekleur geverfd en haar voorhoofd glimt een beetje.

'Weet je nog wie ik ben!' roept ze verheugd uit. 'Tara!'

Tara. Hoe had ik haar ooit kunnen vergeten? Eén keer had

mijn moeder een best aardige trui gescoord bij de liefdadigheidswinkel. Een witte, met het logo van O'Neill. Waarschijnlijk had ze niet door dat dat destijds heel erg in was, anders had ze hem nooit gekocht. Ik was er dolgelukkig mee. Ik kwam het wiskundelokaal binnen, met opgeheven hoofd, ik dacht echt dat mijn leven door deze trui zou veranderen: hier was de nieuwe Ruth.

Tara, een van de populaire meisjes, stootte meteen haar vriendin aan en begon te giechelen. Dat deed ze wel vaker als ze mij zag, maar nu wees ze naar mijn trui.

In de pauze kwam ze naar me toe. 'Heb je die trui bij de kringloop gekocht?'

'Nee,' zei ik, maar mijn stem verraadde de leugen al.

Ze prikte met haar vinger ergens halverwege mijn navel en mijn zij. 'Zie je deze vlek?' Er zat inderdaad een kleine bruine vlek, waarvan ik had gedacht dat hij niet op zou vallen. 'Die is van toen ik laatst chocola liet vallen.'

Het duurde even voor ik snapte wat dat betekende.

Tara schudde haar hoofd. 'Jij bent echt zielig.'

Haar vriendinnen begonnen te lachen.

De oudere, dikkere versie van Tara wil me drie zoenen geven en even deins ik terug, maar dan laat ik het toch toe. Zo zwak ben ik nou eenmaal.

'Wat leuk om je weer eens te zien,' zegt ze. 'O, we moeten snel afspreken, ik ben toch zo benieuwd naar hoe het je allemaal is vergaan. Ben je alweer bezig aan een nieuw boek?'

'Ja,' zeg ik stug. Ondertussen zie ik haar naar mijn Chanel-tas kijken. Ik weet dat het superkinderachtig is, maar ik geniet toch even van dit moment.

'Je hebt zeker geen tijd om even koffie te drinken? Ik wil namelijk alles van je weten. Bijvoorbeeld van het Boekenbal. Hoe is dat?'

Ze staat net iets te dicht bij me. Dat doen dorpsmensen vaker, zo is uit onderzoek gebleken. Stadsmensen houden instinctief een meter afstand, dorpsmensen tachtig centimeter. Haar kleine oogjes kijken me gretig aan, ze likt onwillekeurig langs haar bovenlip.

'Sorry, ik moet naar mijn ouders,' zeg ik.

'Begrijp ik. Je hebt het natuurlijk heel druk. Je geeft ook allemaal lezingen en interviews en zo. Ik zag je laatst nog op televisie. Waar was je nou? O ja, bij zo'n spelprogramma. *De Slimste Mens* of zo. Ik zei nog tegen mijn dochtertje: "Kijk, dat is een vriendinnetje van mama vroeger." Wel jammer dat je er na één aflevering alweer uit lag.' Ze begint heel stom te lachen en ik wil haar slaan, maar ik glimlach geforceerd terug, en terwijl ik dat doe, voel ik me een volstrekte idioot dát ik het doe.

Ze haalt haar telefoon tevoorschijn. Even ben ik bang dat ze een selfie wil maken, maar ze begint door haar galerij te scrollen. 'Kijk,' zegt ze dan. 'Dit is mijn kleintje. Wat een scheetje, hè?'

Ik zou willen zeggen dat ze een monsterlijk kind heeft, maar eigenlijk is het een heel schattig meisje van een jaar of vier.

'Ik ben met Denny getrouwd,' zegt ze. 'Je weet wel, Denny, die een jaar boven ons zat. Het stuk van de school.'

Ach, Denny. Denny met de blonde krullen. Natuurlijk weet ik wie hij is. Iedereen wilde Denny, dus ik ook.

'Geen idee,' zeg ik. En voor het eerst in dit gesprek heb ik een beetje respect voor mezelf.

'Denny!' roept ze uit. 'Iedereen wilde verkering met hem. Geef maar toe dat jij ook stiekem een oogje op hem had.'

'Zou niet weten wie het is. Die dorpsjongens hebben me nooit zo geïnteresseerd.' Ik zeg het heel liefjes, zodat ze niet zeker kan weten of ik dit nou lullig bedoel of niet.

Dan komt precies het moment waardoor ik eigenlijk nooit meer naar dit kutdorp wilde. Ze legt haar hand op mijn arm en zegt vertrouwelijk: 'We hadden destijds geen idee van jou en die man. Echt niet. Hadden we het maar geweten, dan hadden we je misschien kunnen helpen. Maar je was altijd zo onbenaderbaar. Je sloot je altijd heel erg van ons af. Jij en die Ilonka.'

'Heb je gezien wat er op de voorkant van mijn boek staat?' vraag ik. Ik zie vanuit mijn ooghoeken de oude buurvrouw van mijn ouders passeren en hoop bij God dat ze mij niet ziet. Gelukkig gaat ze de apotheek in. Dat mens is altijd ziek en vormt zeker een kwart van de gespreksstof van mijn moeder.

'*In de Naam van God*?' vraagt Tara.

'Oók,' zeg ik. 'Maar ik heb het over iets anders. Het woord "roman". Weet je wat dat betekent?'

Ik zie dat Tara bang is om het verkeerde antwoord te geven en dus haar mond houdt.

'Dat het fictie is,' ga ik verder. 'Mijn boek is verzonnen.'

'Ja, maar het dorp was duidelijk herkenbaar. En Anneloe haalde ik er ook meteen uit. En jullie zaten toch bij die rare kerk?'

Van Anneloe heb ik dus écht nog nooit gehoord. Waarschijnlijk was ze een van Tara's volgelingen op de middelbare school. 'Schat,' zeg ik, 'denk je nou echt dat als ik misbruikt was, ik er een boek over zou schrijven zodat iedereen het zou weten?'

Ze aarzelt weer. Heerlijk om haar een beetje onzeker te zien. 'Nou...'

'Denk aan het ergste wat jou ooit is overkomen. Zou jij dat in een boek zetten zodat iedereen, inclusief je ouders, Denny en... Anneloe, er alles over weten?'

'Eerlijk gezegd is mij nooit iets ergs overkomen. En Denny en ik zijn zielemaatjes. Wij vertellen elkaar alles.'

'Hoe dan ook, het is fictie,' zeg ik kortaf. 'En nu ga ik naar mijn ouders.'

'Kom je een keer langs?' roept ze me nog na. 'Denny zou het

ook heel leuk vinden, dat weet ik zeker.'

'Dag!' roep ik zonder om te kijken.

Als ik de Dorpsstraat uit ben en door het Lindenstraatje wandel richting mijn ouderlijk huis, voel ik opeens tranen opkomen. Het laatste wat ik wil is huilen in dit achterlijke fucking kutdorp. Dat gun ik ze niet. 'Godverdomme,' zeg ik dan maar een paar keer hardop.

Ik kom aan bij het piepkleine huisje van mijn ouders. Het is een vrijstaand huisje, ooit bedoeld om arbeiders van een nabijgelegen landgoed te huisvesten. Het is ongeveer net zo groot als het appartement dat ik nu in mijn eentje bewoon. Ik had toen ik klein was geen eigen slaapkamer, heb ik dat al verteld? Ik had een letterbak in de woonkamer. 's Avonds na het achtuurjournaal maakte mijn moeder de bank op, terwijl ik in de badkamer mijn tanden poetste en mijn pyjama aandeed. Als ik terugkwam, ging ik op de bank liggen, en dan gaf mijn moeder me een kus en vertrok ze naar hun slaapkamer. Mijn vader was daar meestal al. Hij zei mij nooit 'welterusten', ik vermoed dat hij zoals altijd verdiept was in de Bijbel.

Ik vraag me af waar mijn ledikantje heeft gestaan toen ik heel klein was. In de slaapkamer van mijn ouders? Ook in de woonkamer? Stel dat een van mijn ouders heeft geprobeerd mij iets aan te doen, waar was de ander dan?

Tot ik een jaar of tien was, realiseerde ik me niet eens dat het misschien raar was dat ik geen eigen slaapkamer had. Ik had toch die letterbak? Een verzameling vakjes waar ik allerlei snuisterijen in had gezet, zoals een miniatuur Delfts blauw klompje en een vingerhoed die nog van mijn oma was geweest. Ik was supertrots op dat ding.

Als er al een vriendin kwam – meestal ging ik liever naar hen om even aan de controlerende ogen van mijn moeder te ontsnappen – gingen we buiten spelen. Dat vond mijn moeder ook fijner. We maakten zoveel lawaai, vond ze. Maar op een dag toen Ilonka er was, regende het. 'Zullen we naar je kamer gaan?' vroeg ze. 'Waarom spelen we daar nooit?'

'Ik heb geen kamer,' zei ik nietsvermoedend.

Ze keek me aan alsof dat het raarste was wat ze ooit had gehoord. 'Waar slaap je dan?'

'Op de bank.'

'Maar waar zijn je spulletjes dan?'

Ik wees trots naar mijn letterbak. 'Daar.'

Ze zei niets meer, maar ik zag aan haar gezichtsuitdrukking dat ze het bizar vond. Ik zag ook dat ze zag dat ik zag dat zij het raar vond, dus zei ze snel: 'Jeetje, wat een mooie letterbak, Ruth.'

Zo was Ilonka. Zo waren alle kinderen van de Evangelische Kerk. Wij gingen nog liever dood dan dat we iets zeiden wat kwetsend zou kunnen zijn. En als je iets kwetsends tegen ons zei, dan keerden we de andere wang toe, want als we dat niet deden, kregen we straf van onze ouders.

Die avond zei ik tegen mijn ouders dat ik een eigen slaapkamer wilde. We zaten zwijgend aan de aardappels, groente en karbonades. Mijn vader kreeg altijd een hele, mijn moeder en ik deelden er een.

'Wat?' vroeg mijn moeder, terwijl ze me best gehoord had. Ze keek onzeker naar mijn vader, die net een stuk broccoli in zijn mond schoof en daar op zijn gemak op ging zitten kauwen.

Ik durfde de vraag niet te herhalen en de rest van de maaltijd zei niemand wat. Maar een week later, het was zaterdag, zeiden mijn ouders dat ze een verrassing voor me hadden. Mijn vader had zijn gereedschap uit het washok gehaald en buiten een afdak voor de wasmachine gemaakt. In het oude washok, een ruimte van twee bij anderhalve meter, stond nu een eenpersoonsbed. En de letterbak hing ook aan de muur.

Mijn ouders bleven in de deuropening staan terwijl ik naar binnen stapte. Mijn moeder had zelfs een roodgeblokt gordijntje voor het kleine raam gehangen. Ik keek naar mijn ouders en zag hoe ze vol verwachting naar me stonden te kijken. Zo had ik ze nog nooit gezien. Ze hadden echt hun best voor me gedaan. Ik werd overweldigd door blijdschap. Het leek een beetje op het gevoel dat ik weleens had als we met z'n allen in de kerk urenlang opwekkingsliederen zongen. Alsof je bijna niet meer in je lichaam past. Ik viel mijn ouders om de hals. Eerst mijn moeder en daarna mijn vader. Het lichaam van mijn vader voelde stug, maar niet onwelwillend aan. Onhandig gaf hij me een klopje op de rug. Daarna liet hij me weer los.

Ik zei honderd keer 'dank jullie wel' en daarna gingen we theedrinken. Mijn moeder had om mijn nieuwe kamer te vieren moorkoppen gehaald bij de echte bakker. Dat deed ze normaal alleen als een van ons jarig was.

Ik nam me voor om nooit meer vriendinnen uit te nodigen, om te voorkomen dat ze iets zouden zeggen wat afbreuk zou doen aan mijn plezier.

Wat ik maar wil zeggen is dat mijn ouders heel lief konden zijn, al hing er een sluier van ongemak over alles wat ze deden.

Ik sta voor het huis van mijn ouders. Er is helemaal niets veranderd, al had ik dat ook niet verwacht. Je kunt nog steeds een liniaal langs de coniferenhaag leggen en de tuin is recentelijk aangeharkt. De eerste sneeuwklokjes en krokussen zijn opgekomen en binnenkort zullen de tulpen en hyacinten volgen. Ik ruik de houtkachel die mijn vader altijd van vier uur 's middags tot acht uur 's avonds aansteekt. Volgens hem is dat genoeg om het huis de hele dag verwarmd te houden, maar ik herinner me van de winters in mijn jeugd vooral de ijzige kou.

Ik ben een beetje misselijk en sta niet helemaal stevig op mijn benen. Ook heb ik nog steeds die pijn in mijn onderbuik. Ik ben absoluut niet in de juiste conditie om dit met mijn ouders aan te gaan. Ik kan beter terugkeren naar Amsterdam en een keer komen wanneer ik sterk ben en tot de tanden gewapend.

Ik kijk op mijn horloge. Het is alweer halfvijf. Mijn ouders gaan zo samen een kopje koffie drinken met een plak ontbijtkoek. Daarna gaat mijn moeder aan het avondeten beginnen.

Ik stuur Mirjam een appje (ik zie ook dat Michiel inmiddels zeven nieuwe appjes heeft gestuurd, maar daar heb ik nu echt geen zin in): *Ik durf niet.*

Hop, doe het, zegt ze. *Het is nu of nooit.*

Nog steeds blijf ik staan. Hoe zal mijn vader reageren als hij me weer ziet? Vlak voor mijn boek verscheen heb ik hem voor het laatst gesproken. Ik heb ze gezegd dat zij er waarschijnlijk niet zo blij mee zouden zijn en dat het misschien beter was om het niet te lezen.

'Hoe bedoel je?' vroeg mijn moeder. Mijn vader zei zoals gewoonlijk niets.

'Nou, er komt... seks in voor.' Het kostte me nog steeds moeite om het woord 'seks' te zeggen waar mijn ouders bij waren. 'Het gaat over de kerk. En...' Ik durfde het bijna niet te zeggen, omdat ik wist dat het nu al erg genoeg was. 'Het is een boek over seksueel misbruik binnen de kerk.'

Mijn ouders staarden voor zich uit.

'Waarom, Ruth?' vroeg mijn vader uiteindelijk. Hij keek oprecht gepijnigd, al was dat een vrij normale gezichtsuitdrukking voor hem.

Ik werd heel klein. Alsof ik terug was op de zondagsschool en ten overstaan van tien kinderen en de zondagsschooljuf vergeving moest vragen voor... ik weet niet eens meer waarvoor. Er was altijd wel iets.

'Omdat ik het nodig had om bepaalde dingen een plek te geven,' zei ik.

‘En dan schrijf je een boek.’ Het was duidelijk dat mijn moeder vanaf hier het gesprek zou overnemen. Het was sowieso een wonder dat mijn vader iets had gezegd. ‘En dan schrijf je een boek waarin je God en de hele kerk te schande maakt.’ Ze snoof verontwaardigd, voor het geval het me nog niet duidelijk was wat zij ervan vond.

Ik had geen idee meer wat ik moest zeggen. Ik wilde uitleggen dat ik het volste recht had om iets te vinden en daar ook over te schrijven, net zoals zij het volste recht hadden op hún geloof. Maar op dat moment wist ik dat zelf ook niet meer zo zeker. Had ik ze opzettelijk willen kwetsen?

Terwijl ik nu, jaren later, naar het pietepeuterige huisje van grijze baksteen kijk, heb ik nog steeds geen antwoord op die vraag.

Er komt weer een appje binnen. *Ga godverdomme naar binnen*, zegt Mirjam.

Oké, ik ga het doen.

13

Mijn moeder doet open. Mijn moeder doet altijd open, zij is de filter tussen mijn vader en de buitenwereld.

Als ze me ziet, deinst ze achteruit en slaat haar hand voor haar mond.

'Leuk om je weer te zien, mam,' zeg ik. De laatste keer dat ik haar zag is ruim twee jaar geleden. Haar haar is grijzer geworden, maar ze draagt nog steeds hetzelfde lage knotje en een bordeaux-rode blouse die ze al heeft zolang ik me kan herinneren.

'Ruth,' zegt mijn moeder. Ze doet snel de tussendeur naar de woonkamer dicht, zodat mijn vader het niet kan horen, denk ik. 'Wat doe je hier?'

'Ik kom mijn ouders opzoeken. Dat is toch niet zo raar?' Mijn stem klinkt een stuk stoerder dan ik me voel.

'Maar papa...'

'Ik wil dat heel graag met hemzelf bespreken,' zeg ik. 'En daarom ben ik hier.'

'Jozefien?' hoor ik mijn vader uit de woonkamer roepen. 'Wie is daar?'

'Je moet weg,' zegt mijn moeder op gejaagde fluistertoon. 'Ik zal met papa praten en kijken of we een afspraak kunnen maken voor een andere keer.'

'Ik ga niet weg,' zeg ik. Voor de zekerheid zet ik een voet op de drempel zodat ze de deur niet dicht kan gooien. Ik vraag me af waar ik deze koppigheid opeens vandaan haal. Zat dit altijd al in me en sta ik het mezelf nu pas toe?

De deur naar de woonkamer zwaait open en daar staat mijn vader. Hij zegt helemaal niets. Ook ik weet niet wat ik moet zeggen. Zo staan we een tijdje tegenover elkaar, terwijl mijn moeder nerveus van de een naar de ander kijkt.

'Zo,' doorbreekt mijn vader de stilte. Ik wacht of er nog meer zal komen, maar er komt niets.

'Kunnen we Ruth een kop koffie geven?' vraagt mijn moeder dan zenuwachtig. 'Ze is helemaal uit Amsterdam gekomen, per slot van rekening...'

Mijn vader is net zo lang als mijn moeder, maar twee keer zo dun. Ik denk dat zij hem als een takje doormidden zou kunnen breken als ze dat zou willen.

Mijn moed is inmiddels helemaal verdwenen. Ik voel mijn lip trillen, ik ben moe en ik heb buikpijn. Dit zijn mijn ouders, bij hen zou ik me veilig en geborgen moeten voelen. 'Laat maar.' Ik zet een stap naar achteren. 'Ik eh... Ik weet het nu ook niet meer.'

'Zet maar een extra kop op tafel,' zegt mijn vader. Hij draait zich om en loopt terug de woonkamer in.

'Nou,' zegt mijn moeder zenuwachtig. 'Nou, kom maar binnen dan, hè.' Ze maakt een weids gebaar naar de woonkamer.

En ik stap naar binnen.

Mijn ouders zijn de enige mensen ter wereld die geen Senseo of Nespresso of andere *fancy* espressomachine hebben. Zij zetten gewoon een halve pot filterkoffie met het apparaat dat ze al twintig jaar hebben.

Mijn moeder komt met de kan en de koektrommel uit de keuken getrippeld. Ze schenkt onze kopjes in. Daarna mogen mijn vader en ik een biscuitje uit de trommel pakken en brengt ze alles weer terug naar het keukentje. Al die tijd zitten mijn vader en ik zwijgend tegenover elkaar. Mijn vader kijkt uit het raam en ik friemel aan de ketting van mijn Chanel-tas.

Mijn moeder gaat naast mijn vader zitten. Haar handen in haar schoot gevouwen. De penduleklok tikt luid de seconden weg.

'Zo,' zegt mijn vader dan eindelijk. 'Wat kom je doen, Ruth?'

Niet eens zo'n makkelijke vraag. 'Ik kom jullie opzoeken,' zeg ik. Daar kunnen ze in ieder geval niet over vallen.

Mijn moeder neemt een slok koffie. Mijn ouders drinken hun koffie zwart. Ze heeft mij niet gevraagd of ik iets in mijn koffie wil, terwijl als ze even terug zou denken, ze zou weten dat ik melk gebruik.

Weer dat doordringende getik van die stomme klok.

'Hoe gaat het met jullie?' vraag ik dan maar. Nog een vraag waar niemand iets verkeerds achter kan zoeken.

'We mogen niet klagen,' zegt mijn moeder. 'We zijn gezond en papa heeft een nieuwe fiets gekregen van de achterbuurman.'

'Wat fijn,' zeg ik.

'De achterbuurman is dood,' zegt mijn moeder, 'vandaar.'

'O, dat is wat minder,' zeg ik.

Mijn vader neemt nu een slok van zijn koffie. Hij drinkt uit de beker van de handbalvereniging waar ze in hun jonge jaren lid van zijn geweest.

Ik wind de ketting van mijn Chanel-tas om mijn vinger en trek dan mijn vinger eruit, zodat de schakels keurig in een cirkelvormig torentje opgestapeld blijven staan op de stoelleuning.

Dan haal ik diep adem, probeer me te herinneren hoe Mirjam het heeft geformuleerd en zeg: 'Het spijt me dat jullie je gekwetst voelen door mijn boek.' Ik druk de gedachte aan het nieuwe boek, dat nog veel vervelender gaat worden, maar even weg.

Voor het eerst kijkt mijn vader me echt aan. Vermoeide, oude ogen met dikke wallen eronder. 'We vinden het vooral heel erg voor jou. En we hopen dat je ooit de weg weer terug zult vinden naar de Here Jezus.'

Ik knik als een klein kind.

'We zouden het heel erg vinden als je in de hel komt,' voegt mijn moeder eraan toe. Ik vermoed dat ze al die tijd heeft gewacht tot ze dit eindelijk een keer tegen me kon zeggen. 'Zo hebben we je niet opgevoed.'

Ik weet allang dat het niet zoveel zin heeft om te zeggen dat ik niet in de hel geloof en dat zelfs als die bestond, zij er niet over gaat wie waar terechtkomt na de dood.

'Wat is er gebeurd, Ruth?' vraagt mijn moeder. 'Vroeger wilde je zelfs zendeling worden. We waren zo trots op je. Zelfs de voorganger noemde jou een voorbeeld voor de jeugd. En nu...'

Het heeft geen zin om hierop in te gaan, zoveel ervaring heb ik inmiddels wel. Dat de voorganger ooit meer dan één seconde over mij heeft nagedacht lijkt me bovendien sterk. Mijn moeder is inmiddels gestopt met praten en mijn vader kijkt bokkig voor zich uit. De koffie is nog heet, maar toch drinken we alle drie dóór om maar iets te doen te hebben. Hoe kan ik de rare teksten op mijn notitieblokje ter sprake brengen, als een gesprek over het weer niet eens lukt?

Dan zegt mijn moeder dat het tijd is om aan het avondeten te beginnen. Ik heb niet het gevoel dat het de bedoeling is dat ik blijf.

'Ik ga maar weer eens naar Amsterdam,' zeg ik.

Mijn vader staat op en steekt zijn hand uit. 'Nou, een voorspoedige terugreis gewenst dan.'

Ik schud zijn hand dan maar, terwijl ik me afvraag welke vader zijn eigen dochter een hand geeft. 'Dag, papa.'

'Het ga je goed,' zegt hij.

Er schiet me iets te binnen. 'Noemden jullie mij vroeger weleens Tabitha? Of kennen jullie een Tabitha?'

Mijn ouders kijken elkaar snel aan.

'Hoe kom je daar nou bij?' zegt mijn moeder snel. 'Nooit van gehoord.'

Misschien vergis ik me. Dat kan heel goed. Aangezien het gezicht van mijn vader altijd gespannen staat, is het moeilijk te bepalen of hij inderdaad geschokt kijkt. Maar zo lijkt het wel.

'Het lijkt me beter als je gaat,' zegt hij. 'Het is al bijna etenstijd.'

'Ik ben je dochter,' zeg ik tegen hem. 'Ik ben je eigen fucking dochter, realiseer je je dat wel?'

Ik had nooit 'fucking' moeten zeggen*. Ik had sowieso mijn mond moeten houden. Je zou denken dat ik inmiddels weet dat ik mijn ouders niet moet tegenspreken. Niet dat ze me ooit straf hebben gegeven, maar ze waren heel goed in mij negeren.

'Zo is het genoeg!' snauwt mijn moeder. Ik vrees dat ik ook de wekelijkse telefoontjes wel kan vergeten nu. 'Het huis uit! Je bent pas weer welkom als je je kunt gedragen.'

Mijn vader heeft zijn hoofd afgewend, alsof ik het niet waard ben om nog langer naar te kijken. Het haar van mijn moeder is wat losgesprongen. Er hangt een grijze sliert haar langs haar gezicht en haar ogen knallen bijna uit haar hoofd.

'Ik ga al,' zeg ik. 'Denk alleen maar niet dat jullie van me af zijn. Ik ben en blijf jullie kind, of jullie het leuk vinden of niet.'

* Ook Harold vindt dat er te vaak 'fucking' in dit fucking boek staat. Ha!

Ik gooi de voordeur zo hard dicht dat ik even bang ben dat de voorruit zal breken. Ik weet nu helemaal zeker dat ik dit nieuwe boek ga schrijven en dat het nog veel vervelender wordt dan *In de Naam van God*. Hier zal geen gebedsdienst meer tegenop kunnen. Mijn ouders zullen nog terugverlangen naar de tijd van *In de Naam van God*. Iedereen in die hele fucking kerk zal nog enorme spijt krijgen dat ze mij zo hebben genegeerd. Dat ze nooit echt naar mij hebben omgekeken. Dat het enige wat ze ooit belangrijk vonden, was of ik me wel aan de regels hield.

In de trein staar ik uit over de donkere weilanden. Mijn woede heeft inmiddels plaatsgemaakt voor zelfmedelijden. Ik vraag me af hoe het geweest zou zijn als ik gewone, gezellige ouders had gehad en broertjes en zusjes met wie ik een beetje kon lachen. Misschien zou ik dan niet zo'n fucking puinhoop zijn geweest. Misschien zou ik dan in staat zijn geweest om verstandige keuzes te maken en zou ik niet zoveel moeite hoeven doen om me een beetje oké te voelen. Mijn ouders hebben niet eens gevraagd hoe het met me ging. Zouden ze ooit nog aan mij denken, behalve in termen van wat ik hen heb aangedaan? Houden ze eigenlijk wel van mij?

Toen ik een jaar of negen was, heeft er een paar maanden een bungalowtent in onze kleine achtertuin gestaan. Hier verbleef Perre, een ex-junkie die zich recentelijk had bekeerd en nog geen woonruimte had. Als hij 's ochtends ons huis binnenkwam om naar de wc te gaan, verstopte ik me altijd onder de dekens. Hij mocht dan wel *clean* zijn en iedere dag op gesprek gaan bij de voorganger, hij miste een voortand en had enge bloeddoorlopen ogen. Bovendien liep hij altijd in een sportbroekje en een verwassen hemd, ook als het regende en het amper vijftien graden was.

Dit wil ik maar zeggen: Mijn ouders hebben het nooit een

probleem gevonden om potentieel gevaarlijke, ongepast geklede volslagen vreemden met open armen te ontvangen, maar voor hun eigen dochter gelden blijkbaar andere normen.

Dan belt Michiel en neem ik toch maar op, omdat ik me zo verloren voel en zo ontzettend graag zijn stem wil horen. Ik negeer hem morgen wel weer. Ik weet dat het niet al te consequent is, maar vandaag is geen dag om consequent te zijn. Sowieso ben ik niet echt goed in principes.

'Schatje,' zegt hij. 'Ik ben zo blij om je lieve stem te horen. Hoe gaat het? Ik vind het zo erg. Ik schaam me zo dat ik je in de steek laat. Ik...'

'Ik ben net bij mijn ouders geweest,' onderbreek ik hem.

Hij valt even stil. 'Hoe dat zo?' vraagt hij dan.

'Mijn moeder zegt dat ik naar de hel ga.' Het komt er wat hysterischer uit dan ik heb gepland.

Michiel schiet in de lach. 'Ik hoop het wel, lieverd. Anders zit ik daar straks helemaal in mijn eentje.'

Tegenover mij zitten twee vrouwen me nieuwsgierig te bekijken. Ze doen niet eens moeite om dat te verbergen. Van die types die zelf nooit iets meemaken, wier levens vooral bestaan uit het roddelen over anderen, schat ik in. Ze zijn allebei te dik, en een heeft een pukkel op haar kin waar een zwarte haar uitsteekt. Heeft dat mens geen spiegel of zo? Ooit van de schoonheidsspecialist gehoord?

Ik draai me zo ver mogelijk naar het raam toe en leg mijn hand in een kom over mijn mond en de telefoon, zodat ze hopelijk niet meer kunnen verstaan wat ik zeg.

'Ik mis je zo,' zeg ik. 'Wanneer kom je terug?'

'Ik ben er zaterdag weer.'

'Kom je dan meteen naar me toe?'

'Dan kom ik meteen naar je toe.'

'Beloof je dat echt?'

'Ja, dat beloof ik echt.' Zijn stem klinkt zo zacht en warm, alsof hij het meent, en misschien meent hij het ook allemaal wel. Ik wil het heel graag geloven. Correctie: ik wil het té graag geloven. Daarom luister ik ook niet naar al mijn vriendinnen die zeggen dat ik met hem moet kappen.

'Dat zou ik heel fijn vinden.' (Had ik niet besloten dat ik hem nooit, maar dan ook nooit meer wilde zien of spreken?)

'Gelukkig gaat het wat beter met je,' zegt Michiel. 'Ik maakte me echt zorgen.'

Ik vraag me af hoe hij erbij komt dat het beter met me gaat. Zo ervaar ik dat zelf namelijk helemaal niet. De enige reden waarom hij denkt dat het beter met mij gaat, is dat ik weer met hem wil praten. Ik zoek naar een manier om hem dit uit te leggen zonder kinderachtig over te komen, maar hij zegt alweer: 'Lieverdje, ik moet gaan. Ik bel je zo snel mogelijk weer, goed?'

Ik vraag me af of hij weer moet kaasfonduen, of gezellig met z'n allen de sauna in, zoals Ilse gisteren heeft gepost. Met een foto van haar blote benen erbij. Wie neemt nou in godsnaam haar telefoon mee in een sauna om een foto te maken? Dan moet je wel heel wanhopig aan de buitenwereld willen laten zien hoe fijn je leven is. Gelukkig voor haar heeft Ilse een hele lading suffe vriendinnen die ook niets beters te doen hebben dan reageren op elkaars pathetische berichten. *O, wat heerlijk voor je, lieverd!* en *Lekker alle glühwein eruit zweten* en dat soort bullshit. Ilse is de grootste doos ter wereld en toch heeft zij Michiel en heb ik helemaal niets. Behalve maandverbanden vol bloed. En die Chanel-tas natuurlijk.

'Dag, schatje,' zegt Michiel, soort van opgewekt ook nog. 'Ik hou van je, dat weet je, hè?'

'Dag,' fluister ik in de telefoon, terwijl ik weer eens mijn best moet doen om niet te huilen. Ik vraag me af of mijn lichaam dit nog wel aankan. Straks barst ik nog uit elkaar van alle pijn en verdriet. Maar hoe moet ik dit aan Michiel uitleggen, die hoorbaar opgelucht is dat ik even niet moeilijk doe? En trouwens, hij heeft al opgehangen.

Ik stop de telefoon terug in mijn tas. Daarna veeg ik een paar verdwaalde tranen van mijn wang.

De vrouwen die tegenover mij zitten en die ik even was vergeten, grijpen meteen hun kans. 'Mogen we wat vragen?' zegt de vrouw met de pukkel. En voor ik heb gezegd dat ik daar nu echt even geen zin in heb, gaat ze verder: 'Ben jij Kathelijne Hasselaar?'

'Nee,' zeg ik.

De vrouwen stoten elkaar aan en giechelen. 'We zagen meteen dat jij het was en we herkenden je stem. We hebben je boek gelezen. Echt geweldig. En zo realistisch. Hoelang heb je erover gedaan om het te schrijven?'

'Zien jullie niet dat het niet uitkomt?' snauw ik.

De vrouwen kijken elkaar geschrokken aan. 'O, eh... sorry,' zegt de pukkel.

'Wil je een zakdoekje?' vraagt de ander.

'Doe maar,' zeg ik.

Ze grabbelt in haar tas van nepleer in een onbestemd bruin en haalt een pakje Kleenex tevoorschijn. 'Hou maar,' zegt ze. 'Wij zijn echt ongelofelijke fans.'

'Fijn,' zeg ik, en ik snuit mijn neus.

'Klopt het dat het boek voor een groot deel autobiografisch is?' vraagt de vrouw van de Kleenex.

'Je kunt het ons wel vertellen,' zegt de pukkel met een knipoog. 'Wij kunnen heel goed geheimen bewaren.'

De trein mindert vaart en ik zeg dat ik er hier uit moet. Ik loop naar het andere uiteinde van de trein en ga daar zitten. Op het overstapstation zie ik de vrouwen weer lopen. Ik duik net op tijd weg.

Een paar uur later lig ik in mijn eigen bed. Michiel zal nu vast tegen Ilse aan liggen. Ik stel me voor hoe ze nog even kletsen over de vooruitgang van de kinderen. Het skiën zal vast heel goed gaan nu. De kinderen zullen inmiddels zonder angst van de berg zoeven, met hun volle gewicht richting het dal.

Zelf heb ik als kind niet leren skiën. Wij gingen een keer per jaar een week naar Drenthe, naar een huisje van iemand van de kerk die zelf in de zomer naar Italië of Spanje ging of een ander oord waar ik alleen maar van kon dromen. Ik vertel dit niet om zielig te doen, want het waren heel prettige vakanties waarin mijn vader, moeder en ik in een rij voor het huisje zaten te lezen. 's Middags gingen we dan een eindje fietsen en een ijsje eten. En met Pinksteren gingen we naar een camping in Vierhouten, waar de Pinksterconferentie van de Stichting Opwekking werd gevierd.

Zou Ilse echt niets vermoeden? Zou hij zijn arm om haar heen hebben geslagen, misschien wel zijn been ook, zodat ze helemaal door hem beschermd is en zich veilig voelt? Zou zijn hand op haar borst liggen? Of zou zij tegen zijn rug aan liggen, haar neus tussen zijn schouderbladen, haar hand zo achteloos in zijn kruis, haar (hopelijk echt heel lelijke, ik neem tenminste aan dat er een reden is waarom ze nooit een totaalfoto van zichzelf op Facebook plaatst) lichaam tegen hem aan gedrukt?

Michiel zou niets liever willen dan bij mij zijn, zegt hij steeds (alhoewel, in de weken vóór de abortus steeds minder frequent). Soms nam hij zelfs het woord 'als' in de mond. 'Als wij ooit echt bij elkaar komen.' Wanneer zou hij bedoelen? Zodra de kinderen het huis uit zijn? Als Ilse er geen zin meer in heeft? (En die kans lijkt me vrij klein, gezien de hoeveelheid hysterisch adorerende foto's ze op Facebook van haar gezin plaatst.)

Je bent aan het doordraaien, Tabitha, zeg ik tegen mezelf.

Tabitha. Waar komt dat opeens vandaan? Ik spreek de naam

een paar keer hardop uit om te kijken hoe het voelt. Dan kijk ik naar de tekst op het notitieblok op mijn nachtkastje en weet ik zeker dat ik gek aan het worden ben. Dit mag niet gebeuren. Ik moet mezelf afleiden, misschien professionele hulp zoeken, meer onder de mensen komen, het uitmaken met Michiel. Maar dat zijn allemaal dingen die ik nú, liggend op mijn bed om elf uur 's avonds, niet kan doen. Ik zou een slaappil willen nemen, maar ook dat durf ik niet meer.

Dus kijk ik maar naar stomme televisieprogramma's waarvan ik terwijl ik ernaar kijk al niet weet waar ze over gaan. Ik zou net zo goed een dier kunnen zijn dat naar het scherm staart en geen idee heeft wat het ziet anders dan bewegende vlekken.

14

Als je verhaal een gerecht is, dan zijn stijlfiguren het peper en zout. (Dit is een metafoor, maar dat wist jij natuurlijk al.) Zonder peper en zout wordt je boek flauw. Maar te veel is ook niet goed. Lees de gemiddelde literaire thriller waarin mensen nooit iets normaal kunnen zeggen maar altijd hijgen, slissen of kreunen, en je weet precies wat ik bedoel. Het gaat om de balans. Sowieso moet je uitkijken met te veel bijvoeglijke naamwoorden en bijwoorden. Goed gebruikte bijvoeglijke naamwoorden *beschrijven*. Slecht gebruikte bijvoeglijke naamwoorden geven een waardeoordeel. Dus je zult mij niet horen zeggen dat ik fucking over de zeik ben als ik zie dat Ilonka fucking zwanger is, en nog prachtig, adembenemend, verzorgd zwanger ook.

Van achteren valt er helemaal niets aan haar te zien; aan de voorkant zit een mooi rond bolletje. Ze had altijd al prachtig haar, maar nu lijkt het voller dan ooit, en haar huid is egaal en glanzend. We hebben afgesproken in het park, al is het koud. Ze wilde niet ergens binnen afspreken, ze wilde meteen weg kunnen, mocht ze daar behoefte aan hebben. Daarmee was de toon meteen gezet, en het was duidelijk dat ik niet in de positie was om eisen te stellen.

‘Ik wist niet eens dat je een vriend had,’ zeg ik.

‘Alweer bijna drie jaar,’ zegt ze stralend. ‘Sander. We zijn vorig jaar zomer getrouwd.’ Ze laat me de ring zien als ondersteunend bewijs.

‘Wat leuk,’ zeg ik. Ik ben gelukkig heel bedreven in fake-enthousiasme. ‘Dus je hebt hem ontmoet net na…’ Terwijl ik het zeg, weet ik al dat ik een fout maak. Maar misschien ook niet. Misschien moeten we dit gewoon met elkaar bespreken zodat we de lucht kunnen klaren. Iets in haar moet dat willen, anders was ze hier niet. ‘Nadat wij elkaar voor het laatst zagen.’

Haar gezichtsuitdrukking slaat meteen om. ‘Toen ik nog geen idee had dat je de pijnlijkste gebeurtenis van mijn leven in de uitverkoop ging gooien.’

‘Dat heb ik uitgelegd en ik heb er mijn excuses voor aangeboden,’ zeg ik. ‘Het boek had een heel andere setting en was vanuit de “ik” geschreven. Iedereen denkt dat ikzelf misbruikt ben. Heb je enig idee wat dat heeft gedaan met mijn seksleven?’* Ik hoop dat ze moet lachen, maar natuurlijk doet ze dat niet. ‘Niemand heeft de link naar jou gelegd.’

Ilonka legt haar handen op haar buik, alsof de baby tegen mij beschermd moet worden. Dan haalt ze diep adem en zegt geëmotioneerd: ‘Ruth, als jij niet onmiddellijk stopt met dat gedraai en gelieg, dan is dit gesprek nú afgelopen. Hoor je me? Je weet zelf net zo goed als ik dat je boek op mijn verhaal is gebaseerd. Je hebt zelfs letterlijke bewoordingen van mij gebruikt!’

‘Je hebt gelijk,’ zeg ik. ‘Ik heb ook jouw verhaal gebruikt als inspiratie. En het spijt me als ik je daarmee heb gekwetst. Je bent toch hopelijk niet herkend?’

‘Maar het spijt je niet dat je het hebt geschreven.’

* Het antwoord hierop is: niets. Want jonge, knappe mannen lezen geen boeken, helaas. Of in dit geval: gelukkig maar.

Ik haal diep adem. Ik heb de neiging om te zeggen dat ook dat me vreselijk spijt, dat ik het nooit had moeten doen, maar dat is niet waar, al vind ik dat lastig om toe te geven. Ik ben getraind in het bekeren van anderen, het omzeilen van lastige vragen, het inzetten van andermans argumenten, maar niet om voor mijn eigen mening te gaan staan. 'Ik had het misschien met je moeten bespreken. Je moeten waarschuwen.'

'Maar je hebt er geen spijt van.' Ilonka blijft me hardnekkig aankijken. Ze was altijd al veel sterker dan ik.

Ik kijk strak terug, al is dat moeilijk. En ik besluit om eerlijk te zijn, al is dat ook moeilijk. 'Ik heb er geen spijt van dat ik dat boek heb geschreven, nee. Ik heb er wel spijt van dat ik niet zorgvuldiger met jou ben omgegaan. Ik had het je vooraf kunnen laten lezen, zodat jij de dingen die je het pijnlijkst vond had kunnen aanwijzen, en dan had ik die misschien kunnen veranderen.'

Ze staart me aan, alsof ze een *still* uit een film is geworden. Ik besef nu pas dat ik haar echt pijn heb gedaan, en dat spijt me zeer. Ilonka, die altijd voor mij opkwam, de enige die me in mijn jeugd het gevoel gaf dat ik de moeite waard was.

'Oké,' zegt ze na een tijdje. 'Ik ben blij dat je het tenminste recht in mijn gezicht zegt. En voor wat het waard is: ik heb het je vergeven. Niet voor jou, maar voor mezelf. Wie ben ik om je niet te vergeven, als God Zijn enige Zoon heeft gestuurd om voor jou te sterven?'

Ik negeer de laatste zin en pak haar hand. 'Het spijt me echt dat ik je pijn heb gedaan. En ik ben heel blij voor je...' Ik moet even slikken om dit te kunnen zeggen: 'Ik ben echt blij voor je dat je een baby krijgt.'

'Het is een jongetje,' zegt ze.

'Wat leuk!' zeg ik. Dat had ik natuurlijk ook gezegd als het een meisje was. 'Wanneer ben je uitgerekend?'

'Twintig maart. Hij kan dus over een week al komen.'

'Wow,' zeg ik. Ik voel me belachelijk opgelucht dat we redelijk normaal kunnen praten, al denk ik nu liever niet na over baby's. 'Zie je ertegen op?'

'Beetje.' Ze lacht nerveus. 'Het zal wel goed komen, toch?'

'Bij jou komt altijd alles goed,' zeg ik.

Daarna weten we allebei even niet wat we moeten zeggen. Ik vraag me af of ik over Tabitha kan beginnen.

'Hoe gaat het nou écht met je, Ruth?' vraagt Ilonka dan. Het blijft raar om mijn oude naam te horen.

'Wel aardig,' zeg ik. 'Nee, dat is niet waar. Het gaat niet zo goed, als ik eerlijk ben.'

'Hoezo niet?'

'Misschien is dit niet het juiste moment om daar al te uitgebreid over te vertellen,' zeg ik. 'Ik heb wat gedoe. Met mannen. Met mijn nieuwe boek. Ik zit gewoon even niet zo lekker. Niets ernstigs.'

Ze kijkt me onderzoekend aan. 'Oké,' zegt ze dan.

Ik vraag het toch maar: 'Ken jij iemand die Tabitha heet?'

Ze fronst haar wenkbrauwen.

'Van vroeger. Iemand uit de kerk of zo.'

'Ik geloof het niet,' zegt ze. 'Hoe kom je daarbij?'

'Ik kreeg een Facebook-verzoek van haar,' zeg ik snel.

'Wat is haar achternaam dan?'

Dat was dus niet zo slim van me. 'Weet ik niet,' zeg ik snel. 'Ze noemt zichzelf Tabitha Tabitha.'

Ilonka kijkt me ongelovig aan. Ik ben inmiddels aan het rillen van de kou en heb geen gevoel meer in mijn handen. 'Wil je echt niet even ergens binnen iets drinken?' vraag ik.

'Dat weet ik niet, Ruth. Wie is Tabitha? En wat heeft zij met de kerk te maken?'

'Dat weet ik dus ook niet. Ik probeer het uit te zoeken.'

'Voor een nieuw boek?'

'Mogen we nu alsjeblieft naar binnen, dan vertel ik hoe het zit.'

Ze kijkt weer zo heel strak voor zich uit.

'*Please*,' zeg ik. 'Ik wil het je echt vertellen, maar als we nog langer buiten blijven, bevries ik.'

'Zo koud is het niet,' zegt ze. 'Je bent gewoon veel te dun.'

'Allemaal waar.'

Gelukkig stemt ze dan toe om thee te gaan drinken.

We lopen naar een cafeetje aan het begin van het park. Ilonka beweegt niet zo snel en af en toe blijft ze staan met haar hand in haar rug.

'Zwaar?' vraag ik.

'Ik zal blij zijn als het kind eruit is, ja.'

Er staan pannenkoeken en tosti's op de kaart. In Amsterdam zou dit café echt niet kunnen, maar hier in de provinciestad waar Ilonka woont, zijn mensen dol op dit soort dingen. We bestellen een kop thee.

'Welk smaakje?' vraagt de serveerster, alsof we nog in de jaren tachtig leven en Pickwick-thee drinken met perzik- en aardbeiensmaak.

'Welke sóórten hebben jullie?' vraag ik.

Ik vertel Ilonka niet over de abortus. Deels omdat dat geen fijne informatie is voor een zwangere, deels omdat ik me ervoor schaam, al helemaal tegenover een christen, en deels omdat ik bang ben dat ik ga huilen. Wel vertel ik haar over de teksten die ik in mijn slaap heb geschreven.

'Wat een raar verhaal,' zegt ze als ik klaar ben. 'Had je gedronken?'

'Een slaappil,' zeg ik. 'Ik denk ook niet dat het echt iets is, maar ik wil het gewoon zeker weten.'

'Ik vraag het aan mijn moeder, goed?'

'Doe dat.'

'Ze is nog altijd heel positief over jou.'

'Echt?' vraag ik gretig.

'Ja, als enige van de hele Evangelische Kerk. Ze vond je boek ijzersterk. Ondanks dat het over haar eigen dochter gaat.'

'Maar het gáát niet over jou.'

Ilonka slaat haar ogen ten hemel. 'Ik dacht dat we het hier net over hadden gehad.'

'Losjes gebaseerd,' zeg ik. 'Dat is iets heel anders. Met alle respect voor wat jou is overkomen. Want ik vind het echt erg voor je wat Christopher je heeft aangedaan. Misschien heb ik dat nooit duidelijk tegen je gezegd.'

'Lieg niet tegen me,' zegt Ilonka. 'Het kan jou helemaal niks schelen. Het enige waar jij aan denkt is of je een bestseller kan scoren. Toen ik jou dat over Christopher vertelde, dacht ik dat het je raakte. Ik zie je nóg zitten en begrijpend knikken, je legde zelfs je hand op mijn arm. Ik was zo opgelucht dat ik het je eindelijk had verteld na al die jaren. En wat doe jij? Jij schrijft dat ik ben kláárgekomen.'

Ik weet werkelijk niet wat ik moet zeggen. Behalve dan dat ze gelijk heeft, al heb ik het nooit bedoeld zoals zij nu schetst.

'Weet je wat jij bent?' zegt Ilonka. 'Een parasiet.'

Ze staat op en loopt woedend weg, voor zover ze dat kan met dat kind in haar buik. Ik blijf achter met de twee koppen thee en net als ik de rekening wil vragen, zet de serveerster de twee tosti's voor me neer.

15

Een abortus, een briefje, een minnaar en een kerk vol boze mensen. Inmiddels ben ik niet meer zo optimistisch over het nieuwe boekidee. Misschien moet ik mijn oude baas eens bellen of ik terug kan komen bij het reclamebureau. Moet ik wel dat voorschot van twintigduizend euro aan Harold terugbetalen, dus dat zou nogal kut zijn. Maar ik weet nu echt niet hoe het anders moet. Ik kan me ook met de beste wil van de wereld niet herinneren waarom ik heb bedacht dat het leuk zou zijn om schrijver te zijn, want eigenlijk is dit helemaal niets voor mij. Ik heb geen zitvlees; ik ben te ongeduldig. Hoe kan het dat andere schrijvers moeiteloos het ene na het andere boek eruitkakken? Kijk maar naar Mirjam. Die zegt dat ze nergens zo gelukkig van wordt als van schrijven. Zij wordt 's ochtends wakker en denkt: jippie, ik mag weer. En ik weet zeker dat ze niet liegt, want daar doet zij niet aan.

Net wanneer ik een enkele reis Thailand wil boeken om nooit meer terug te keren, gaat de telefoon. Ik herken het nummer niet. Het is een vaste lijn. Alleen mensen in de provincie bellen nog met vaste telefoons.

'Met Kathelijne,' zeg ik.

Het is even stil. Dan hoor ik Ilonka vragen: 'Waarom heb je eigenlijk een andere naam genomen?' Ik ben belachelijk blij om haar stem weer te horen. 'Dat wilde ik je nog vragen.'

'Ruth was een onderdanige, brave, christelijke vrouw. Daar wilde ik niet meer mee geassocieerd worden. Ik heb die naam nooit fijn gevonden.'

'O,' zegt Ilonka. 'Nou, goed dan.'

'Het spijt me van gisteren,' zeg ik. 'Of mag ik dat niet zeggen? Ik hoop niet dat je weer boos wordt, want het lijkt wel of alles wat ik zeg, verkeerd valt.'

'Laat mij daarom maar even het praatwerk doen,' onderbreekt ze me. 'Voor ik inderdaad weer boos op je word, want je bent een huichelaar, Ruth. Ik wil het er niet eens meer met je over hebben. Het enige wat ik kan doen, is voor je bidden. Waar ik je over bel, is over Tabitha. Ook een brave Bijbelse vrouw overigens. Ik heb mijn moeder naar haar gevraagd en ze blijkt bestaan te hebben.'

'Wat zeg je me nou?'

'Vraag me niet waarom ik nog moeite voor je heb gedaan en vertel me niet dat ik dit binnenkort weer moet teruglezen in een of ander ranzig boek van jou, maar ik was vanochtend bij mijn moeder en dacht er ondanks alles aan.'

'Wie is ze dan?' Ik vertel Ilonka maar niet dat ik inderdaad weer aan een boek werk, en dat ze absoluut gelijk heeft dat ik een huichelaar ben.

'Een klein meisje. Ze was een dochter van de voorganger, een zusje van Agnes dus. Agnes van Christopher, weet je wel.' Ik hoor dat ze het moeilijk vindt om zijn naam uit te spreken.

'Wat is er met haar gebeurd?'

'Wiegendood.'

Ik krijg het benauwd. Ik zal me wel aanstellen, het zal wel

niets zijn, maar ik voel een onverklaarbare druk op mijn keel en ik heb moeite met ademen.*

'Dus ze was nog maar een baby?'

'Net een maand of acht, geloof ik.'

'En de moeder?'

'Die was gestorven vlak na de geboorte van Tabitha. Een heel tragisch verhaal.'

Mijn ellendige bui is verdwenen. Ik voel zelfs een onbedwingbare behoefte om achter mijn computer te gaan zitten en als een gek te gaan tikken, nog sterker dan toen ik werkte aan *In de Naam van God.*

'Dank je wel, Ilonka. Echt heel lief van je.'

'Ik lees het wel terug in je boek,' zegt ze cynisch.

* Zó niet-literair omschreven, ik wéét het, Harold. Ik ben nou eenmaal geen fucking Margriet de Moor. Laat me nou. Of beter, waarom kijk je niet of Margriet de Moor zin heeft om naar je over te stappen? Dan kunnen jullie elkaar helemaal gek maken van geluk. En verpats je háár boeken maar aan de bouwmarkt.

16

Solange is hypnotherapeut. Ze is me aangeraden door Mirjam, die grossiert in dit soort contacten. Het leek Mirjam een goed idee om onder hypnose te onderzoeken of ik iets weet over Tabitha. Per slot van rekening is het verhaal aan mijn onderbewustzijn ontsproten.

Ik vertel Solange de hele voorgeschiedenis, de rare zinnen die ik zelf blijkbaar 's nachts heb opgeschreven. Dat Tabitha echt heeft bestaan. Solange maakt notities en knikt een paar keer instemmend. Blijkbaar vindt zij dit soort dingen heel normaal, want ze stelt gerichte vragen en vertrekt geen spier. Omdat ze zegt dat *In de Naam van God* haar lievelingsboek is, vind ik haar uiteraard meteen heel sympathiek en betrouwbaar.

Na een kennismakingsgesprek van een kwartier laat ze me op een massagetafel plaatsnemen. 'Lig je lekker zo?' Solange pakt mijn voeten beet. Ik kan niets zien, want ik heb een slaapmaskertje op. Ze heeft fijne handen. Veilige handen. Onwillekeurig moet ik diep zuchten.

'Goed zo,' zegt ze. 'Laat het allemaal maar lekker los. Ontspan je.' Vervolgens zegt ze dat ik me moet voorstellen dat ik op mijn fijnste, veiligste plek ter wereld ben. Ik denk in eerste instantie aan mijn bed. Dan realiseer ik me dat ik de laatste tijd niet kan slapen en steeds meer opzie tegen het moment dat ik in dat bed moet gaan liggen. Dan denk ik aan mijn bank, maar eigenlijk voel ik me daar niet speciaal veilig, dus ook dat heeft niet zoveel zin.

'Als je een plek in gedachten hebt, knik dan.'

Ik schud mijn hoofd. 'Ik kan niets vinden.'

'Het maakt niet uit wat voor plek het is. Het kan ook iets van vroeger zijn. Was er een plek waar je je vroeger fijn voelde?'

'Mijn slaapkamertje,' zeg ik. 'Dat was echt helemaal van mij.'

'Goed. Dan ga je daar in gedachten naartoe. Ga maar lekker liggen. Ontspan je. Ik leg mijn hand op je buik en dan mag je daarnaartoe ademen, terwijl je je inbeeldt dat je op je kamertje ligt.'

Zo praat ze een tijdje op me in, net zo lang tot het voelt alsof ik weer twaalf ben en dolgelukkig met mijn eerste eigen plekje. Dan wil Solange dat ik verder terugga in de tijd. Dat ik weer een heel klein meisje ben. Een heel klein, bang meisje.

Ik weet niet hoe het kan, maar het is alsof mijn lichaam krimpt, de kracht uit mijn ledematen verdwijnt en ik hulpeloos op mijn rug lig.

'Wat zie je?' vraagt Solange. 'Ik snap dat het moeilijk is om te praten, maar ik kan je wel beter begeleiden als ik weet waar je bent en wat er gebeurt.'

'Ik lig te huilen. Ik ben heel klein.'

'Hoe oud ben je?'

'Een baby. Ik kan nog niet lopen en praten. Ik zit opgesloten in mijn lichaam.' Ik weet niet waar ik het vandaan haal, maar dit is mijn realiteit.

'Waarom huil je?'

'Ik heb het koud. Het is heel koud in huis en ik lig onder een veel te dun dekentje.'

'Weet je waar je ouders zijn?'

'Nee. Ik ben heel alleen.' Ik stop met praten, omdat mijn keel dicht zit en ik een overweldigende angst voel.

'Ik ben bij je,' zegt Solange. 'Er kan niks gebeuren. Laten we samen kijken wat er aan de hand is, oké?' Ze aait over mijn hoofd. 'Haal maar even diep adem.'

Ik doe wat ze zegt, maar het gevoel gaat niet weg.

'Wat gebeurt er nu?' vraagt Solange.

Een deur gaat open. Ik voel een tochtvlaag. Het is nu nog kouder in de kamer. Ik ben zo bang. Zo bang. 'Er komt iemand binnen,' zeg ik.

'Weet je wie het is?'

'Het is hem. De man.' Er hangt een donkere gestalte boven me. Ik kan zijn gezicht niet goed zien, maar er straalt een enorme woede van hem af. Ik weet dat hij me niet wil. Ik weet dat hij me dood wil hebben.

'Praat tegen me,' zegt Solange. 'Ik weet dat het moeilijk is, maar je moet me vertellen wat er gebeurt, dan kunnen we er samen naar kijken.'

'Hij vindt dat ik er niet mag zijn.' Ik kan niet verder praten, ik ben te emotioneel.

'Het is goed,' zegt Solange. 'Laat het er allemaal maar uit komen.'

'Hij wil me niet.' Het lijkt of het verschil tussen mij als klein meisje en mij als volwassene is weggevallen. Ik herken mijn eigen stem niet. 'Hij legt zijn handen om mijn keel en knijpt ze dicht. Ik kan niet meer ademen.'

'Rustig maar,' zegt Solange. 'Je bent veilig. Het is heel goed dat je dit doorleeft, dan kun je het opruimen en een plekje geven. Ben je nu Kathelijne of ben je Tabitha?'

'Ik ben Tabitha.' Het verbaast me hoe haar naam er als vanzelf uit komt.

'En wat gebeurt er daarna?'

'Ik zak naar beneden. Mijn lichaam wordt heel zwaar. Ik word door de zwaartekracht langzaam in het duister getrokken.' Ik heb het heel koud nu. Mijn hele lichaam trilt en ik wil dat dit ophoudt.

'Nog heel even,' zegt Solange. 'Nog heel even en je mag terugkomen in het hier en nu. Kun je me vertellen waar je nu bent? Ben je nog steeds in het duister?'

'Ja.' Ik heb mezelf niet meer onder controle en klink als een hysterisch kind. 'Ja, ik ben nog steeds helemaal alleen.'

'Waar zou je willen zijn?' vraagt Solange. 'Is er een mooi plekje waar Tabitha zou willen rusten?'

'Er staat een Boeddhabeeldje* op de schoorsteenmantel in mijn kamer. Daar zou ze graag willen zijn.' Wederom geen idee waarom ik dit zeg, maar het voelt gewoon zo.

'Dan mag ze daarnaartoe. Zeg het maar tegen haar. Zeg maar tegen Tabitha dat ze mag rusten op schoot van het beeld. Dat ze daar veilig is.'

Opeens ben ik zelf niet meer het kind, maar zie ik haar als iemand die los van me staat. 'Tabitha,' ga ik verder met overslaande stem. 'Je mag gaan rusten op schoot bij boeddha. Vind je dat fijn?'

Ze laat me weten dat ze het inderdaad fijn vindt. Vraag me niet hoe, maar ik wéét gewoon dat ze dat heel graag wil.

'Dan gaat ze daar nu naartoe.' Solange legt haar hand op mijn handen. 'Je bent helemaal koud geworden. Wil je weer terugkomen?'

'Ja,' zeg ik. 'Heel graag.'

Solange telt langzaam tot tien en bij iedere seconde mag ik

* Geloof me, ik weet zelf heus wel hoe kitscherig dit is. En om het nog erger te maken: ik heb dit beeldje bij de Intratuin gekocht.

een stapje dichterbij komen. Bij tien haalt ze het oogmaskertje van mijn gezicht. 'Zo,' zegt ze. 'Hoe was dat?'

Het duurt even voordat ik iets kan zeggen. Het licht in de kamer is te fel. 'Superheftig,' zeg ik. 'Het voelde allemaal heel echt.'

Solange knikt begrijpend. 'Wil je lekker een kopje thee om bij te komen?'

'Graag.'

Als ze de kamer uit is, ga ik rechtop zitten en probeer ik te bevatten wat ik net heb ervaren.

Solange komt terug met een kopje thee.

'Ik begrijp er niks van,' zeg ik. 'Hoe kan het dat ik mezelf als Tabitha heb gezien?'

'Hoeveel jaar zit er tussen het jaar dat zij is gestorven en jouw geboortejaar?'

'Geen idee. Maar het kan nooit veel zijn.'

Solange denkt even na. 'Het kan zijn dat je heel snel bent gereïncarneerd. Soms doen zielen dat. Als ze iets af te maken hebben. Je hebt er niet voor niets voor gekozen om heel dicht bij je vorige vader te blijven. Sterker nog, misschien ben je wel teruggekomen om *In de Naam van God* te schrijven.'

'Dus jij denkt dat ik in mijn vorige leven gewurgd ben.'

'Zo klinkt het wel.'

Ik knik bedachtzaam, om niet te laten merken dat ik het eigenlijk onzin vind. 'Ik heb je iets nog niet verteld. Als kind heette ik Ruth. Dus toen je vroeg of ik Kathelijne of Tabitha was, kan het zijn dat ik Tabitha heb gezegd omdat ik toen zeker nog niet Kathelijne was. Of klinkt dit nu heel warrig?'

'Je zei echt heel stellig dat je Tabitha heette.' Solange schrijft het ook maar meteen op zodat het helemaal vaststaat. 'Anders had je wel gezegd dat het geen van beide was. Of dat je Ruth heette.'

‘O,’ zeg ik. Ik klem mijn handen om het warme kopje thee.

‘Je moet even aan het idee wennen, zie ik.’

‘Klopt.’

‘Je hebt hard gewerkt vandaag. Doe het lekker rustig aan en drink veel water.’

Ik knik. Ook al is dit volstrekte bullshit, het is in ieder geval goed materiaal voor m’n boek.

17

Weer naar het dorp van mijn ouders. De straten voelen iets minder onwennig aan dan de vorige keer. Ik heb me voorgenomen dat als ik deze keer een oude buurvrouw tegenkom, ik haar gewoon aankijk en gedag zeg. Waarom zou ík degene zijn die zich moet schamen? Wat heb ik nou eigenlijk verkeerd gedaan? Mensen moeten toch begrijpen dat ik als schrijver ergens mijn inspiratie vandaan moet halen en dat ik heus niet schrijf met de intentie om anderen te kwetsen. Ik móést *In de Naam van God* schrijven, al klinkt dat hysterisch. Mannelijke schrijvers zijn hier veel makkelijker in. Die hebben geen last van opgelegde bescheidenheid en van hen wordt geaccepteerd dat ze getormenteerde zielen zijn die niets anders kunnen dan SCHEPPEN.

Ik heb overwogen de voorganger zelf te bezoeken, maar om eerlijk te zijn, durf ik dat niet.

Agnes woont aan de andere kant van het dorp, in het nieuwere deel (dat nu ook alweer een jaar of twintig oud is) met twee-onder-een-kaphuizen en leaseauto's op de oprit. Ik ben nog nooit bij haar thuis geweest. Wel ben ik er vroeger vaak genoeg langsgefietst in de hoop een glimp van Christopher op te vangen. Ik hoopte dat hij mij zou zien en dat we dan gezellig zouden kletsen en dat hij tegen me zou zeggen dat ik zo bijzonder was en mooi. En dat ik dan misschien Maria Magdalena zou mogen spelen in het paasspel.

Ik heb erover nagedacht of ik haar vooraf moest bellen, maar heb besloten dat ook nu de overval de beste tactiek is. Mensen kunnen beter niet te veel over mij nadenken. Dat werkt alleen maar averechts.

De laatste keer dat ik Agnes zag, was op de gebedsdienst voor Christopher. Ze stond vooraan, naast haar zoon, die inmiddels tien jaar oud was en helaas voor hem uiterlijk meer op zijn moeder leek dan op zijn vader. Ze zag er voor de gelegenheid nog slonziger uit dan normaal, met een verschoten zwart shirt met lange mouwen en sliertig haar dat schreeuwde om een goede kapper.

Na afloop was er uiteraard gelegenheid tot koffie en condoleren. Al kreeg daar niemand de kans toe omdat Agnes naar achteren werd genomen voor handoplegging door de oudsten.* Ik meende dat haar vader, de voorganger, in het voorbijgaan een korte blik op mij wierp, maar dat kan ook zijn omdat mijn decolleté wellicht iets te diep was voor de gelegenheid.

Agnes lijkt niet eens zo heel verbaasd om mij te zien. Het lijkt alsof niets haar meer kan verbazen of raken of anderszins bewegen. Ze ziet er murw geslagen uit. De gezichtsuitdrukking van iemand die niet eens meer de moeite neemt om de blauwe enveloppen te openen en die de zoveelste deurwaarder voor de deur ziet staan. Ze is nog dikker geworden en draagt eenzelfde soort vormloos shirt als tijdens de gebedsdienst, alleen nu in bor-

* Na de diensten was er altijd ruimte voor extra zegening voor wie dat nodig meende te hebben.

deauxrood. Haar haar heeft een paar centimeter grijze uitgroei.

'Ja?' zegt ze ter begroeting.

'Agnes,' zeg ik. Ik laat mijn stem overdreven vriendelijk en respectvol klinken. 'Weet je nog wie ik ben?'

Ze maakt een geluid dat 'ja' zou kunnen betekenen.

Ik wacht of er nog meer komt, maar dat komt er niet. Achter haar zie ik in het halletje een dressoir staan met een foto van haar en Christopher. Waarschijnlijk uit de zendingstijd, want ze zien er jong en gelukkig uit.

'Mag ik binnenkomen?' Ik steek een doosje naar voren met twee moorkoppen die ik net bij de bakker heb gehaald. 'Ik heb iets lekkers meegenomen.'

'Ja,' zegt ze weer, en ze doet een stap opzij zodat ik erlangs kan.

Ik loop achter haar aan. Het interieur is van het optimistische, Lundia-achtige soort. Blank eiken, woonaccenten in primaire kleuren, en een grote flatscreentelevisie, al is dat misschien wat minder Scandinavisch. Aan de muren hangen de gebruikelijke christelijke parafernalia: een houten kruis, een groot schilderij van een duif met een takje in zijn snavel.

Ik geef Agnes de moorkoppen. 'Hier.'

Ze neemt ze aan, maar doet er verder niets mee. Ik vraag me af of ze medicatie gebruikt waar je apathisch van wordt.

'Mag ik gaan zitten?'

'Ja,' zegt ze.

Ik neem plaats op de donkerbruine lederen bank. Hij kraakt een beetje en ik vraag me af of dit de bank is waarop Christopher Ilonka heeft aangerand. Agnes gaat tegenover me zitten in een fauteuil van een lelijke rode stof. Ze heeft nog steeds die doos met moorkoppen in haar hand. Ze kijkt een beetje langs me heen, met haar diepliggende ogen. Alles wat nog een beetje knap aan haar was, is overwoekerd door vet.

'Je zult je wel afvragen wat ik hier kom doen,' zeg ik. Omdat ze me blanco blijft aanstaren, praat ik maar gewoon verder. 'Ik wil je iets vragen. Het is geen leuke vraag, maar ik hoop toch dat je hem wilt beantwoorden.'

'Gaat het over Christopher?' vraagt ze. 'Als er iets is gebeurd, dan vind ik dat heel rot, maar ik kan er niks aan doen.' Het klinkt of ze die zin uit haar hoofd heeft geleerd. Er gaat geen enkele emotie van haar uit. Aan de muur hangt een foto van Christopher en zijn zoon die gezien de leeftijd van de jongen waarschijnlijk is genomen vlak voor Christophers zelfmoord. De zoon is blij met de vis die hij heeft gevangen. Christopher staat er maar een beetje naast. Ik heb nooit echt bij zijn zoon stilgestaan. Hoe moet het voor hem geweest zijn om al op zo jonge leeftijd zijn vader te verliezen? Zou hij weten van zijn vader en Ilonka?

'Nee, het gaat niet over Christopher,' zeg ik. 'Het gaat helemaal niet over hem. Er is niets... vervelends gebeurd tussen hem en mij. Ik mocht hem graag.'

Ik kan me vergissen, maar het lijkt of ze wat ontspant. Ik glimlach om te tonen dat ik welwillend ben en geen wrok koester jegens Christopher. 'Het gaat over iets heel anders,' ga ik verder. 'Klopt het dat jij vroeger een zusje hebt gehad?'

Het lijkt of mijn vraag niet meteen tot haar doordringt. Glazig staart ze me aan.

'Tabitha,' zeg ik. 'Je had toch een zusje dat Tabitha heette?'

'Wát?' Ze gaat rechtovereind zitten en het lijkt of ze me nu pas voor het eerst goed bekijkt. 'Tabitha?'

'Ja. Zij was je zusje, toch?'

'Wat weet jij van haar?' Ze leunt nog verder naar voren en kijkt me doordringend aan. 'Wacht 'es even. Ben jij niet het kutwijf dat dat boek heeft geschreven?'

'Dat wist je toch wel? Ik vroeg toch of je me herkende?'

Ze kijkt me ontzet aan. 'Ik dacht dat je iemand anders was.

Als ik had geweten dat je dat wijf van dat boek was, had ik je nooit binnengelaten.'

'Ik snap dat het boek moeilijk voor je was. Maar het is fictie,' zeg ik er snel bij. 'Het ging niet over Christopher. Hij heeft mij nooit aangeraakt.'

Ze loopt rood aan. Haar ogen knallen bijna uit haar kop. 'Ik mocht Christopher heel graag,' zeg ik snel om hopelijk het leed te verzachten.

'M'n huis uit!' schreeuwt Agnes. Ze springt op van de rode stoel. 'Ga nu mijn huis uit, jij dochter van Satan!'

Ik ben te perplex om te reageren.

Agnes staat voor me en smijt het doosje moorkoppen op de grond. 'Jij en dat andere meisje, jullie hebben ons kapotgemaakt!' gilt ze.

'Over wie heb je het?' vraag ik. 'Welk ander meisje?'

'Die kleine slet die aangifte heeft gedaan. Als zij niet naar de politie was gegaan, had Christopher nu nog geleefd.'

'Heb je het over Ilonka?' vraag ik.

'Wie is dat?' vraagt Agnes met overslaande stem.

'Zij is ook... Laat maar,' zeg ik.

Agnes geeft me een zetje naar achteren. 'Zij heeft hem de dood in gedreven, maar jij hebt op zijn graf gespuugd. Hoe durf je mijn huis binnen te komen? Hoe durf je Tabitha ter sprake te brengen! Hoe durf je?'

'Het spijt me,' zeg ik, terwijl ik zelf nog maar een stap naar achteren zet. 'Het spijt me oprecht. Ik wilde je niet overstuur maken. Echt niet.'

'Rot op!' gilt ze. 'Rot nu op! Je hebt genoeg ellende veroorzaakt!'

Als ik buiten sta, moet ik bijna overgeven. Wat heeft me bezield om haar op te zoeken? Dacht ik nou echt dat ze mij met open armen zou verwelkomen? Ik heb niets meer te zoeken in dit achterlijke dorp. Ze moeten mij hier niet. En weet je wat? Ik moet hen ook niet. Wat heeft dit leven hier mij ooit gebracht, behalve dat ik dermate verknipt ben geworden dat ik kan schrijven?* En zelfs dát lukt me totaal niet meer. Mijn keel zit dichtgeknepen en ik slik wat opgekomen maagzuur weg.

Mijn telefoon gaat over. Ik schrik van het geluid. Het is Mirjam. Ze vraagt hoe het is gegaan.

'Heel slecht,' zeg ik. 'Ze werd woedend en heeft me het huis uit gegooid.'

'Perfect!' zegt Mirjam.

'Hoe bedoel je?'

'Je hebt dus ergens een gevoelige snaar geraakt. En nu ga je dit tot de bodem uitzoeken.'

'Moet dat echt?'

'Je wilt toch niet je voorschot terugbetalen? Aan het werk, jij.'

'Het is een kutonderwerp. Straks zit er helemaal niks achter en ben ik voor niks dit hele klotedorp overhoop aan het halen.'

'Je schrijft toch fictie? Als er niet genoeg is, verzin je het er gewoon bij. Maar vooralsnog valt er genoeg te onderzoeken, lijkt me.'

'Wát dan?' Ik merk zelf ook dat ik een beetje snauw. 'Wat moet ik nu in vredesnaam nog doen? Terug naar dat gestoorde wijf? Of mijn ouders smeken om me binnen te laten? De voorganger confronteren met wat ik denk te weten en verwachten

* Onder schrijvers komen psychische stoornissen bovengemiddeld vaak voor. Het is niet bekend of dit al op voorhand het geval is, of dat schrijvers gek worden omdat ze continu alleen zijn en in een fantasiewereld leven, of een combinatie van beide (zoals in mijn geval, denk ik).

dat hij een volledige bekentenis aflegt? Het laatste wat ik nu kan gebruiken is nog meer afkeuring en afwijzing. Waarom zou ik dat in godsnaam opzoeken?'

'Omdat je als schrijver altijd je schaduwen tegemoet treedt en vervolgens naar buiten brengt wat je daar vindt. Dat is de essentie van iedere vorm van kunst.'

'Heb je dat in de *Reader's Digest* gelezen?' vraag ik.

'Leuk. Kom nou eerst maar even tot rust. Drink een kop koffie en ga dan naar het gemeentehuis.'

'Waarvoor zou ik dat nou weer doen?'

'Om de geboorte- en sterfdata van Tabitha op te vragen natuurlijk.'

'Ik geloof niet dat ik daar nu zin in heb.'

'Nou, dan doe je het lekker niet.' En daarmee hangt Mirjam op.

Ik ga inderdaad eerst maar even koffiedrinken bij Coffee4U, voorheen ijssalon Bitter. Daar werden vroeger altijd grappen over gemaakt, dat de familie Bitter hun ijssalon hun eigen naam had gegeven. Maar het was juist slim, denk ik achteraf. Tegenstellingen blijven beter hangen dan als alles altijd maar klopt.

Ik bestel een koffie. De serveerster, een vrouw van mijn leeftijd maar wel minstens vijfentwintig kilo zwaarder en in een strak zittend lichtroze uniform, vraagt wat voor koffie ik wil: gewone of 'cappusjieno'.

'Gewone,' zeg ik. 'Cappuccino is echt een beetje passé nu.'

Dan kijkt ze me wat langer aan. 'Ben jij Ruth?'

Ik vraag me af of ik ja moet zeggen of dat ik moet zeggen dat ik Kathelijne heet, maar ze ratelt alweer door. 'Jeetje, ik dacht al dat je me bekend voorkwam. Al zie je er nu zoveel... knapper uit dan vroeger. Vroeger was je echt zo'n muisje, nu ben je echt heel goed gekleed.' Ze werpt een blik op mijn Chanel-tas. 'Ik zag je laatst nog in de *Viva*. Echt heel mooie foto's, al hadden ze volgens mij wel een beetje gefotoshopt. In het echt heb je veel meer wallen. Je had allemaal mooie jurken aan. Mag je je kleren houden na afloop van zo'n fotoshoot?'

'Ik heb geen idee wie jij bent,' zeg ik. 'Sorry.'

'Anneloe!' roept ze uit alsof dat alles duidelijk moet maken.

Dat is de naam die Tara noemde. Anneloe die zichzelf in mijn boek had herkend. Ik kijk haar nog wat beter aan, maar ze komt me in de verste verte niet bekend voor.

'Wat kom je hier doen?' vraagt Anneloe dan. 'Ik heb begrepen dat je geen contact meer hebt met je ouders.'

'Van wie heb je dat gehoord?'

'Mijn moeder.' Ze kijkt nu een beetje geërgerd. 'Ik woonde twee huizen verder, weet je nog? Je hebt me zelfs weleens geprobeerd te bekeren!' Ze lacht, een irritante lach, net iets te hoog en net iets te hard.

Ik kijk haar nog steeds glazig aan. Ik weet nu al dat deze Anneloe straks aan iedereen gaat vertellen dat ik een arrogante trut ben geworden. Het succes is me naar mijn hoofd gestegen, totaal geen oog meer voor de mensen van vroeger. Dus corrigeer ik mezelf en zeg: 'Natuurlijk! Anneloe! Nu weet ik het weer! Hoe gaat het met je?'

'Nou, heel goed, zoals je ziet,' zegt ze. 'Arnoud en ik hebben de zaak overgenomen van zijn ouders.'

'Cool,' zeg ik. Ik vraag me af hoe ik haar zover kan krijgen dat ze haar klep houdt en mij mijn koffie brengt.

'Ja hè. Zoals je ziet hebben we de hele zaak gerenoveerd.' Ze buigt zich naar voren alsof ze een groot geheim vertelt. 'En dat was ook wel nodig. Verder gaat het heel lekker. Met de kleine op komst en alles.'

Ik kijk weer naar haar buik. Ik dacht eerlijk gezegd gewoon dat ze dik was, maar ze is dus dik én zwanger. Zelfs zij heeft blijkbaar iemand die wél haar baby wil. 'Superleuk!' zeg ik. 'Gefeliciteerd. Je hebt het echt helemaal voor elkaar.'

'Nou, jij anders ook. Dat hadden we nooit van jou verwacht, dat uitgerekend jij beroemd zou worden. Al was je natuurlijk altijd al een rare.'

Ik lach net iets te hard. 'Anneloe, ik zou echt heel graag die koffie willen.'

'Ja, natuurlijk.' Ze draait zich om en ik kijk naar haar enorme reet terwijl ze naar de counter stommelt om koffie te maken. Even later komt ze terug met koffie en een schaaltje bonbons. Ze zet het op tafel en ik hoop dat ze weg zal gaan, me eindelijk met rust zal laten, maar ze vindt het blijkbaar knotsgezellig. Of ze wil zo veel mogelijk informatie verzamelen om straks over mij te kunnen roddelen met haar vriendinnen.

Ik bedank haar voor de koffie en neem meteen een slok, zodat ze hopelijk snapt dat ik nu druk ben met koffiedrinken. De koffie is uiteraard nog heet. Ik brand m'n tong.

'Het gaat echt heel goed met je, hè,' zegt Anneloe. 'Ik volg je wel een beetje in de media.'

Mensen in dorpen hebben veel te veel tijd. Ze kunnen uren klessebessen over helemaal niets. Ze moeten wel, want helemaal niets is het enige wat hier gebeurt. Ook daarom hou ik meer van de stad.

''t Gaat wel.' Ik heb de neiging om een bonbon te nemen, gewoon omdat ze er staan. Ik hou niet van bonbons. Ik heb geen honger. Maar ik neem er toch een, in de hoop dat Anneloe dan weggaat.

'Normaal geven we altijd één bonbon bij de koffie.' Ze begint me nu serieus op de zenuwen te werken. Helaas is er geen enkele andere klant in de zaak. Zul je zien dat ze nog de hele tijd bij me blijft staan ook. 'Maar omdat ik het zo leuk vind dat jij er bent, krijg je er meer. Maar vertel 's, het gaat echt geweldig met je, hè?

Ik kom je echt overal tegen. Laatst nog zag ik je in het tijdschriftenrek staan bij een benzinestation. Je stond op de voorkant van een blad. Zo'n glossy.' (Ze spreekt 'glossy' uit met een rollende ggggg en ze bedoelt het niet ironisch.)

'Waarom denk je dat het zo geweldig met mij gaat?' vraag ik. 'Hoe kom je erbij?'

Anneloe begint aan de rand van haar uniform te friemelen dat iets te kort is nu het zo'n enorme buik moet herbergen. 'Nou, omdat je zoveel boeken hebt verkocht natuurlijk. En je ziet er heel goed uit op de foto's. Dus...'

'Toevallig gaat het helemaal niet goed,' zeg ik bot. 'Het gaat zelfs superslecht.'

'O,' zegt Anneloe. 'Nou, dat zou je niet zeggen. Vervelend voor je. Geniet van je koffie en bonbons, hè.' Eindelijk waggelt het mens bij me vandaan en kan ik die bonbon uitspugen. Het is zo'n ding met likeur erin, werkelijk het toppunt van smerigheid. En de koffie is ook niet te zuipen.

Ik pak m'n telefoon en zie dat er een berichtje is binnengekomen van een anoniem nummer.

JE BENT EEN KUTWIJF EN IK GA JE KAPOTMAKEN.

Terwijl ik naar het scherm staar, komt er nog een bericht binnen.

IK ZOU MAAR GOED OPLETTEN ALS IK JOU WAS, WANT ZODRA HET KAN, PAK IK JE.

Ik heb weleens eerder rare berichten gehad. Nadat *In de Naam van God* was verschenen, kreeg ik brieven met een gefrankeerde retourenvelop en de vraag of ik een slipje wilde opsturen, mails met de vraag of ik wel wist wat een kuthoer ik was, of ik misschien nog eens lekker gepakt wilde worden, of ik een foto van mijn tieten wilde sturen. Maar bedreigingen heb ik nog niet gehad. Mirjam wel. Zij had een tijd zelfs een serieuze stalker die telkens op de eerste rij opdook als ze ergens een lezing gaf en haar creepy 'liefdesbrieven' stuurde. Maar zij is dan ook echt heel mooi en perfect.*

Ik heb nu echt geen zin meer om naar het gemeentehuis te gaan, de voorganger op te zoeken of wat dan ook. Niet omdat ik bang ben, want ik weet bijna zeker dat het Agnes is die mij deze berichtjes stuurt. Gezien zij nog net niet op een vorkheftruck verplaatst hoeft te worden, geloof ik niet dat ze mij iets kan maken. En anders is het van een van de andere kerkleden, en die hebben allemaal hun naasten lief. Toch?

Ik reken af bij Anneloe, die me nu nauwelijks nog aankijkt, terwijl ik nou ook weer niet zó lelijk tegen haar deed, maar mensen zijn nou eenmaal overgevoelig als ze met BN'ers te maken hebben, al zijn ze van het C-kaliber.**

Misschien had ik een taxi moeten nemen, want die hebben ze zowaar in dit achterlijke dorp. Het is niet alleen fucking koud, het begint ook voor de zoveelste keer te regenen. Ik heb natuurlijk geen paraplu bij me, en ik wil ook niet ergens schuilen, omdat dit niet het moment is om alleen in een portiekje te gaan staan. Ik loop zo snel mogelijk door. Er is bijna niemand anders op straat, toch meen ik de hele tijd de echo van voetstappen te horen.

Tegen de tijd dat ik bij het station aankom, ben ik drijfnat. Rillend doorsta ik de anderhalf uur in de trein naar huis, met het gevoel dat niets, maar dan ook niets in mijn leven zin heeft of opschiet.

* Echt! Me love you long time, Mirjammie! En omdat je geen voetnoot bij een voetnoot kunt plaatsen zet ik er hier maar meteen achter dat Harold dit be-la-che-lijk vond.

** Ik zie de Twitter-berichten al voor me: *Wie denkt Kathelijne Hasselaar dat ze is om zichzelf een BN'er te noemen? Omdat ze drieënhalf keer op televisie is geweest en in een paar damesblaadjes heeft gestaan?*

18

Pas na een halfuur in bad zijn mijn botten weer een beetje verwarmd. Ook daarom zou ik iets moeten aankomen: om een beetje tegenwicht te bieden aan de kou.

In mijn badjas loop ik naar de keuken om te kijken wat er nog in de koelkast ligt. Niet veel. Ik heb geen zin om me aan te kleden om boodschappen te doen, maar er zit niet veel anders op.

Dan hoor ik gerommel aan mijn voordeur. Ik blijf staan luisteren, me ervan bewust dat ik alleen die badjas draag en een grote onderbroek met een dik maandverband erin. 'Wie is daar?' roep ik. Ik kijk om me heen of ik iets zie waarmee ik me zou kunnen verdedigen. Mijn oog valt op het messenblok, maar een insluiper hoeft maar één blik op mij te werpen om te weten dat ik toch nooit op hem in zal steken. Als het moet, kan ik beter van mijn balkon springen om mezelf te redden.

De deur gaat open. Voetstappen in het halletje. Mijn hart slaat een paar keer over. Ik voel zo'n vreemde plok* in mijn borst, alsof iets vastloopt en vervolgens losschiet. Ik moet iets

* Volgens Harold kan dit niet, maar het was écht zo.

doen, maar ik weet niet wat. Ik zou mezelf kunnen opsluiten in de badkamer. Als ik erheen probeer te lopen, luisteren mijn benen niet. Misschien moet ik me verstoppen in een keukenkastje. Ik vraag me af of dit zo'n moment is waarover je in de krant leest en waarvan je denkt dat het je nooit zelf zal overkomen. Ik had niet zo nonchalant moeten doen over die rare sms'jes. Waarom ben ik niet naar de politie gegaan? Waarom heb ik niemand hierover verteld? Ik wil schreeuwen, maar mijn keel zit dicht.

'Hai.' Ineens staat Michiel voor me met een rolkoffertje. 'Hier ben ik.' Hij glimlacht er ietwat droevig bij.

'Hoe bedoel je, hier ben ik?' Mijn stem klinkt schril. Hij zou morgen pas terugkomen van het skiën. Gisteren postte Ilse nog op Facebook een foto waarop ze hand in hand in de skilift zaten, met de begeleidende tekst: *Heerlijk genieten.* Wat doet hij in godsnaam hier?

'Ik heb besloten dat ik bij jou wil zijn. Ik kan deze poppenkast niet langer opbrengen.' Hij laat zijn koffertje staan en loopt naar me toe. 'Ik heb de hele nacht niet geslapen en de hele dag gereden. Hou me alsjeblieft vast.'

Ik sla mijn armen maar om hem heen, omdat het heel onaardig lijkt om het niet te doen. Hij klampt zich aan me vast. Hij ruikt zweterig en zijn adem is ook niet al te best. Hij kust me ook nog eens heel hard op mijn mond.

'Wow,' zeg ik, zodra ik de kans krijg om iets te zeggen. 'Dit zag ik niet aankomen.'

'Hoe bedoel je?' vraagt hij. 'Ben je niet blij dat ik er ben? Dit is toch wat we altijd wilden?'

'Ja,' zeg ik. Ik wil er een 'maar' aan toevoegen, maar vind het zielig voor Michiel. 'Wil je iets eten? Ik was net van plan boodschappen te gaan doen. Misschien wil je ook even douchen?'

'Je bent helemaal niet blij om me te zien,' zegt hij.

'Jawel. Echt heel erg blij. Maar je overvalt me een beetje en ik ben net begonnen aan een nieuw boek en het is een heftige week geweest en...'

'Dat begrijp ik, lieverd. Misschien had ik je moeten bellen. Ik wilde je graag verrassen. Bovendien hebben we zoveel te bespreken nu. Dat kan beter persoonlijk en niet over de telefoon.'

'Waar is Ilse nu dan?'

'Die is nog in Lech. Gisteravond na je telefoontje hield ik het niet meer. Je klonk zo lief en hulpeloos. Ik dacht: waarom hou ik mezelf nog voor de gek? Jij bent de vrouw met wie ik mijn leven wil delen. Niet Ilse.'

'Heb je het haar verteld dan?'

'Ja.' Hij zucht diep. 'Het moeilijkste gesprek van mijn leven. Om haar zoveel verdriet te moeten doen...'

'Wat zei ze?'

'Ze was ijzig kalm. Ze zei: "Dan rot je nu maar op." Verder wilde ze er niet over praten.'

'Jeetje,' zeg ik, omdat ik niet veel anders kan bedenken. 'Wat heftig.'

Michiel grijpt me weer vast en knijpt me bijna fijn. 'Ik heb je nu heel hard nodig, Kat. Ik kan dit niet alleen.'

'Zal ik maar even wat eten halen dan?'

Hij laat me los en lacht. 'Goed, als jij er echt op staat, kom dan maar door. Mag ik m'n koffer in de slaapkamer zetten?'

'Oké,' zeg ik. 'Ja, doe maar. Ik ga dan naar de winkel, hè,' roep ik. Ik trek snel een joggingbroek en trui aan en race de deur uit.

Als ik op straat loop, kom ik tot de conclusie dat ik er een stuk beter uitzie dan de afgelopen dagen. Wat ook helpt, is dat het niet meer regent. Het stikt van de starende mannen, glimlachende mannen, mannen van mijn eigen leeftijd, mannen die 'hallo' zeggen, al ken ik ze niet. Ik baan me een weg langs al deze mannen, glimlach af en toe terug, en vermijd de blikken van iedereen die oud en lelijk is, tot ik bij de dure biologische supermarkt ben. Diezelfde waar Michiel een week geleden voor mij al die spullen heeft gehaald.

Ik probeer te bedenken wat ik ervan vind dat hij opeens voor mijn deur staat. Ik kom niet veel verder dan: waarom nú, nu het eindelijk goed met mij gaat en ik net een boek aan het schrijven ben dat voor hem niet zo fijn is, en niet gisteren, toen ik hem nog nodig had? Ik zou blij moeten zijn. Dit wilde ik toch? Of wilde ik dit niet? Of niet echt? Of niet nu? Of...

Ik ben vast heel blij, alleen nog iets te overrompeld om het te voelen. Ik neem me voor om een hele lekkere omelet voor hem te maken en lief voor hem te zijn, want hij heeft het zwaar. Ik koop ook truffelkaas en gerookte zalm, omdat ik weet dat hij daarvan houdt.

Als ik heb afgerekend, en net de deur uit wil lopen, hoor ik mijn naam. De stem komt me bekend voor, ik kan hem alleen niet meteen plaatsen. Ik draai me om.

'Ik zag je staan en vond het zo stom om niets tegen je te zeggen,' zegt Thomas.

Thomas draagt een houtje-touwtjejas. En zijn haar zit heel goed. Hij heeft enorm veel haar. Blonde krullen. En veel dus. Had ik dat al gezegd? In zijn mandje zitten een pak ontgiftend superfoodsap en een zakje walnoten.

'Jezus,' zeg ik. 'Het spijt me echt van de vorige keer. En van die keer daarvoor ook nog steeds. Het spijt me echt heel erg.'

Thomas glimlacht. Ik moet er echt fucking goed uitzien vandaag, dat kan niet anders.

'Ik moet het ergste monster zijn dat je ooit hebt ontmoet,' voeg ik er maar aan toe. 'Wat doe jij eigenlijk in mijn buurtje?'

'Ik heb zo een afspraak.'

'Met een meisje?'

Ik zie hem zich afvragen of hij de waarheid moet zeggen of

niet. Hij kiest ervoor om niets te zeggen, maar wat vaag te glimlachen.

'Ik hoop voor je dat zij zich beter gedraagt dan ik.' Ik glimlach lief. 'Je trof me echt in de ergste week van mijn leven.'

Ik vraag me af of hij nu aan het vruchtje in zijn wc-pot denkt en schaam me nogal. Misschien heeft hij het niet gezien. Misschien heeft hij zonder goed te kijken de plee doorgespoeld. 'Ik moet gaan,' zeg ik dan. 'Sorry, nogmaals.'

'Geeft niks,' zegt hij. 'Ik hoop dat het weer wat beter met je gaat.'

Michiel komt net onder de douche vandaan als ik mijn huis binnenkom. Hij staat in mijn slaapkamer met een van mijn roze handdoeken om zijn middel geslagen. Zijn koffertje ligt open op mijn bed en hij zoekt naar spullen. Hij heeft veel moedervlekken op zijn rug en een streepje haar zo vlak boven zijn billen. Ik kan zien dat hij in een T-shirt in de zon heeft gezeten. Opeens heeft hij iets aandoenlijks.

'Hai,' zeg ik.

Hij draait zich om. 'Hai.'

Ik zet mijn boodschappentas op de grond en geef hem een kus. 'Wat sta jij hier een beetje sexy te doen.'

Hij drukt me hard tegen zich aan. Hij heeft inmiddels zijn tanden gepoetst en ruikt hij naar mijn grapefruitdouchegel. Hou ik wel echt van hem, als het me zoveel uitmaakt hoe hij ruikt? Maar nu ruikt hij dus zoals ik dat prettig vind en wil ik wél dicht bij hem zijn. Ik leg mijn handen op zijn billen.

Alsof ik het startschot heb gegeven, versnelt zijn ademhaling en begint hij onder mijn kleren te graaien. Met één hand maakt hij mijn beha los (dat soort mannen moet je nooit vertrouwen), en hij knijpt in mijn borsten als een uitgehongerd dier. De roze handdoek valt op de grond en hij ramt zijn erectie tegen me aan.

Hij kust me, duwt zijn naar Colgate smakende tong diep in mijn mond. Hij laat zijn handen in mijn joggingbroek glijden en knijpt in mijn billen. Zijn handen zijn warm en hebberig. Blijkbaar ontgaat het hem dat ik een hele grote onderbroek aanheb, terwijl ik normaal minuscule strings draag.

Hij hijgt in mijn oor dat ik een godvergeten lekker wijf ben, en wil zijn hand richting mijn kruis bewegen.

'Dat gaat niet,' zeg ik, en ik manoeuvreer me naar achteren zodat zijn hand niet verder kan.

'Ik heb zo naar je verlangd, schatje,' zegt hij. 'Kom eens hier met dat lekkere kutje van je.'

'Dat lekkere kutje bloedt, Michiel,' zeg ik. 'Dat lekkere kutje bloedt omdat ik een abortus heb gehad, weet je nog?' Ik trek mijn joggingbroek, die halverwege mijn reet hangt, omhoog, en doe mijn beha weer dicht.

'O god, sorry,' zegt hij. 'Ik...'

'Je was het even vergeten,' zeg ik ijskoud.

'Kattie...' Hij slaat zijn armen om me heen, nog steeds naakt, zijn pik halfstok. 'Lieverd, dat was echt heel lomp van mij.'

'Dat kun je wel zeggen.' Ik maak me los uit zijn armen en loop de kamer uit. 'Ik ben even de deur uit. Maak zelf maar een omelet.'

Er staat een enorme bos bloemen in de woonkamer. Michiel heeft een voorkeur voor prachtige, maar lichtelijk hysterische en vooral peperdure bossen van een winkel die Pompon heet. Zelf staat hij met een schort om in de keuken groente te snijden.

'Ik bak een lekker biefstukje voor je,' zegt hij. 'Met broccoli en een aardappelgratin. Ik ga heel goed voor je zorgen, let jij maar eens op.'

Ik blijf in de keukenopening staan. Denk nog even aan de omelet met truffelkaas die ik zou bakken. Die is blijkbaar van de baan.

Michiel strekt zijn armen naar me uit. 'Mag ik je vasthouden, lieve Kat? Mag ik je vertellen dat het me vreselijk spijt dat ik zo gevoelloos ben geweest?'

Ik blijf staan. Hij ziet er sexy uit met dat stomme schort aan. Ik weet heus wel dat ik me gewonnen ga geven, mijn hart is nou eenmaal een labrador die naar hem toe snelt zodra ze zijn stem hoort, maar ik doe nog even alsof er een kans is dat ik hem ga afwijzen.

'Lieverd... Het was echt heel dom en onnadenkend van me. Ik heb zo'n emotionele avond en nacht achter de rug. Ik heb helemaal niet geslapen en daarom was ik niet scherp. Maar natuurlijk weet ik hoe moeilijk deze week voor je is geweest. Daarom ben ik ook hier.' Hij zet nu zelf de stap naar mij toe en slaat zijn armen om me heen. Mijn lichaam ontspant, ik zucht diep. Zo blijven we een tijdje staan. Dan geeft hij me een kus en zegt: 'Jij wilt je biefstuk toch *medium rare*?'

'Graag,' zeg ik. Weer voel ik die bijna kinderlijke dankbaarheid. Ik ga achter hem staan en druk mijn lichaam stevig tegen hem aan, met mijn armen om zijn buik gevouwen.

'Zo kan ik niet werken, gekkie,' zegt Michiel. Hij geeft me nog een kus. 'Ik heb een lekkere fles wijn meegenomen, maak jij die alvast open?'

Ik bekijk de fles. Het is een dure bordeaux, een grand vin van het een of het ander. 'Huiswijn van de Aldi,' zeg ik terwijl ik doe alsof ik aandachtig het etiket bestudeer. 'Wat aardig van je.'

Hij lacht. Misschien is dat wel waarom ik zo graag bij hem ben, omdat ik het zo fijn vind als hij om mijn grappen lacht, ook al zijn ze niet al te best. Ik maak de wijn open en schenk de glazen in.

'Proost, lieverd,' zegt Michiel. 'Op ons.'

'Meen je dat echt?' vraag ik.

'Wat?'

'Dat wij nu samen zijn?'

'Ja.' Hij kijkt me indringend aan. 'Dat meen ik echt. Ik wil voor altijd bij je blijven. Ik kan me het leven niet zonder jou voorstellen.'

Ik geloof dat ik hem een beetje glazig sta aan te kijken, want hij zegt: 'Ik meen het. Ik meen het echt, Kattie. Ik heb dit al gevoeld vanaf het eerste moment dat ik je zag. En dat gevoel was echt. Dat weet ik gewoon. Ik hou van je. Ik hou van je tot aan je kleine tenen, tot in het diepst van je poriën, ik heb nog nooit zo sterk voor iemand gevoeld als voor jou. En ik hoop dat je mijn hart wilt aannemen en er goed voor wilt zorgen. Wil je dat?'

'Ja,' zeg ik, al weet ik het helemaal nog niet zo zeker. 'Dat wil ik ook.'

Hij neemt me mijn glas uit handen en omhelst me teder, alsof ik een duur en breekbaar kunstobject ben. 'Het zal niet makkelijk worden,' fluistert hij in mijn oor. 'Maar onze liefde is zo sterk. Samen redden wij dit wel.'

Michiel ligt tegen me aan. Zijn been om me heen gevouwen, zijn hand op mijn buik. Hij snurkt. Dat wist ik niet. Hij had me al gewaarschuwd, maar in de praktijk is het iets minder schattig en iets luidruchtiger dan je zou verwachten. Hij houdt zelfs af en toe even op met ademen, om daarna heel luidruchtig lucht naar binnen te slurpen. Maar al doe ik geen oog dicht, ik ben blij dat hij er is.

Het wordt nooit helemaal donker in mijn slaapkamer. Mijn gordijnen zijn net niet dik genoeg en zelfs aan de tuinkant van het huis, waar de slaapkamer is, is het altijd licht. Ik heb weleens geprobeerd met een oogmasker op te slapen, maar dat irriteerde me. Wat ook niet helpt, is dat Michiel aan mijn kant van het bed ligt. Dat had ik tegen hem moeten zeggen, dat ik daar altijd slaap. Raar dat ik in mijn eentje niet gewoon in het midden van het bed ga liggen. Je zou kunnen bedenken dat dat is omdat ik ruimte wil houden voor een eventuele man, maar eigenlijk wil ik gewoon mijn nachtkastje binnen handbereik hebben en lig ik daarom altijd aan de linkerkant.

Ik voel me toch een beetje verstoten nu ik aan de rechterkant lig. Ik heb mijn telefoon maar op de grond gelegd. Ik vraag me af wat Michiel van plan is. Blijft hij nu bij mij wonen? Of zoekt hij eerst iets voor zichzelf? In ieder geval zal ik een tweede nachtkastje moeten aanschaffen.

Michiel houdt dermate lang zijn adem in dat ik hem voor de zekerheid maar een por in zijn ribben geef, om te kijken of hij niet dood is.

'Hè?' vraagt hij even, maar hij valt meteen weer in slaap. Weer dat luide gesnurk in mijn oor.

Ik worstel me bij hem vandaan en pak mijn telefoon om te kijken hoe laat het is: halftwee alweer. Omdat ik toch niet kan slapen, kijk ik even op de tijdlijn van Thomas. Hij heeft gisteren een foto geplaatst van een feestje. Hij staat met drie vrienden in blacklight met biertjes in hun handen en ziet er toch wel lekker uit. Jong ook.

Michiel maakt weer geluiden alsof hij een doodsstrijd aan het voeren is, en deze keer por ik hem wat harder.

'Hé,' zegt hij verontwaardigd. 'Wat doe je?'

'Je maakt echt superveel herrie,' zeg ik. 'Ik wist niet dat snurken zo gewelddadig kon zijn.'

'Sorry, schat. Ik draai me wel even om.'

'Graag.'

Hij kust me nog even in mijn haar en draait dan zijn rug naar me toe. Een minuut later hoor ik hem alweer, maar in ieder geval snurkt hij niet meer in mijn oor.

Ik slaag er toch nog in te slapen, want ik word op een gegeven moment wakker en dat kan alleen als je weg bent geweest. Thomas heeft me zowaar een berichtje gestuurd. Dat ik er zo goed uitzag gisteren. En dat hij hoopt dat het goed met me gaat.

Dank je, stuur ik terug. Het lijkt me wel zo correct om te antwoorden.

Hij is online, want hij reageert meteen. Als ik wil lunchen, moet ik het maar zeggen.

Michiel draait zich in zijn slaap naar mij toe. Ik druk snel Thomas weg. Ik kijk naar het gezicht van mijn, hoe zal ik hem noemen… Vriend? Geliefde? Man? De rimpels die vanuit zijn ooghoeken over zijn wangen lopen. De hoge inhammen. Zijn mond die een beetje openhangt.

Dan opent hij zijn ogen. 'Lag je nou naar me te kijken?' vraagt hij.

'Ja. *Creepy*, hè.'

'Behoorlijk.' Hij trekt me naar zich toe en drukt zijn onderlichaam tegen het mijne. Dan laat hij me snel los. 'O, sorry.'

Pas dan herinner ik me het maandverband tussen mijn benen. Het is de eerste ochtend waarop ik niet meteen aan de abortus heb gedacht. 'Zou je het nu…' Die vraag maak ik niet af. Ik wilde vragen of hij nog achter zijn beslissing staat. Zou hij, nu hij weg is bij Ilse, wel een kindje met mij willen? Ooit?

'Wat wilde je vragen?'

'Laat maar.'

Michiel ligt op zijn zij naast me, zijn hand onder zijn kin, en kijkt me aandachtig aan. 'Zeg het. Ik had het idee dat het belangrijk was.'

Omdat ik niet weet hoe ik me hieruit moet redden, laat ik mijn hand over zijn onderbuik glijden, over de donkere haartjes en langs de rand van zijn onderbroek.

Hij houdt zijn adem in en kantelt zijn bekken een beetje naar voren. Dan laat ik mijn hand in zijn onderbroek glijden en trek hem af, zodat hij kwijt is dat ik nog steeds niet heb gevraagd wat ik hem wilde vragen.

19

Ieder personage heeft een motief: dat wat hij het aller-, aller-, allerliefste in de wereld wil. Uiteraard zijn er allerlei redenen waardoor je personage er niet in slaagt om zijn hartenwens te vervullen. Dit kunnen zowel interne als externe factoren zijn. Het lijkt me duidelijk dat in mijn geval beide meespelen. Het enige wat ik wil is toestemming om mijzelf te zijn.* Maar soms weet ik niet eens wie dat dan is, mijzelf, en hoe ik dat moet krijgen. Van mijn ouders hoef ik in ieder geval niets te verwachten. Dat blijkt wel weer wanneer mijn moeder belt. En het is niet eens Bijbelstudietijd.

'Ha mam!' zeg ik. Mijn stem klinkt blij, gek genoeg.

'Ruth,' zegt ze.

Ik doe nog even of niet doorheb dat ze woedend is. 'Gaat het goed?' vraag ik. 'Hoe is het met het trombosebeen van de buurvrouw?'

* Mocht je een recensent zijn en je besluit om uitgerekend deze zin uit het boek te lichten en daar een hele lullige recensie omheen te schrijven, dan hoop ik van harte dat je de rest van je leven gordelroos krijgt.

Ik ben in mijn slaapkamer. Michiel zit aan de eettafel te werken. Het is zaterdag, maar hij heeft wat in te halen omdat hij net met vakantie is geweest. Hij heeft gevraagd of ik gezellig naast hem kom zitten met mijn laptop. Maar hoe kan ik mijn intiemste gevoelens optikken als hij kan meekijken? Raar misschien, want ooit zal dit boek in de winkel liggen en zal hij het ongetwijfeld lezen, maar tegen die tijd is er al wat eelt op de tekst ontstaan en voelt het niet meer zo kwetsbaar.

'Wat denk je wel niet, Ruth?' gaat mijn moeder verder. 'Hoe haal je het in je hoofd om die arme Agnes Kouwenhoven lastig te vallen met vragen over Tabitha? Wat ben je van plan?'

Ik weet echt niet wat ik moet zeggen.

'Heb je nu nog steeds niet door wat je ons hebt aangedaan met je vorige boek?' Mijn moeder begint te huilen. 'Kan het je dan niets schelen dat wij pijn en verdriet hebben van die... die vuiligheid die jij opschrijft?'

Ik haal heel diep adem. Mijn ogen vallen op de onderbroek van Michiel die op de grond ligt. Ik raap hem op en gooi hem in de wasmand.

'Waarom zeg je niets?' gaat mijn moeder door. 'Ik denk weleens: wat hebben we je in vredesnaam misdaan?'

'Mam, ik ben een schrijver,' zeg ik. Het klinkt als een belachelijk argument, maar het is het enige argument.

'Er zijn anders genoeg schrijvers die niet hun familie en vrienden te schande maken. Zoals Geert Mak. Hij schrijft prachtige boeken zonder mensen te kwetsen. Of C.S. Lewis! Je kunt heus een goed boek schrijven zonder dat het smerig en kwetsend is.'

'Misschien kan ík dat niet.'

'O, je wilt ons dus doelbewust kwetsen! En alsof dat niet genoeg is, val je nu ook nog die arme Agnes lastig. Je boek ging over háár man, hè? Besef je wel wat je hebt aangericht?'

Ik zucht. Natuurlijk snap ik dat mijn boek niet leuk is voor Agnes, en niet voor mijn ouders, en niet voor Ilonka, voor al die mensen niet. Maar misschien was mijn jeugd ook niet zo heel erg leuk. Kijk naar me. Ik heb nog steeds geen idee wat ik aan het doen ben.

'Wil je koffie, lieverd?' Michiel steekt zijn hoofd om de hoek. 'O, sorry, je zit aan de telefoon.'

'Wie was dat?' vraagt mijn moeder.

'Dat is Michiel,' zeg ik.

'O. Is dat je vriend? Heb je die tegenwoordig?'

'Zoiets.' Ik zou kunnen vertellen dat hij net zijn vrouw voor mij heeft verlaten, gewoon om mijn moeder te sarren, maar ik krijg het mijn strot niet uit. Ook omdat ik zelf niet zo goed weet wat ik ervan vind.

'Het is ook niet eerlijk voor jullie,' zeg ik dan, want het is echt niet zo dat ik mijn moeder heb willen kwetsen. Echt niet. 'Ik begrijp heel goed dat het niet fijn is en dat het egoïstisch van mij was dat ik dat boek wilde schrijven.'

'Fijn dat je dat zelf ook ziet.' Mijn moeder zucht. 'Ruth, bedenk dat bij alles wat jij doet, wij erop worden aangekeken.'

'Ik werd vroeger ook aangekeken op alles wat jullie deden,' zeg ik. 'Dus ik weet hoe dat voelt.'

'Hoe bedoel je?'

'Je ziet dat misschien zelf niet. Maar de Evangelische Kerk is best... extreem.'

Alles wat er wellicht nog aan welwillendheid over was bij mijn moeder, is in één klap weg. Ik weet ook niet zo goed waarom ik dit heb gezegd. Als ik verstandig was geweest, had ik mijn mond gehouden en ja en amen geknikt, zoals ik mijn hele jeugd heb gedaan. 'Ik heb hier genoeg van, Ruth.' Ik vraag me af of ze mijn naam zo vaak mogelijk zegt om me eraan te herinneren hoe ik eigenlijk heet. 'Je valt geen mensen meer lastig. Is dat begrepen?

En vooral niet over Tabitha. Denk je niet dat de familie Kouwenhoven al genoeg over zich heen heeft gekregen?'

'Maar wat is er dan gebeurd met Tabitha? Zij is toch aan wiegendood gestorven?'

'Je houdt erover op! Hoor je me! Hou. Op. Ruth.'

En dan is mijn moeder weg.

'Schatje?' Michiel staat weer in de deuropening. 'Wat is er?' In twee stappen is hij bij me en hij slaat zijn armen om me heen. 'Wat is er gebeurd? Wie was dat aan de telefoon?'

'Mijn moeder.' Ik veeg mijn tranen weg (sorry, het is onmogelijk om dit te formuleren zonder dat het klinkt als iets uit een fout Nederlandstalig liedje) en produceer een glimlach. 'Voor de verandering is ze weer eens boos.' Ik vertel hem over Agnes en baby Tabitha.

'Ze moet toch snappen dat jij als schrijver ergens je materiaal vandaan moet halen? Ze zou juist trots op je moeten zijn. Moet je kijken waar je vandaan komt en hoe ver je het hebt geschopt. Hoeveel sterren had je nou ook weer in de *Volkskrant*?'

'Twee*. Maar die recensente daar is een zure trut. In NRC had ik er vier.'

'Dat bedoel ik. Kunnen je ouders nou echt niet een keer over zichzelf heen springen?'

'Nee. Zoveel is wel duidelijk.'

'Kom, ik neem je lekker mee uit lunchen. Je bent nog steeds hartstikke mager. Waar heb je zin in? Sushi? Een hamburger?'

'Weet ik niet.' Er komt een appje binnen. Ik kijk op mijn telefoon, al weet ik dat Michiel het haat als ik op mijn telefoon kijk terwijl hij met me aan het praten is.

VIES VUIL KUTWIJF. JE GAAT BRANDEN IN DE HEL.

* Om eerlijk te zijn was het er zelfs maar één.

Michiel wordt altijd blij als ik een calorie- en koolhydraatrijke maaltijd wil eten. Daarom zitten we nu bij Foodware en heb ik lasagne besteld.

'Serieus, lieverd,' zegt hij. 'Je moet je niet door je ouders laten afremmen bij het schrijven. Echt, fuck ze allemaal.'

'Grote woorden voor iemand die in de ICT zit.' Ik vertel hem maar niet dat ook hij in mijn boek voorkomt.

'Je moet gewoon doorgaan. Dit wordt vast geweldig. Vooral omdat het grotendeels autobiografisch is. Ik weet zeker dat mensen het échte verhaal achter *In de Naam van God* willen weten.'

'Maar kan ik het niet gewoon verzonnen hebben? Ik bedoel, hoe raar is het dat ik 's nachts dat soort dingen schrijf?'

'Je zei toch dat het heel echt voelde bij die hypnotherapeut? En mensen reageren toch raar als je over Tabitha begint?'

'Ja, dat wel, maar... dan nog zul je zien dat iedereen weer boos wordt.'

'Ik zou bijna zeggen dat je gewoon niet meer durft te schrijven. Weet je, Kat, als mensen moeite hebben met jouw boek, dan verstoppen ze zich maar drie weken onder de dekens, tot het is overgewaaid.'

'Nou, voor mijn ouders zijn dingen niet zo gauw voorbij. Zo hangen ze bijvoorbeeld nogal aan Jezus, en die is ook al tweeduizend jaar dood.'

Michiel lacht. Hij heeft een aanstekelijke lach die diep uit zijn onderbuik lijkt te komen.

De knappe en altijd aardige jongen van Foodware zet lasagne voor ons neer en een bak met allerlei groene groenten. 'Geniet ervan, hè.' Hij knipoogt naar me. Ik kom minstens twee keer per week hier, en al praten we nooit lang met elkaar, toch voelt hij vertrouwd. Het is echt jammer dat hij gay is, anders zou ik met hem willen trouwen. Maar dat terzijde.

'Heb je nog wat van Ilse gehoord?' vraag ik. 'Ze moet nu toch wel terug zijn uit Oostenrijk?'

'We hebben elkaar even gesproken,' zegt Michiel voorzichtig.

'Maar wat zei ze dan?'

'Ze vindt het moeilijk,' zegt Michiel. 'Dat lijkt me logisch. Maar ze zag het ergens ook wel aankomen.'

Ilse heeft sinds Michiel bij me is niets meer op Facebook gepost, terwijl ze normaal heel actief is. Maar ik weet natuurlijk niet wat dat betekent.

'Hoezo zag ze het aankomen?'

'Ze voelde ook wel dat we uit elkaar aan het groeien waren.' Michiel zucht. 'Ik wil het er liever niet over hebben.'

'Weet je wel zeker dat je bij haar weg wilt? Ik bedoel, jullie hebben wel drie kinderen en alles.' Terwijl ik het zeg, voel ik dat ik er minder relaxed onder ben dan ik laat blijken. Natuurlijk wil ik niet dat hij teruggaat naar Ilse. Maar ik wil wel dat hij zeker is van zijn beslissing. En dat ze zonder mij ook uit elkaar waren gegaan.

'Ik weet echt heel zeker dat ik bij jou wil zijn. Bij jou voel ik me... veilig. Klinkt het gek als ik dat zeg? Bij Ilse is het nooit goed genoeg. Als ik de sleutel in het slot steek, weet je wat ik dan voel? Angst.'

'Waarvoor?'

'Dat ze boos wordt. Dat het allemaal niet goed genoeg is. Dat ze me gaat uithoren over waar ik was en met wie en waar. Ik voel me soms zo beklemd door haar. Het is natuurlijk niet kies om tegen jou over haar uit te weiden. Maar ik wil wel dat je weet dat wat er tussen haar en mij ooit was, over is. Bij jou voel ik me thuis. Jij bent bijzonder, Kathelijne. Zo mooi, vanbinnen en vanbuiten...'

'Ik voel me ook heel fijn bij jou.' Het klinkt wat houterig. Ik ben niet heel ervaren in liefdesverklaringen en zeker niet op het niveau waarop Michiel dat kan.

Dan legt hij een doosje op tafel. Een klein doosje van Tiffany's met een grote strik eromheen. 'En zodat je weet dat ik het echt meen...' Hij schuift het doosje naar me toe.

Ik staar naar het doosje en vervolgens moet ik even om me heen gekeken hebben, want ik zie dat de jongen van Foodware mij een bemoedigende blik toewerpt, of verbeeld ik me dat allemaal maar?

'Zou je het niet openmaken?' zegt Michiel.

'Ja, natuurlijk.'

'Je lijkt wel geschrokken,' zegt hij lachend.

Ik lach mee. 'Dit zag ik even niet aankomen. Je overvalt me.' Ik pak het doosje op en haal voorzichtig de strik eraf, terwijl Michiel ongeduldig toekijkt. In het doosje zit een zilverkleurige ring met drie diamantjes.

'Witgoud,' zegt Michiel snel. 'Ik hoop maar dat-ie past. Ik wist je ringmaat natuurlijk niet.' Hij neemt de ring van me over en schuift hem om mijn vinger. 'Kijk, dat heb ik toch maar even goed ingeschat.' Hij neemt mijn hand in de zijne en kijkt verrukt naar zijn eigen ring die nu dus van mij is. 'Heel mooi. Staat je goed.'

Zoiets heb ik nog nooit gekregen. Ik kijk verwonderd naar mijn hand. Ik lijk zo anders nu. Zo... volwassen.

'Vind je hem mooi?' vraagt Michiel. 'Je zegt niets.'

Ik draai met mijn hand in het licht zodat de diamanten hun flonkering afgeven en zeg dan: 'Heel mooi.'

Michiel glimlacht tevreden.

'Echt heel mooi,' benadruk ik.

'Te zijner tijd komt er vast nog wel een andere ring bij.'

'Nou, dan zal ik maar de lunch betalen, hè?' zeg ik. 'Want ik neem aan dat dit een héél dure ring is.'

'Verschrikkelijk duur,' zegt hij.

'Mooi.'

20

Maaike Berentsen zit inmiddels niet meer in een rolstoel, maar beweegt zich voort met één kruk. Verder lijkt ze weinig veranderd. Ze heeft nog steeds een kinderlijk gezicht, met dezelfde verbaasde poppenogen als toen, en een bleke, niet door tijd aangetaste huid.

'Kathelijne!' roept ze blij verrast uit als ik bij haar voor de deur sta.

Maaike is de eerste die me kent van vroeger die me bij mijn nieuwe naam noemt. Ze heeft me sinds *In de Naam van God* al heel vaak gemaild of ik met haar wilde afspreken. In het kader van research voor mijn nieuwe boek heb ik eindelijk toegestemd.

Research is een essentieel onderdeel van het schrijfproces. Wat je schrijft moet kloppen, al zijn daar uitzonderingen op. Neem politieromans. In werkelijkheid werken aan de wat grotere zaken teams van zo'n dertig man. Het zou ondoenlijk zijn om deze alle dertig op te voeren, dus zie je meestal een politiekoppel met eventueel een derde of vierde collega. Nee, de belangrijkste reden om research te doen is dat je dingen kunt ontdekken die je anders zelf nooit had kunnen bedenken. Daarom grijp ik nu ook alle mogelijke aanknopingspunten aan.

Maaike Berentsen heeft een tijdje bij de voorganger in huis gewoond. Daarvóór woonde ze met haar moeder in een klein appartement boven de slagerij. Haar vader scheen een of andere rijke industrieel te zijn die al ergens anders een gezin had en niet meer naar zijn bastaarddochter en minnares omkeek. Maaikes moeder werkte als naaister, en al hun geld ging op aan therapie en hulpmiddelen voor haar dochter. Je begrijpt dat er heel wat af gebeden is voor Maaike en haar moeder. Er werd ons altijd verteld dat God ons liefhad zoals we waren. Maar als er iets aan je mankeerde, baden we ons suf om het te fiksen.

Maaike is een paar jaar ouder dan ik. Zij heeft dus nooit tegelijk met mij in de jeugdgroep gezeten, en ik kan me niet herinneren ooit met haar gesproken te hebben. Ook omdat gezegd werd dat ze bezeten was door demonen en daarom niet kon lopen. Zij was gestraft voor de zonden van haar ouders. Deze theorie werd onderstreept door het feit dat de artsen nooit een reden hadden gevonden waarom ze niet kon lopen. Ze dachten aan een neurologische afwijking, maar een sluitende conclusie was er nooit gekomen.

Na de zang, als de kleintjes waren vertrokken naar de zondagsschool en wij ons schrap zetten voor een preek van minimaal een uur, was er altijd gelegenheid om voor je te laten bidden. Hanneke Berentsen, Maaikes moeder, was een van de vaste klanten voor dit onderdeel van de dienst. Ze schuifelde dan naar voren met haar immer bittere gezichtsuitdrukking en grauwe kleding, alsof ze enorm haar best had gedaan om er zo arm mogelijk uit te zien. Haar haar hing in slierten langs haar gezicht, alsof shampoo ook niet meer in het budget paste, maar ze droeg wel een diadeem, om toch nog een beetje dat zondagse gevoel te pakken.

'Zuster,' zei de voorganger. 'God heeft je geroepen en God zal je gebeden verhoren.'

Hanneke Berentsen bleef naast hem staan, haar ogen naar de grond gericht. Ik keek even opzij naar Maaike, die met haar rolstoel altijd aan de zijkant achteraan stond. Er was verder geen plaats.

'Zeg het maar,' zei de voorganger. Hij legde zijn hand op haar schouder.

Met een schorre stem zei Hanneke: 'Ik wil mijn zonden afleggen. Ik wil vergeving vragen aan God en de gemeente.'

'God heeft je al vergeven,' zei Johan. 'Door het bloed van zijn zoon Jezus Christus zijn wij allemaal vrij van zonde en mogen wij in Zijn aangezicht staan.'

'Ik heb mijn dochter deze week geslagen.' Ik had het idee dat ze het heel zachtjes had gezegd, maar iedereen had het gehoord. Er werd niet echt verontwaardigd gereageerd. Ik zou eerder zeggen dat men blij was dat er eindelijk weer eens een smeuïge zonde was die vergeven moest worden. Ik bedoel, we kenden haar gejeremieer over haar antieke zonden, haar geldgebrek en haar gehandicapte dochter wel. Dat ze nu die gehandicapte dochter had geslagen, gaf onze gebedsdiensten nieuw elan.

'Wil Maaike dan ook even naar voren komen,' zei de voorganger. 'Ik krijg door dat ook zij hierbij moet zijn, zodat God jullie allebei kan helen.'

Het duurde even voor ze in beweging kwam. Er was duidelijke tegenzin op haar gezicht te zien terwijl ze door het middengangpad reed. Ik zag dat iedereen rechtop was gaan zitten. Het was duidelijk dat er iets ging gebeuren.

Toen Maaike bij haar moeder en de voorganger was aangekomen, zei hij: 'Laten wij nu dan bidden.'

Enkele anderen stonden op en gingen in een kring om hen heen staan, met hun handen op de hoofden en schouders van Maaike en haar moeder. Al snel begonnen er een paar in tongen te praten en was het voor ons, het publiek, niet meer duidelijk wat er precies gebeurde.

Het duurde en duurde maar. Als Evangelische Kerk-kind was ik gewend om lang te zitten en me te amuseren met mijn eigen gedachten terwijl de rest van de kerk high werd op de Heilige Geest. Ook die keer dacht ik aan jongens – al was ik nog maar twaalf, het denken aan jongens zat er al vroeg in – en lette ik niet goed meer op wat er gebeurde.

Ik schrok op uit mijn trance omdat ik Hanneke Berentsen hoorde krijsen. Ik sprong overeind om te kijken wat er was gebeurd, maar kon niets zien, omdat iedereen was opgestaan en nog meer mensen naar voren waren gelopen om het schouwspel op de eerste rang te kunnen volgen.

Het spreken in tongen nam in volume en hevigheid toe. Iemand zei: 'Beëlzebub, verlaat deze jonge vrouw in de naam van Jezus!' *'Jezus', 'Jezus', 'Jezus'.* Iedereen in de Evangelische Kerk dreunde zijn naam op, als een mantra, behalve Hanneke Berentsen. Zij riep heel duidelijk, boven al het tumult uit: 'Maaike! Maaike!'

Zelfs mijn stoïcijnse vader was nu gaan staan. Hij bad vurig mee dat Jezus zou komen en alle zonden weg zou wassen. Mijn moeder huilde. Dat deed ze vaak tijdens de gebedsdiensten; die emotionele labiliteit heb ik niet van een vreemde.

Ik wisselde een blik met Ilonka. Ik wilde naar haar grinniken, haar laten weten dat de grote Evangelische Kerk-show nu wel zijn hoogtepunt had bereikt, maar haar gezicht was spierwit en ik zag ook haar mond meedoen: 'Jezus, Jezus.'

Daarna hoorde ik iedereen zeggen: 'Dank U, Jezus, dank U, dank U.' Ik keek weer naar voren. 'Prijs God! Hij is almachtig.'

Ik ving een glimp op van Maaike, die een beetje verdwaasd in het midden stond, ondersteund door haar huilende moeder. Er was te veel gedoe om haar heen om haar goed te kunnen zien: huilende mensen, mensen die met naar de hemel uitgestrekte armen God dankten voor Zijn genade, Patricia de Zwart die spontaan was gaan zingen: 'Ik vermag alle dingen in Hem die mij kracht geeft' en de voorganger die zelfingenomen om zich heen keek, alsof niet Jezus, maar hijzelf Maaike uit haar rolstoel had laten opstaan.

Ik probeer me te herinneren hoe ik me toen voelde. In die tijd moet ik zelf nog gelovig zijn geweest, al was ik er nooit écht bij. Ik bedoel, mij heeft nooit iemand huilend naar voren zien lopen om verlost te worden. Mij heeft nooit iemand met de armen in de lucht God zien prijzen. Mij heeft nooit iemand zien dansen op opwekkingsmuziek in het gangpad. Maar het wonder van Maaike Berentsen was zo groot, dat het toch iets met me gedaan moet hebben.

Een beetje onhandig geven Maaike en ik elkaar drie zoenen. Dan gaat ze me voor naar de huiskamer, een hok van nauwelijks twintig vierkante meter, geheel ingericht met Ikea-meubilair.

'Je loopt nog steeds,' zeg ik.

'Ja, goed hè.' Vergis ik me nou of ligt er iets sarcastisch in haar stem? 'Wil je thee? Koffie? Iets anders?'

'Doe maar water.' Ik ga op de Klippan zitten. Maaike zal wel niet zoveel geld hebben, waarom anders zou je een bank kopen die én lelijk is én voor geen meter zit?

Even later komt ze aangeschuifeld met het water. Ze heeft haar kruk in de woonkamer laten staan en beweegt zich bijzonder moeizaam voort.

'Zijn ze er uiteindelijk achter gekomen wat het is?' vraag ik. 'Waardoor je eerst in een rolstoel zat en nu nog steeds moeizaam loopt?'

'Weet je dat dan niet?' vraagt Maaike. Zelf gaat ze op de grond zitten. Het kost haar duidelijk moeite om door haar knieën te zakken.

'Wil jij niet op de bank?' vraag ik. 'Misschien is dat fijner voor je.'

'Ik ben geen gehandicapte meer,' zegt ze.

'Sorry.' Ik neem maar snel een slokje water en zeg dan: 'Leuk huis heb je.'

'Nou, dank je. Waar woon jij? In Amsterdam?'

'Ja, in de Jordaan,' zeg ik.

'Toe maar.' Ze gaat verzitten. Ik kan me niet voorstellen dat ze gemakkelijk zit, op die harde betonnen vloer.

'Wil je echt niet bij me op de bank komen zitten?' vraag ik. 'Nu moet ik zo omlaag praten.'

'Dat ben ik wel gewend. Misschien vind ik dat zelfs wel prettig.' Ze glimlacht. 'Ik heb altijd gehoopt dat je contact met me op zou nemen. Ik heb je natuurlijk zelf al een paar keer een berichtje gestuurd.'

'Sorry dat ik niet eerder had gereageerd,' zeg ik. 'Maar ik ben blij dat ik alsnog bij je langs mocht komen.'

'Weet je wat, ik kom toch naast je zitten.' Maaike komt vrij onhandig overeind en neemt dan naast me plaats op de bank. 'Zo,' zegt ze dan. 'Dus je wilt weten wat ik aan mijn benen had. Nou, dat zal ik je vertellen: helemaal niets.'

'Maar je zat toch in een rolstoel?'

'Dat klopt.'

Ik kijk haar vragend aan, vooral omdat ik niet zelf tot conclusies durf te komen die misschien onjuist zijn.

'Mijn moeder heeft ervoor gezorgd dat ik nooit heb leren lopen.' Terwijl ze het zegt, zie ik dat ze peilt of ik haar geloof. 'Ze zette me altijd vast in stoeltjes en als ik in bed lag, lag ik vastgegespt met een riem. Dat weet ik omdat het later allemaal in het rapport stond dat een psychiater over haar heeft gemaakt. Zelf heb ik er geen herinneringen aan. Tot mijn achttiende wist ik niet beter dan dat ik een aangeboren afwijking had waardoor ik niet kon lopen. Mijn moeder zei het ook constant tegen me. De hele dag door. "Jij kunt niet lopen, Maaike. Jij zult nooit leren lopen. Als jij gaat staan, zak je meteen door je knieën." Dat herinner ik me dus wel, dat ze dat zei. Nu weet ik dat ze me heeft gehersenspoeld.'

'Maar je volgde toch allerlei dure therapieën? Daarvoor werden er toch collectes gehouden en zo?'

Maaike lacht. 'Ik heb heel wat ziekenhuizen vanbinnen gezien. Een heel enkele keer suggereerde een arts dat er wellicht niets aan de hand was. En dan gingen we maar weer naar een ander ziekenhuis. Ja, soms dachten ze wel dat er écht iets aan de hand was, omdat ik geen spiermassa in mijn benen had. En dan gingen we na verloop van tijd óók naar een ander ziekenhuis, omdat mijn moeder niet wilde dat ze door zouden zoeken.'

'Ongelofelijk,' zeg ik. 'Dit is ccht ongelofelijk.'

'Ja, hè?' zegt ze geforceerd opgewekt. 'Ik geloof dat ik nu wel toe ben aan drank. Jij ook?'

'Ja, doe maar,' zeg ik.

Ze stommelt weer naar de keuken en komt terug met een fles whisky en twee glazen. Ondertussen kijk ik op mijn telefoon. Er zijn twee berichten binnengekomen. Eentje luidt: IK HOU JE IN DE GATEN, KUTWIJF. En de andere komt van Thomas: *Laten we snel afspreken*. Beide berichten zijn op hun eigen manier ongemakkelijk en ik delete ze allebei.

'Je vraagt je misschien af waarom ik nog steeds niet goed loop. Dat komt omdat mijn benen zich nooit normaal hebben kunnen ontwikkelen. Dus uiteindelijk heeft mijn moeder toch nog haar zin gekregen: een gehandicapte dochter.'

'Münchhausen-by-proxy,' zeg ik.

'Yep.' Ze schenkt ons allebei een glas in en tikt dat van haar tegen het mijne. 'Op de Evangelische Kerk.'

'Op de Evangelische Kerk,' herhaal ik. 'Neem je het de kerk kwalijk?'

'Nou en of.'

'Meer dan je moeder?'

'Dat nou ook weer niet. Maar weet je, mijn moeder was gewoon ziek in d'r hoofd. Mijn vader heeft haar keihard laten vallen, zij was de foute vrouw. De slet die het met een getrouwde man had aangelegd en nu haar verdiende loon kreeg. De enige manier die ze kon bedenken om liefde en aandacht te krijgen, was een gehandicapte dochter. Die ze zelf dan maar creëerde toen ik volstrekt normaal en gezond bleek te zijn.'

Ik neem een slok whisky. 'Ik had geen idee,' zeg ik. 'Wat afschuwelijk. Maar hoe zit het dan met...'

'Het wonder?' Maaike giet in één keer haar whisky naar binnen en schenkt meteen opnieuw in. 'Het wonder was afgesproken werk.'

'Wat?'

'Ze hadden het helemaal uitgedacht,' zegt Maaike plechtig. 'Ik dacht dat jij dat wel doorhad. Jij was als enige weleens een beetje kritisch.'

Ik kijk opeens heel anders naar haar woonkamer. De Klippan, het dappere plantje in de vensterbank, de gestreepte kussens en bijpassende gordijnen in een poging om het gezellig te maken. Dit is de woonkamer van iemand die iets vreselijks heeft overleefd en zichzelf amper staande kan houden, al is deze metafoor misschien iets te letterlijk; ik hoop dat ik hem erin mag houden van Harold. 'Maar hoe dan?' vraag ik.

'Op een gegeven moment heeft mijn moeder aan de voorganger opgebiecht dat ze mij van jongs af aan had vastgebonden. Zo ontstond het idee voor het wonder. Dit wist ik op dat moment zelf ook niet, hoor,' voegt ze er snel aan toe. 'Dat heb ik later allemaal ontdekt. Ik werd gewoon door de voorganger uit mijn rolstoel getild en op mijn voeten neergezet. En ik denk dat ik er door alle adrenaline in geslaagd ben om te blijven staan.'

'Dus het wonder is gewoon fake,' zeg ik. 'Jezus christus.'

'Die had er inderdaad weinig mee te maken,' zegt Maaike.

'Holy fucking shit.' Ik sla mijn whisky in één klap achterover. 'En daarna ben je bij de familie Kouwenhoven gaan wonen?'

'Er werd gezegd dat er demonen bij me waren uitgedreven die me al die tijd in de stoel hadden gehouden en dat ik beter een tijd bij de voorganger, ik mocht hem ome Johan noemen, kon gaan wonen. Zodat hij er persoonlijk op kon toezien dat ik de juiste geestelijke begeleiding kreeg.'

Ik durf eigenlijk niet meer over Tabitha te beginnen na dit verhaal. 'Hoe was hij dan, ome Johan?'

'Hoe bedoel je?'

'Was hij... aardig?'

Maaike haalt haar schouders op. 'Héél aardig. Maar achteraf vind ik het toch raar dat ik mijn eigen moeder niet eens meer mocht zien. "Ze heeft rust nodig," zei ome Johan. "Ze is ingestort na alles wat er is gebeurd."'

'En dat geloofde je?'

Maaike kijkt me geïrriteerd aan. 'We waren toch opgevoed om alles te geloven wat ze zeiden? En als we het niet geloofden, dan moesten we maar net zo lang bidden tot we het wel geloofden. We hebben nooit de optie meegekregen dat onze twijfel weleens gegrond zou kunnen zijn.'

'Dat is waar,' zeg ik. 'Domme vraag.' Ik leg mijn hand op haar arm. 'Het spijt me heel erg voor je. Ze hebben jou echt...'

'Verminkt. En misbruikt. En voorgelogen. En gemanipuleerd. Maar daarom ben ik ook zo trots op jou, Kathelijne. Jij hebt als enige je nek uitgestoken. Jij hebt als enige iets gedaan om de kerk te ontmaskeren.'

Ik voel dat ik vol ga schieten als ik niet uitkijk, maar dat lijkt volstrekt ongepast, omdat haar leed zoveel groter is dan het mijne. Ik ben gewoon genegeerd, dat is alles. Mijn verleden is niets vergeleken met wat zij heeft doorgemaakt. Of Ilonka, zo je wilt.

'Heb je nog contact met je moeder?'

'Ik zoek haar heel af en toe op. Ze zit in een halfopen inrichting. Ze durven haar nog niet in haar eentje los te laten. Suïcidaal, en ze drinkt vrij veel. Zij heeft me alles verteld. Ik zat gewoon bij haar een kop thee te drinken. Kwam opeens dit hele verhaal eruit.' Maaike draait de whiskyfles dicht. 'Soms zou ik willen dat ze het me niet had verteld. Dan had ik echt gedacht dat ik door een wonder van Jezus was gered en stond ik nu in winkelcentra het evangelie te verkondigen. Maar ja... Het probleem is dat als je eenmaal iets weet, je het nooit meer kunt ontweten. Je kunt het negeren, je kunt proberen het te accepteren, maar je zult het nooit meer niet weten. Die naïviteit is mij ontnomen.'

'Ik weet gewoon niet wat ik moet zeggen. Doe toch nog maar een whisky.'

Ze schroeft de fles weer open. 'Iedereen heeft drank nodig als ze dit verhaal horen.'

'Snap ik.'

Ze schenkt me weer bij. 'Zo, nu weet je het. Ik neem aan dat je met een soort vervolg bezig bent op *In de Naam van God* en informatie wilt. Of kwam je daar niet voor?'

'Eh, ja. Maar ik had natuurlijk geen idee van jouw verhaal. Het voelt een beetje raar om je nu nog andere vragen te stellen.'

'Vraag maar. En ik hoop echt dat je een boek gaat schrijven dat nog kutter is voor die klootzakken dan je vorige. Vooral Johan mag je van mij goed te grazen nemen. Hij is de ergste leugenaar van iedereen.'

'Het is natuurlijk niet mijn bedoeling om mensen "te grazen te nemen". Ik heb gewoon een stuk van mijn jeugd en frustraties van me af willen schrijven. Daarbij is het fictie, hè. Dus verzonnen.'

'Ha!' zegt Maaike. 'Dat vertel je iedere keer zo mooi in interviews. Maar je weet net zo goed als ik dat je mensen hebt willen terugpakken. Ik herinner me jou heel goed. Je zat altijd met je ouders op de achterste rij. Naast je moeder, nooit naast je vader. Je was er niet helemaal bij, alsof je in je eigen wereld zat. Ik dacht dat je wel een rijke fantasie moest hebben. Daar was ik weleens jaloers op. Dat je je zo kon afsluiten. Ik heb dat nooit gekund. Bij mij kwam alles binnen. Ik geloofde écht, weet je dat. Ik geloofde dat ik zondig was. Ik geloofde dat het allemaal aan mij lag. En toen ik zogenaamd genezen was, geloofde ik nog fanatieker. God was alles voor me. Ome Johan was alles voor me. Nu dat hele geloof is weggevallen, zit ik opeens met een gapend gat waarvan ik nog steeds niet helemaal weet hoe ik het moet opvullen.'

'Ik snap het,' zeg ik. 'Ik begrijp het helemaal.'

'Ben jij echt... misbruikt door die Christopher?' vraagt ze dan. 'Was dat voor jou de reden om niet meer naar de kerk te gaan?'

'Nee,' zeg ik. 'Maar een ander meisje wel.'

'Ilonka zeker,' zegt Maaike, bijna teleurgesteld.

'En ik ben gestopt met de kerk omdat ik verliefd werd en geen zin had om te wachten tot het huwelijk.'

'O.'

'Ik heb Ilonka echt gekwetst met dat boek. Misschien had ik haar verhaal niet moeten gebruiken.'

'Nou, ik sta erop dat je mijn verhaal gebruikt,' zegt Maaike. 'Dit moet echt verteld worden. En jij moet dat doen.' Het valt me in dat ze al minstens een minuut niet heeft geknipperd. Ik word er nerveus van.

'Ik wilde je eigenlijk iets anders vragen,' zeg ik. 'Weet jij wie Tabitha is?'

Ze fronst haar lichtblonde wenkbrauwen. 'Komt me wel bekend voor. Iemand van onze kerk?'

'De overleden dochter van jouw ome Johan.'

'O, die,' zegt Maaike.

'Je weet wie het is!'

'Agnes heeft het me verteld. Dat ze vroeger een zusje had. Is niet oud geworden. Wiegendood, geloof ik.'

Terwijl ze het vertelt, voel ik weer die onverklaarbare druk op mijn keel.

'Wat is er?' vraagt Maaike. 'Word je niet goed?'

'Vind je het goed als ik een raam openzet? Ik krijg het een beetje benauwd.'

'Ga je gang. Wat is er met Tabitha dan? Ga je over háár een boek schrijven?'

'Geen idee,' zeg ik. Ik trek de vergrendeling naar beneden en probeer het raam open te duwen. Ik moet behoorlijk veel kracht zetten. Als het raam dan eindelijk opengaat, bladdert er wat verf van het kozijn.

Ik ga op de grond zitten, zodat Maaikes radarblik een iets langere afstand moet overbruggen. Maar het voelt onprettig dat ze op mij neerkijkt, dus ga ik weer staan. 'Ik vroeg me gewoon af hoe het met haar zat,' zeg ik. 'Ik heb er een vreemd gevoel bij.'

'Ome Johan was dol op Tabitha,' zegt Maaike. 'Dat heeft Agnes me verteld. Zijn vrouw, haar moeder, is kort na de bevalling overleden. Tabitha was het enige wat hij voor zijn gevoel nog van haar had.' Ze buigt zich naar me toe. 'Agnes was stikjaloers op Tabitha. Zij was een meisje van elf. Ze had haar moeder verloren en zocht steun bij haar vader. Maar die was alleen nog met Tabitha bezig. Ik ben in hetzelfde jaar geboren als Tabitha, wist je dat?' Haar blik wordt weer fel. 'Maar genoeg over háár. Weet je dat ome Johan alles heeft ontkend? Toen mijn moeder me had verteld over het "wonder", heb ik hem daar natuurlijk mee geconfronteerd. Hij zei dat ik was teruggevallen in mijn oude, zondige manieren en dat ik God maar moest bidden om genade. Daarna heb ik mijn koffer gepakt en ben ik weggegaan.'

Ze draait de dop maar weer eens van de whiskyfles. 'Luister je wel? Je moet onthouden wat ik zeg. Moet je het niet opschrijven?'

'Geloof me, dit verhaal is moeilijk te vergeten.'

Ze neemt een grote slok uit de fles. 'Ga je het gebruiken?'

'Ik denk het wel.' Ik kijk nog eens om me heen en wil op opgewekte toon zeggen dat ik nu echt wil gaan, maar ik krijg de kans niet. Voor iemand die slecht ter been is, springt ze opeens erg snel op, en ze pakt me bij mijn schouders. Ik ruik de whisky op haar adem. Ik probeer weg te kijken, maar haar poppenogen priemen in de mijne. 'Zeg dat je dit gaat gebruiken.'

'Ik ga het gebruiken, goed? Jouw verhaal wordt het sleutelverhaal in mijn nieuwe boek.'

Haar handen klauwen zich in mijn schouders. Ze heeft natuurlijk jarenlang een rolstoel voortbewogen met die handen, ze zou er met gemak een klein dier mee fijn kunnen knijpen. Of een groot dier. 'Beloof. Je. Dat? Zweer je dat op het hoofd van je moeder?'

'Ik zweer het.'

'Op het hoofd van je moeder.'

'Doe normaal, Maaike. Wat heeft mijn moeder hiermee te maken?'

'Ik wil zeker weten dat je het doet. Dat je me niet voorliegt, zoals al die anderen.'

Ik probeer me van haar los te rukken, maar haar grip is te sterk. 'Ik zweer het op het hoofd van m'n moeder. Zo goed?'

Ze laat me los. 'Sorry,' zegt ze dan. 'Ik liet me even meeslepen door m'n emoties. Ik ben hiervoor in therapie, wist je dat?'

'Goed van je. Misschien moet ik ook eens in therapie. Zeg, ik moet weer gaan,' zeg ik zo nonchalant mogelijk. 'Ik heb straks nog een afspraak.'

'Met wie?'

'M'n vriendje.' Ik glimlach geforceerd. 'Hij gaat voor me koken.'

'Een vriendje. Een vriendje dat voor je kookt. Wat klinkt dat heerlijk. Maar ja, dat zit er voor mij niet in.'

'Hoezo niet? Je bent toch een mooie vrouw, je hebt een leuk huis, je hebt genoeg te vertellen...' Meer pluspunten weet ik ook niet zo snel te verzinnen.

'Ze hebben me kapotgemaakt,' zegt Maaike. 'Ik zal de rest van mijn leven nodig hebben om de schade te herstellen. Ik zou zoals ik nu ben alleen maar mannen aantrekken die het nog erger maken. Dat zegt m'n therapeut, tenminste.'

'Bedankt voor je verhaal in ieder geval. En ik wens je heel veel sterkte.' Ik loop alvast maar naar het halletje en pak mijn jas van de kapstok. Ze komt achter me aan. Als ik mijn jas heb aangetrokken en afscheid wil nemen, drukt ze opeens haar lippen op de mijne. Ik wil achteruitdeinzen, maar ze heeft haar hand op mijn achterhoofd gelegd, waardoor ik geen kant op kan. Ze duwt haar whiskytong bij me naar binnen.

Dan laat ze me los en zegt: 'Zie je wel. Ik ben heel erg beschadigd.'

Ik ruk de deur open en loop naar buiten zonder iets te zeggen. Als ik mijn mond opentrek, zal ik haar uitschelden, dat weet ik zeker, en dat zal de situatie er niet beter op maken.

'Ik lees het wel,' roept ze me na. 'Ik weet zeker dat je dit heel mooi gaat opschrijven.'*

* En, Maaike? Tevreden, nu ik maar liefst 4110 woorden aan je heb gewijd? Stop je nu met het sturen van je ellenlange mails? En nee, ik kom niet meer bij je langs en nee, niemand wil jou interviewen en nee, je krijgt ook geen deel van de royalty's. Veel succes met je therapie, sicko.

21

Michiel is naar Ilse om te praten. Hij is meteen na zijn werk naar haar toe gegaan zodat hij met de kinderen kon eten en hen naar bed kon brengen. Hij belde me pas om halfzes om me dit te vertellen en ik merkte aan mezelf dat ik het niet leuk vond dat hij er niet eerder aan had gedacht om mij in te lichten, vooral omdat ik nu net voor hem wilde koken, al ben ik eigenlijk alleen maar goed in omeletten. Maar natuurlijk begrijp ik het.

Toen ik hem aan de telefoon had, vroeg ik of hij zijn kinderen miste.

'Natuurlijk,' zei hij.

'Waarom praat je dan nooit over ze?'

'Dat zou toch raar zijn.'

'Hoezo?'

'Gezien... je weet wel. Bovendien zijn mijn kinderen toch echt mijn zaak.' Hij klonk geïrriteerd.

'O, sorry, hoor. Ik wilde alleen maar weten hoe je je voelde.'

'Nou, ik voel me vrij slecht naar hen toe. Is dat wat je wilt horen?' Nu snauwde hij echt. Het was de eerste keer dat hij lelijk tegen me deed.

'Neem me niet kwalijk.'

'Dit gaat even niet over jou, Kat. Jij denkt echt dat je het middelpunt van de wereld bent.'

'Dat zeg ik toch helemaal niet? Ik vroeg alleen of je je kinderen miste. Ik bedoelde dat heel lief en begripvol. Want ik begrijp heus wel dat het lastig is.'

'Whatever,' zei hij, en hij hing op.

Mirjam zegt dat het heel normaal is dat mensen soms chagrijnig zijn en uit de bocht vliegen. Vooral als ze voor het eerst weer geconfronteerd worden met de vrouw en kinderen die ze net in de steek hebben gelaten.

'Maar toch voelt het als een afwijzing,' zeg ik aan de telefoon. 'Zo heeft hij nooit eerder tegen me gedaan.' Ondertussen draai ik aan de ring aan mijn vinger. Ik ben er nog steeds niet aan gewend. Hij lijkt zo... damesachtig of zo. Ik weet niet, in ieder geval niet iets wat bij mij past. 'Hij hoeft mij echt niet alles te vertellen en ik snap dat hij door een enorm proces moet, maar hij kan mij er toch bij betrekken? Waarom doet hij dat niet?'

'Omdat hij dat niet wil,' zegt Mirjam. 'Logisch toch? Lijkt me ook best lastig voor hem.'

'Sinds wanneer sta jij aan zíjn kant?'

'Sinds er geen kanten zijn.'

Dan gaat de voordeurbel.

'Ik moet even opendoen,' zeg ik tegen Mirjam, en ik loop naar de intercom. 'Wie is daar?'

'Johan Kouwenhoven.'

Ik herken zijn stem nog voordat ik zijn naam kan plaatsen. De voorganger. Hoeveel uren heb ik naar die stem moeten luisteren? Een stem die gewend is menigtes op te zwepen. Hoe weet hij waar ik woon?

'Wie is dat?' hoor ik Mirjam door de telefoon vragen. 'Als je hem niet kent, moet je niet opendoen, hoor.'

'Wat kom je doen?' vraag ik door de intercom. Ik zou het vroeger niet in mijn hoofd gehaald hebben om de voorganger met 'je' aan te spreken. En inmiddels moet hij al in de zeventig zijn ook, dus is het echt heel onbeschoft, maar ik wil dat hij weet dat ik hem niet meer als mijn meerdere zie.

'Ken je hem?' vraagt Mirjam.

'Ik moet ophangen,' zeg ik, en ik doe het meteen. Dan druk ik op de ontgrendelingsknop om 'ome Johan' binnen te laten. Ik moet denken aan kinderen die vrijwillig met kinderlokkers* meelopen omdat hun een snoepje is beloofd, al weten ze donders goed dat je dat nooit moet doen. Ik heb het gevoel dat dit nooit goed kan aflopen en toch doe ik open, omdat ik gewoon wil weten wat er gaat gebeuren.

De laatste keer dat ik Johan Kouwenhoven zag, was tijdens de gebedsdienst voor Christopher. Hij leidde die dienst niet zelf, maar zijn stem was duidelijk te horen boven alle andere biddenden uit. Tijdens het koffiedrinken na afloop werd hij bestormd door de kerkleden. Iedereen was nou eenmaal dol op andermans leed, dat gaf ons iets om voor te bidden en te tonen wat een fijne, meelevende christenen we waren. Eigenlijk was dat ook hetgeen de rangorde in de kerk bepaalde. Hoe meer ellende je had overwonnen, hoe populairder je was. Mijn ouders, die gewoon hun hele leven braaf hadden gedaan wat hun was verteld, stonden daarom niet in hoog aanzien. Maar als je bijvoorbeeld een

* Harold vroeg zich af of ik hier misschien nog een verwijzing naar Christopher kon maken, maar dat leek me wat geforceerd. Sowieso vond hij de scènes met Christopher niet heftig genoeg. Wat hem betrof had Ilonka op z'n minst anaal verkracht moeten zijn. Waarom? Ik vertel gewoon wat er gebeurd is, ik ben fucking Karin Slaughter niet.

cocaïneverslaafde zakenman was geweest en je had je radicaal overgegeven aan Jezus en was niet te verlegen om daar tot in detail over te vertellen, dan had je het echt gemaakt. Maar ook door het gewoon fijn te vinden om jezelf te horen praten, kwam je al een heel eind. Zoals Johan Kouwenhoven, ja, die hoorde zichzelf heel graag praten. Er was voor hem geen dankbaarder publiek denkbaar dan de kerkleden. Ik denk dat zij, niet anders dan de meeste mensen overigens, iemand nodig hadden om te volgen.

Ik hoor hem de trap op lopen. Ik haal diep adem en open de deur. Hij lijkt niet eens buiten adem, terwijl hij toch al aardig op leeftijd is.

'Zo, Ruth,' zegt hij met zijn welluidende stem.

'Kathelijne. Ik heet nu Kathelijne.' Ik zet mijn handen in mijn zij. 'Wat kom je doen?'

'Goed, Kathelijne. Ik kom even met je praten. Ik neem aan dat je mij ook graag wilt spreken. Waarom val je anders al die anderen lastig?' Hij glimlacht erbij. Ik kan niet interpreteren of hij dit écht vriendelijk bedoelt. Hij beheerst natuurlijk de 'God houdt van ons allemaal, God heeft je alles vergeven'-act als geen ander.

'Hoe weet je waar ik woon?'

'Je hebt toch ouders?' Johan Kouwenhoven loopt nu gewoon langs me heen alsof hij hier woont en ik de onaangekondigde bezoeker ben. In de woonkamer trekt hij zijn jas uit. Hij gaat op de bank zitten en zegt: 'Koffie zou lekker zijn.'

En ik ga nog koffie voor hem maken ook.

Ik vertrouw mensen die 's avonds koffiedrinken niet. Een normaal mens doet geen oog dicht als hij 's avonds nog cafeïne binnenkrijgt. Mensen die beweren daar geen last van te hebben, zijn ofwel volstrekt ongevoelig voor impulsen, of ze liegen, of ze gebruiken andere middelen.

Als ik terugkom met de koffie, zit Johan niet meer op de bank, maar staat hij voor mijn schoorsteenmantel naar de boeddha te kijken. Het geeft me de zenuwen. Hoe kan hij nu uitgerekend dáár gaan staan, terwijl ik ook een boekenkast heb waar hij naar kan kijken, foto's van vriendinnen, kunst aan de muur en noem maar op. Genoeg te zien in dit huis.

'Hier is je koffie,' zeg ik nadrukkelijk.

Hij gaat weer zitten. Het valt me op hoe soepel hij zich beweegt. 'Met melk en suiker, graag.' Hij heeft zo'n autoritaire toon waardoor je meteen opspringt. Er is iets aan hem waardoor je alles doet wat hij zegt. Charisma. Of zou hij een hypnosetechniek toepassen?

'Ik heb alleen amandelmelk,' zeg ik. 'En honing.'

'Laat maar,' zegt hij. 'Dan drink ik het wel zwart.'

Ik ga tegenover hem in de grote stoel zitten en kijk hem afwachtend aan. Ik voel me net een klein kind dat bij het hoofd van de school op het matje is geroepen. Ik moet mezelf eraan herinneren dat deze man mij helemaal niks kan maken. Dat hij niks voorstelt buiten de kerk. Toch lukt het me niet om het nerveuze gevoel in mijn keel weg te slikken.

'Ik heb je boek gelezen,' zegt hij na een eindeloze stilte. 'Het spijt me oprecht dat je je zo ongezien hebt gevoeld. Ik had geen idee. En ik begrijp je behoefte om je verhaal te vertellen. Echt. Maar meisje, weet je dan niet dat we in de ogen van God allemaal Heilig zijn.'

Het achterlijke van alles is dat ik bijna moet huilen als hij het zegt. Ik moet hier echt mee stoppen. Ik vraag me af of ik aan de antidepressiva moet.

Ondertussen zit Johan Kouwenhoven me maar aan te kijken, zoals Jezus naar een kind zou kijken, tenminste, zo stel ik het me voor. Al was Jezus aan het einde van zijn leven net zo oud als ik nu en is Johan feitelijk een bejaarde.

'Kathelijne, weet dat je altijd welkom bent om terug te keren en dat er bijna iedere dag voor je wordt gebeden. God houdt van je zoals je bent, met al je krachten en je zwaktes. Hij kent je door en door, zelfs je haren zijn geteld.'

Ik sta op en loop naar de keuken, omdat ik het niet kan hebben dat het hem gelukt is om binnen vijf minuten zo op mijn emoties in te werken. Ik steek mijn polsen onder de koude kraan en adem tien tellen in, hou mijn adem tien tellen vast en adem dan weer tien tellen uit. 'Godverdomme,' zeg ik hardop. Maar natuurlijk niet zo hard dat Johan Kouwenhoven het kan horen.

Ik kijk even op mijn telefoon om mezelf af te leiden.

Is alles oké? vraagt Mirjam per app.

Ja, schrijf ik terug. *De voorganger van de kerk is hier. Hij doet veel te aardig. Is ook weer kut.*

Niet opgeven nu. Hoor je me?

Oké.

Als ik terugkom, zit Johan Kouwenhoven volmaakt ontspannen zijn koffie te drinken. 'Gaat het weer?' vraagt hij.

'Het gaat prima,' zeg ik, maar het maakt niet uit wat ik zeg. Johan Kouwenhoven verschilt niet veel van God zelf. Hij ziet alles. Hij weet alles. En er is maar één weg tot verlossing, en dat is zijn weg.

'Ik zie je pijn. God ziet jouw pijn. Zou je niet diep in je hart het allerliefst thuis willen komen? Ik weet dat je het niet vergeten bent. Ik weet dat er nog steeds iets in jou is dat verlangt naar de waarheid.'

Ik haal diep adem, kijk hem strak aan en zeg: 'Hoe zit het met Tabitha?'

'Ach, Tabitha. Ik had van Agnes al begrepen dat je naar haar hebt gevraagd.' Hij kijkt even voor zich uit en zucht. 'Jij wilt over Tabitha weten. Goed dan. Ik zal je over haar vertellen. Ze was mijn oogappeltje. Mijn vrouw is kort na haar geboorte gestorven en ik was God zo dankbaar dat ik Tabitha had om voor te zorgen. Ze was zo'n mooi kindje. Zo lief, zo kwetsbaar. Het gaf me zoveel troost om voor haar te zorgen. En voor Agnes was het fijn om een klein zusje te hebben waar ze zich om kon bekommeren.' Hij kijkt me droevig aan. 'Ik zal nooit begrijpen waarom God heeft besloten om ook haar tot Zich te nemen.'

Ik weet niet wat ik moet zeggen. Ik zie mezelf nu ook niet vragen of hij het zwaar vond om voor dat baby'tje te zorgen, zo als man alleen. Of het hem weleens te veel werd. Of hij haar niet heel toevallig heeft gewurgd.

'Zo dragen wij allemaal onze last,' zegt Johan Kouwenhoven. 'En hebben we allemaal onze eigen weg af te leggen, waar we op dit moment misschien niets van begrijpen, maar waarvan later de betekenis duidelijk wordt. En denk niet dat het voor een ander makkelijker of moeilijker is. We dragen allemaal onze pijn. Ik weet dat jij ook veel pijn hebt, Kathelijne. Jij, ik, Agnes, je ouders...'

'Het spijt me,' zeg ik. 'Het spijt me van Tabitha. Dat moet heel erg geweest zijn.'

'Ik zie dat je dat oprecht meent en dat doet me goed.' Johan neemt een grote slok van zijn koffie. 'Ik moet zo maar weer eens gaan. Heb je nog meer vragen?'

Ik probeer iets te bedenken, maar ik voel me opeens zo hufterig dat me niets te binnen schiet. 'Nee,' zeg ik.

Johan staat op en pakt zijn jas, die al die tijd naast hem op de bank heeft gelegen. 'Wees een beetje aardig voor je ouders, Kathelijne. Zij hebben je met de beste intenties opgevoed en ze houden heel veel van je, al denk jij soms van niet.'

Ik knik en loop gedwee achter hem aan naar de voordeur. Voordat hij zijn jas aantrekt, geeft hij me een visitekaartje. 'Als er iets is, dan bel je me, goed? Laat Agnes maar een beetje met rust. Zij heeft het al zwaar genoeg.'

'Goed,' zeg ik. 'Dag.'

Hij geeft me een hand. 'Het ga je goed. En weet dat je altijd welkom bent.'

Als hij halverwege de trap naar beneden is, bedenk ik dat ik hem naar Maaike had moeten vragen. 'Johan?' roep ik. 'Sorry, ik ben iets vergeten.'

Hij blijft staan en kijkt omhoog. 'Ja?'

'Hoe zit het met Maaike? Maaike Berentsen?'

Hij schudt zijn hoofd. 'Je moet niet alles geloven wat iedereen zegt.' Dan loopt hij verder en hoor ik even later de benedendeur dichtslaan.

Omdat ik doodmoe ben en voel dat ik toch niet kan slapen zolang Michiel niet thuis is (en als hij er wel is alsnog niet zal kunnen slapen door zijn gesnurk), neem ik maar weer een zolpidem. Het is inmiddels halftwaalf. Ik dacht dat Michiel vooral zijn kinderen wilde zien, maar blijkbaar heeft hij met Ilse ook heel wat bij te praten. En mij een berichtje sturen om te laten weten hoe laat hij thuiskomt of dat hij überhaupt nog van mijn bestaan op de hoogte is, zit er blijkbaar niet in.

Als Ilse een bericht stuurt, of belt terwijl hij bij mij is, reageert hij altijd meteen. Sterker nog, gisteren gebaarde hij mij dat ik niets moest zeggen omdat zíj aan de telefoon hing. In mijn eigen huis.

Ik weet dat ik me niet moet aanstellen. Zij is net door hem in de steek gelaten, waarom zou zij met haar neus op mijn bestaan gedrukt moeten worden? Ik begrijp het echt. Heus.* Als ik niet

* Ik weet dat het heel onredelijk is om eerst een getrouwde man in te pikken en daarna pissig te zijn als hij het netjes wil afhandelen met zijn ex. En als ik niet had besloten om volkomen eerlijk te zijn in dit boek en alles eruit te gooien, ongeacht hoe egoïstisch en kinderachtig, dan had ik dit natuurlijk nooit verteld.

zo opgefokt was over het bezoek van Johan en het gedoe met Michiel, zou ik eigenlijk wel blij zijn om weer alleen in mijn bed te liggen.

Er is mij alleen nooit iets gevraagd. Michiel wil geen kind? Hup, dan gaan we naar de abortuskliniek. Michiel gaat weg bij Ilse? Hup, hij trekt bij me in. Waar ben ik in dit hele verhaal? Blijkbaar denkt Michiel dat ik automatisch alles wil wat hij wil. Hoe heb ik dat ooit zo laten ontstaan?

Ik kijk naar de ring aan mijn vinger. Ik ben er nog steeds niet aan gewend. Eigenlijk irriteert hij me een beetje. Ik doe hem af en leg hem in het laatje van mijn nachtkastje. Dan ga ik aan míjn kant van het bed liggen.

Het is kwart voor twaalf. De zolpidem kan ieder moment gaan werken. Ik check nog even Facebook op mijn telefoon. Thomas heeft een nieuwe foto geplaatst. Het is een selfie van hem in de sportschool. Hij draagt een mouwloos shirtje, wat hij ook vooral moet doen, want hij heeft mooie armen. Dat me dat niet eerder was opgevallen. In een opwelling stuur ik hem een bericht: *Morgen lunch?*

Dan doe ik het lampje uit en luister naar mijn eigen ademhaling, totdat de slaap me van mezelf komt verlossen.

22

Als ik wakker word, is Michiel alweer vertrokken. Ik kijk op mijn telefoon hoe laat het is. Negen uur. Hij had er blijkbaar zin in vandaag. Het is dat ik zijn overhemd van gisteren op de grond zie liggen, anders zou ik denken dat hij hier helemaal niet is geweest.

Ik gooi zijn overhemd in de wasmand en kijk naar de groeiende rij colberts in mijn hangkast. Wat moet ik hiervan denken? Ik probeer redelijk te blijven en vertel mezelf dat ík een slaappil heb genomen en daardoor niet aanspreekbaar was, maar toch voelt het niet fijn dat hij zomaar is vertrokken.

Was dit het alweer? Moeten we niet een soort wittebroodsweken doormaken waarin we lepeltje-lepeltje slapen en samen ontbijten in *matching* badjassen? Wat ben ik hier in godsnaam mee opgeschoten? Michiel reageert kennelijk alleen wanneer het hem uitkomt. En komt en gaat wanneer hij er zin in heeft.

Ik kijk op mijn telefoon. Thomas wil lunchen. Ik weet niet wat dat over zijn geestelijke gezondheid zegt, maar ik ben er in ieder geval blij om. Fuck Michiel. Ik sta op, neem een heel lange douche, was mijn haar, scheer me voor de eerste keer sinds de abortus *down under*. Het bloeden is nu nagenoeg over. Nog even en het zal zijn of er nooit iets is gebeurd, nooit iets is geweest. Dat lucht me op, maar tegelijkertijd doet het me pijn. Misschien had ik...

Nee, daar mag ik nooit meer over nadenken.

Ik kom deze keer maar vijf minuten te laat om mijn goede wil te tonen, en uiteraard is Thomas er al. Hij zit aan een tafeltje bij het raam en draagt een net overhemd en iets wat je waarschijnlijk een pantalon zou kunnen noemen.

'Zo, waar kom jij vandaan?' vraag ik.

'Kantoor.' Hij steekt zijn voeten onder de tafel uit. 'Maar ik draag wel bruine schoenen.'

'O,' zeg ik. 'Is dat heel bijzonder dan, als je op een kantoor werkt?'

Omdat ik hem zichtbaar in verlegenheid heb gebracht, zeg ik vlug: 'Nou, ik heb speciaal voor jou mijn favoriete laarzen aangetrokken.'

Hij zegt dat hij ze mooi vindt. Ze zijn ook mooi, daar niet van, maar ik vraag me nu al af waar dit gesprek heen moet. Er zijn mensen die heel lang over schoenen en andere belangrijke levenskwesties kunnen praten, maar ik ben er daar niet een van. We kijken allebei uit het raam bij gebrek aan tekst en zijn zichtbaar opgelucht wanneer de ober komt vragen wat we willen drinken.

'Ik was verbaasd dat je mij nog wilde zien,' zeg ik dan, omdat van hem blijkbaar niet zoveel te verwachten valt op dit moment.

'Hoezo?'

'Nou, na alles wat er is gebeurd,' zeg ik.

'Het was anders niet *allemaal* even vervelend,' zegt Thomas. Hij heeft de teksten al wel in huis, maar nog niet de flair om ze goed over te brengen.

'O, dat,' zeg ik. 'Tja, ook dat was natuurlijk niet helemaal oké.'

'Heb je lekker geschreven vandaag?' vraagt hij dan.

'Ja,' zeg ik. 'Best wel.' En om het gesprek verder te helpen, vertel ik er wat meer over. 'Ik ben net aan een nieuw boek begonnen. Ik was al bezig met wat anders, maar heb dat weg moeten gooien.'

Thomas knikt instemmend. Hij heeft vast via zijn werk trainingen gevolgd om een actieve luisterhouding te simuleren. 'En hoelang ga je er nu over doen, denk je?'

'Weet ik niet.'

Nog even en Thomas gaat precies dezelfde vragen stellen als de vrouwen met gifgroene vierkante brillen in bibliotheken, terwijl ik toch echt dacht dat hij anders was. En ja hoor. Hij vraagt hoe ik op het idee van mijn boek ben gekomen.

'Het is een beetje autobiografisch,' zeg ik, en ik vertel waar het boek over gaat. Inclusief de abortus, al zeg ik niet dat de daadwerkelijke afdrijving bij hem op de wc heeft plaatsgevonden, en hij lijkt zelf ook niet tot die conclusie te komen. Misschien heeft hij alleen het bloed gezien, gedacht dat ik ongesteld was, en doorgespoeld. Waarom zou hij in vredesnaam de pot uitgebreid bestuderen? 'Heftig verhaal, hè,' zeg ik als ik klaar ben. 'Wat vind je ervan?'

Hij kijkt me wat glazig aan. Deze informatie is overduidelijk te veel voor hem. Wat zeg ik, *ík* ben veel te veel voor hem. 'Eh, interessant.' Dan zegt hij een hele tijd niets. Ik zie dat hij naarstig op zoek is naar een volgende vraag en ik laat hem begaan; ik heb al te veel gezegd. 'Ga je weleens naar festivals?' vraagt hij dan.

Ik voel mijn telefoon trillen in mijn broekzak en kijk er onder de tafel op.

JE BENT NOG ERGER DAN IK DACHT. MENSEN ALS JIJ VERDIENEN HET NIET OM TE LEVEN.

Ik word een beetje misselijk. Wie dit ook mag zijn, het is een bijzonder volhardend type. Misschien moet ik dit toch aan Michiel vertellen, hij weet ongetwijfeld wat ik moet doen.

Ondertussen vertelt Thomas over een festival waar hij is geweest en doe ik of ik naar hem luister, maar het is duidelijk dat het nooit wat gaat worden tussen ons, en dat zou ook raar zijn, want ik ben nu met Michiel. Waarom ben ik hier eigenlijk?

'Ik word ook nog bedreigd,' zeg ik. Ik heb niet goed opgelet, dus het kan best zijn dat ik zijn verhaal botweg onderbreek.

'O?' vraagt hij.

'Ja, ik denk door een vrouw van de kerk. Zij is niet helemaal goed bij d'r hoofd. Wat misschien niet zo raar is als je man een pedofiel is die zelfmoord heeft gepleegd.'

Hier heeft Thomas al helemaal niets meer op te zeggen. Ja, weet je wat hij zegt? 'Wat vervelend voor je.'

Als het eten wordt neergezet, neem ik drie happen voor ik zeg dat ik naar huis moet.

Ik laat een zichtbaar opgeluchte Thomas achter.

23

'Waarom heb je de ring afgedaan?'

Ik heb Michiel niet binnen horen komen omdat ik midden in een scène zat. Ik schrik als hij opeens achter me staat. Ik vraag me af hoelang het zal duren voor ik gewend ben aan zijn min of meer vaste aanwezigheid.

Ik kijk naar mijn kale vinger. 'O, die ligt nog op het nachtkastje. Vergeten weer om te doen. Hoezo?'

'Dan is het goed.' Hij gaat achter me staan met zijn handen op mijn schouders. Ik klap snel het scherm dicht. Hij kust me op mijn hoofd. 'Hoe was je dag, schatje?'

'Goed,' zeg ik. 'Jij was vroeg weg vanochtend. En ik heb je gisteravond ook helemaal niet thuis horen komen.'

'Je lag in coma. Ik heb je nog gekust en welterusten gewenst, maar je reageerde niet. Ik heb zelfs aan je pols gevoeld of je nog leefde.'

'Ik had een pilletje genomen. Om te slapen.'

'Hoezo?'

Ik vertel hem over het bezoek van de voorganger, waarmee ik mooi omzeil dat ik me vooral onrustig voelde omdat hij er nog niet was.

'Dus, wat denk je er nu van?' vraagt Michiel. Hij gaat naast me op een stoel zitten.

'Ik weet het niet. Ik had niet het gevoel dat hij loog. Al is hij natuurlijk een meester in manipuleren en bedriegen.'

'Ik wou dat ik erbij was geweest,' zegt Michiel. 'Ik ben meestal vrij goed in het inschatten van mensen.'

'En ik niet?'

'Zo bedoel ik dat niet.' Hij geeft me een kus. 'Wat ben je toch mooi. Vooral als je een beetje geïrriteerd doet.'

'Hoe was het bij Ilse?' vraag ik. 'En met de kinderen?'

'Goed,' zegt hij luchtig.

'En?'

'En de kinderen waren blij om mij te zien en ik heb goed kunnen praten met Ilse.'

'Fijn.' Ik haal diep adem en vraag me af of ik wel moet zeggen wat ik ga zeggen. 'Je deed heel onaardig gisteren.'

Hij lijkt niet echt onder de indruk.

'Je snauwde me af en hing op zonder iets te zeggen.'

'Lieverd, mensen hebben nou eenmaal weleens een kuthumeur. Wat denk je dan? Dat we allemaal de hele dag als stewardessen door het leven gaan en met een grote glimlach aan mensen vragen of ze kip of pasta willen?'

'Nee, natuurlijk niet. Maar je kunt toch gewoon "dag" zeggen als je ophangt?'

'Ik zal het nooit meer doen, goed?'

Ik sta op. 'Ik ga vanavond iets eten met Mirjam en een paar andere vriendinnen.'

'O,' zegt hij. 'Oké. Ik had gehoopt dat we samen konden zijn vanavond. Lekker op de bank zitten en Netflixen of zo.'

Ik trek mijn wenkbrauwen op en ga me douchen en opmaken. Voor straf trek ik een net iets te kort rokje aan.

We hebben in zo'n iets te kakkie hip restaurant* gegeten. Veel te duur, maar met de kans om Bekende Nederlanders te spotten, daarom zijn mijn vriendinnen er dol op. De rekening bedraagt tachtig euro per persoon, terwijl het eten matig was, maar dat maakt niet uit. We zijn drie uur lang beeldig, hip en happening geweest, maar nu ben ik toch echt heel moe en wil ik naar huis. De rest van de groep gaat nog door.

'Je gaat me niet vertellen dat nu je Michiel hebt, je altijd om elf uur thuis moet zijn,' zegt Sigrid. Zij lijkt altijd bakken energie te hebben om uit te gaan en ellenlange gesprekken te voeren met wildvreemden. Vroeger kon ik dat ook. Praten over van alles en nog wat tot de zon opkwam. Nu weet ik werkelijk niet waar ik het over moet hebben.

'Natuurlijk niet,' zeg ik. 'Ik zit alleen midden in een schrijfproces en wil een beetje fris blijven.'

'Tuurlijk,' zegt Sigrid. Zelf doet zij iets in de pr. Omdat haar baan bestaat uit to-dolijstjes afwerken en gezellig met mensen praten, begrijpt ze niet dat je voor schrijven een heel andere focus nodig hebt. Ik moet naar binnen kunnen keren. Ik moet een bepaalde kalme concentratie opbrengen, en dat lukt niet als ik brak ben. Of als ik te veel gedoe aan mijn hoofd heb.

'Voor je iets met Michiel kreeg, was je ook al schrijver, en toen ging je wel altijd gezellig door.' Sigrid trekt een paars jasje aan van nepbont en zet een hoed op. Nu ik erover nadenk, was het haar idee om hier te gaan eten.

'Kat heeft gewoon een beetje tijd voor zichzelf nodig. Snap dat dan,' zegt Mirjam. Ze slaat haar armen om me heen. 'Doe je rustig aan, lieverd? Voel je je oké?'

* Harold eet hier ook vaak, al valt hij tussen dit publiek wat uit de toon met z'n eeuwige colberts.

'Ja, het gaat wel,' zeg ik. 'Het is een beetje ingewikkeld allemaal.'

'Snap ik.' Mirjam drukt me een moederlijke kus op mijn voorhoofd. 'Ik maak me een beetje zorgen over je. Maar ik heb wel een heel goed gevoel over je boek. Dus gewoon doorschrijven, oké?' Ze slaat haar armen weer om me heen en houdt me nog even vast.

Ik wil dank je wel zeggen, maar voel me alweer emotioneel. Waarom ben ik zo labiel de laatste tijd, godverdomme?

Dan valt me in dat het misschien ook wel gewoon hormonaal is. Ik ben net zwanger geweest, waar nogal wat hormonaal gedoe bij komt kijken, en nu het vruchtje weg is, is mijn lichaam natuurlijk helemaal in de war. Misschien ben ik helemaal niet gek of labiel, maar is dit allemaal een puur fysiek verhaal. En gaat dit dus ook snel weer voorbij.

'Eh, zullen we elkaar weer loslaten?' vraagt Mirjam. 'Het spijt me zeer, maar ik moet nu toch echt naar de disco.'

'Sloerie,' zeg ik.

Als ik mijn fiets voor mijn huis neerzet, zie ik dat de lichten op mijn verdieping uit zijn. Het is nog maar elf uur. Ik kan me niet herinneren dat Michiel ooit zo vroeg naar bed ging, maar wat weet ik eigenlijk over Michiel, behalve dan dat hij werkelijk nooit uit zichzelf iets in de wasmand doet? Misschien is hij wel de deur uit. Is hij een borrel gaan drinken met een vriend of zo, al wonen bijna al zijn vrienden in het Gooi.

Terwijl ik mijn sleutel in het slot steek, heb ik opeens het gevoel alsof er iemand naar me kijkt. Iedereen weet dat gekken toeslaan op het moment dat je je deur opendoet. Ze duwen je naar binnen en dan ben je een gevangene in je eigen huis. Tot nu toe heb ik de dreig-sms'jes niet al te serieus genomen, maar ben ik niet gewoon vreselijk naïef?

Ik kijk nog een keer om me heen. Er is niemand te zien in het smalle straatje. Maar er staan voldoende auto's en rijen fietsen om je achter te verbergen, dus dat zegt niets.

Ik zit op kickboksen. Dat doe ik al vier jaar met een personal trainer en ik kan inmiddels echt heel hard slaan en schoppen. Toch ben ik bang. Wat als Agnes een wapen bij zich heeft? Wat als ze doorgedraaid en woedend is? Van een gek win je nooit.

Ik blijf nog even staan luisteren terwijl ik al deze mogelijkheden overweeg. Maar het is volmaakt stil. Vredig zelfs, zou ik zeggen. Dan draai ik snel de sleutel om, doe de deur open, ga zo snel mogelijk naar binnen en ram de deur weer dicht. Zie je wel, niks aan de hand. Maar als ik de trap op loop, gaat mijn hart als een razende tekeer, en dat heeft niets met mijn conditie te maken. Want die is perfect. Komt dat door dat kickboksen.

Ik hang mijn jas aan de kapstok en loop de woonkamer in. Nog steeds is mijn hartslag te hoog en voel ik me alert als een hert op een open veld in wildseizoen. Normaal gesproken laat ik altijd het licht aan in huis als ik 's avonds de deur uit ga.

Net als ik mijn hand naar de lichtschakelaar heb gebracht, zie ik dat er iemand aan de eettafel zit. Ik gil, niet eens bewust, maar omdat mijn mond zich opent en er een hoge kreet uit komt, en knip snel het licht aan.

Het is Michiel. Hij kijkt me aan met een blik die ik vreemd genoeg van mijn vader herken. Een kille woede die nooit geuit wordt, maar altijd aanwezig is. Afkeuring.

'Whoa,' zeg ik. 'Waarom zit je in godsnaam in het donker?'

Hij zegt nog steeds niets. Blijft me aankijken alsof ik hem iets vreselijks heb aangedaan. Er schiet van alles door me heen. Misschien is hij erachter gekomen dat ik met Thomas heb geluncht. Ook al is er niets gebeurd, helemaal netjes is het natuurlijk niet. Misschien heeft hij gezien dat ik vandaag op Facebook nog naar Ilses profiel heb gekeken. (Foto van haar en haar vriendinnen met witte wijn. Onderschrift: *Functioneel alcoholisme*. Een van haar beste onderschriften. Misschien maakt de breuk met Michiel een ongekende creativiteit in haar los.) Of hij heeft bedacht dat ik in de praktijk toch een beetje tegenval, dat mijn adem 's ochtends ruikt en dat ik niet zo sexy, grappig en bijzonder ben als ik me al die tijd heb voorgedaan. Want eerlijk is eerlijk, ik ben eigenlijk gewoon een labiel monster met zo af en toe een goed moment.

'Ga je nog wat zeggen?' vraag ik. 'Wat is er aan de hand?'

'Wat er aan de hand is, is dat ik diep geschokt ben door jou.' Ik zie dat hij zich moet beheersen om rustig te blijven praten.

Ik probeer iets verstandigs te zeggen, of in ieder geval iets anders dan: sorry, sorry, sorry, het maakt niet uit wat het is, maar hou alsjeblieft weer van me en ik zal alles doen om je gelukkig te maken. Maar ik kom niet veel verder dan: 'O.'

'Godverdomme, Kathelijne. Waar ben je mee bezig?'

'Waar heb je het over?' vraag ik. Mijn stem klinkt schril. 'Wat heb ik gedaan?'

Michiel wijst naar mijn computer: 'Dít heb je gedaan.'

'Bedoel je die Facebook-berichten? Ik krijg iedere dag heel veel berichten van mannen, maar ik beantwoord ze eigenlijk nooit. Behalve dan die ene keer met Thomas.'

'Dat heb ik gelezen, ja,' zegt Michiel. 'Wat ben jij walgelijk. Echt een walgelijk, vals kutwijf.'

'Waar heb je het over!' roep ik uit. (Ik moet trouwens ook weer huilen, al durf ik dat nu haast niet meer op te schrijven, zoals je zult begrijpen.)

'Over dat misselijkmakende boek van je! Hoe durf je al die dingen op te schrijven! Ik neem aan dat het allemaal waar is, toch? Ik bedoel, alles wat je over mij hebt geschreven klopt precies, dus ik neem aan dat het ook klopt dat je die Thomas hebt gepijpt en vervolgens ons kind in zijn wc hebt gedropt.'

'O, is het nu opeens óns kind?' schreeuw ik. 'Daar had je weleens eerder mee aan mogen komen, zeg! Terwijl jij lekker aan het kaasfonduen was, zat ik godverdomme de hele week in mijn eentje een kind te aborteren. Heb je dan niet gelezen hoe dat voor mij voelde? Bovendien was je nog bij Ilse toen ik dat met Thomas deed, dus hoe durf je!'

'Je bent een hoer,' zegt Michiel. 'Een goedkope hoer die zich door de eerste de beste sukkel mee naar huis laat nemen en hem daar nog oraal gaat bedienen ook. En dat terwijl je ons kind nog in je droeg. Wat ben jij voor iemand?'

'En jij zat te káásfonduen!' schreeuw ik. 'Te fucking kááskfonduen!'

'Hoe weet jij dat eigenlijk van die kaasfondue?' vraagt Michiel. 'Kan me niet herinneren dat ik je dat heb verteld.'

'Omdat je lieve, schattige Ilse zo stom is om haar Facebookprofiel niet af te schermen!' Ik schreeuw nog steeds. Straks bellen de buren de politie, maar het kan me niets schelen.

'Dus jij zit op de Facebook-pagina van mijn vrouw te kijken?'* De walging druipt van Michiels stem. 'Je zit mijn vrouw te bespioneren?'

'En dat zegt iemand die net ongevraagd mijn manuscript heeft zitten lezen!'

'Hoe haal je het in je hoofd om dit allemaal óp te schrijven?'

'Zei jij niet dat ik moest schrijven wat ik zelf wilde? Dat ik me op geen enkele manier moest laten begrenzen?'

'Dat was voordat ik wist dat je een gedetailleerd verslag van

* De scènes waarin ik op Ilses Facebook-profiel kijk, heb ik later toegevoegd, omdat toen het gebeurde ik niet dacht dat het van belang zou zijn. Vandaar dat Michiel er nu zo verbaasd over is.

onze affaire inclusief de abortus aan het schrijven bent. Heb je weleens van privacy gehoord?'

'Maar ik ben schrijver!' roep ik uit. 'Ik kon toch niet weten dat je weg zou gaan bij Ilse en opeens hier in zou trekken, zonder dat ooit met mij te overleggen trouwens? Ik dacht dat het uit zou gaan tussen ons! En ik was heus van plan om je onherkenbaar te maken voor de buitenwereld. Je hebt een ruwe versie zitten lezen waar van alles en nog wat aan moet gebeuren.'*

Michiel slaat opeens met een volle vuist op mijn laptop. 'Als jij het in je hoofd haalt om dit te publiceren, dan daag ik je voor de rechter. Hoor je dat!'

Dan staat hij op en loopt woedend weg. Niet de deur uit, maar mijn slaapkamer in.

Als hij weg is, zak ik door mijn benen op de grond en ga zitten huilen met mijn hoofd in mijn handen. Ik zie er vast heel zielig uit. Als Michiel terugkomt en mij zo ziet, zal hij me moeten troosten. Dan zal hij moeten inzien dat ik het echt niet zo heb bedoeld en zal hij van me houden omdat hij ziet dat ik eigenlijk gewoon een heel klein meisje ben dat hunkert naar zijn liefde en aandacht. (Oké, dit is echt heel pathetisch en in *In de Naam van God* had ik dit nooit zo opgeschreven, maar in dit boek doe ik het gewoon, omdat ik nou eenmaal heb besloten om voor het eerst in mijn leven onbeschaamd mezelf te zijn.)

Na een uur is Michiel nog steeds niet komen kijken hoe het met me is en heb ik het koud gekregen en ben ik eerlijk gezegd gewoon ook heel erg moe. Ik strompel de slaapkamer in. Het licht is uit. Michiel ligt aan mijn kant van het bed, met zijn rug naar het midden. En hij snurkt.

* Ik heb best nog veel bijgeschaafd. Maar wat er over Michiel staat, is woord voor woord waar. En *by the way*: doe Ilse de hártelijke groeten.

Ik overweeg om op de bank te gaan slapen, maar ik heb geen extra deken. Dus kleed ik me maar uit en ga naast hem in bed liggen. Hij wordt niet wakker. Blijft gewoon door snurken. Alsof hij me niet net vreselijke dingen heeft genoemd. Alsof hij hier gewoon hóórt.

Ik luister een tijdje naar het gesnurk. Ik zou hem wakker kunnen maken om hém naar de bank te sturen. Ik heb het koud en voel me leeggezogen. Eigenlijk wil ik gewoon dat alles weer goed is. Ik ben nooit goed geweest in lang boos blijven. Of dat een goede of een slechte eigenschap is, weet ik niet.

'Mag ik tegen je aan komen liggen?' fluister ik.

Omdat hij niet antwoordt, kruip ik tegen zijn rug aan. En als ik even het laatste anderhalf uur niet in ogenschouw neem, is het net alsof ik heel veel van hem hou en alles oké is.

Michiel staat sinaasappels uit te persen in de keuken. Je zou denken dat hij zijn koffers aan het pakken zou zijn, maar hij staat fucking sinaasappels uit te persen en als ik de keuken binnenloop, zegt hij met een glimlach: 'Goedemorgen, schatje.'

'Goedemorgen.' Ik laat mijn stem een beetje bot klinken, zodat hij snapt dat het niet zomaar weer goed is tussen ons. Dat hij mij niet zomaar uit kan schelden en dat ik dat niet allemaal wel oké vind. Maar hij duwt me een glas jus d'orange in de hand en gaat verder met het ontbijt. Sinds hij er is, staat de koelkast altijd vol. Dat is natuurlijk best fijn.

'Moeten we het niet over gisteren hebben?' vraag ik.

Michiel wast aardbeien en doet ze in kommen. 'Ik denk dat we het allebei even moeten laten bezinken. Zullen we het er een andere keer over hebben?'

'Oké.' Maar eigenlijk wil ik dat niet. Ik wil het er nú over hebben. Ik blijf staan aarzelen terwijl hij een banaan pelt en in plakjes snijdt. 'Je hebt me uitgescholden. Je zei echt heel lelijke dingen.'

Hij kust me. 'Lieverd, als ik zo tekeerga, dan moet je dat eigenlijk vertalen naar mijn manier van zeggen dat iets me heeft geraakt.'

Omdat ik niets terugzeg, knuffelt hij me nog maar eens extra. 'Het spijt me heel erg als ik je heb gekwetst. Maar zelf was je ook niet bepaald vriendelijk. Als mensen ruziemaken, zeggen ze gewoon weleens dingen die ze niet menen. Dat doe ik, maar dat doe jij ook.' Hij kust me nog maar een keer. Hij ruikt naar koffie en sinaasappels en aardbeien door elkaar. 'Jij bent gewoon nog niet zo gewend aan dat soort dingen. Geloof me, met Ilse had ik wekelijks dit soort ruzies. Het hoort er allemaal bij.'

Ik loop de keuken uit zonder iets te zeggen. Misschien heeft hij wel gelijk. Mijn langste relatie ooit duurde zeven maanden en toen woonde ik niet samen. De relatie ging over omdat we allebei waren vreemdgegaan, min of meer gelijktijdig. Zonder er al te veel woorden aan te wijden hebben we toen besloten dat het wel weer klaar was. Ik weet niet eens of er wel een exitgesprek heeft plaatsgevonden, zo vanzelfsprekend en natuurlijk ging het. Ook met mijn ouders heb ik niet veel ruziegemaakt. En ik heb ook geen broers of zussen met wie ik ruzie kon maken. Dus ik erken dat ik een volstrekte maagd ben op dit gebied. Wat niet wegneemt dat ik vind dat Michiel zich gisteravond eikelig opstelde en dat ik het ook niet oké vind dat hij in mijn laptop heeft gesnuffeld.

Michiel komt de woonkamer binnen met twee bakjes yoghurt, noten en fruit, en zet er eentje voor me neer. Ik kan zijn opgewekte gedoe opeens niet meer uitstaan. 'Ik heb geen honger,' zeg ik, en ik schuif het bakje aan de kant.

Nadat ik heb gedoucht en me heb aangekleed, wil ik zo snel mogelijk het huis uit. Michiel zegt dat hij het begrijpt, dat het oké is. Zijn volwassenheid en begripvolle houding komen toch net even anders over na wat er gisteravond is gebeurd. Hoe goed ken ik hem eigenlijk? Wat ik tot nu toe van hem heb meegekregen, zijn vooral de buitenkantdingen: etentjes, cadeaus, complimenten, seks. Net zoals hij geen idee heeft wie ik werkelijk ben, heb ik waarschijnlijk geen idee wie hij werkelijk is.

Ik loop de trap af. Er ligt een envelop op de mat voor de buitendeur die ik deel met twee andere appartementen. Ik raap hem op en wil hem op de trap leggen, maar dan zie ik dat mijn naam erop geschreven staat, in een meisjesachtig handschrift. Geen adres. Iemand moet dit vannacht door de brievenbus hebben gedaan.

Ik scheur hem open. Er zit een foto in. Hij is vrij donker en zo te zien genomen hier in de straat. Ik zie mezelf voor mijn voordeur staan, sleutel in mijn hand en ongerust over mijn schouder kijkend.

Fucking hell!* Deze foto is gisteravond genomen toen ik thuiskwam.

Ik probeer te bevatten wat hier aan de hand is. Iemand, hoogstwaarschijnlijk Agnes, aangezien de bedreigingen begonnen nadat ik haar had bezocht, heeft mij bespioneerd en een foto van mij gemaakt. Godverdomme. Ze weet dus ook waar ik woon.

* Sorry, Harold. Ik heb het stiekem toch laten staan.

24

We hebben al uitgebreid gesproken over de protagonist, maar minstens zo belangrijk is een sterke antagonist. Nu zal in dit boek pas aan het einde blijken wie de echte antagonist is, maar het mag duidelijk zijn dat Johan Kouwenhoven voor deze rol in aanmerking komt. De grootste fout die veel thrillerschrijvers in mijn ogen maken, is dat de slechterik alleen maar slecht is. De antagonist wordt daarmee een tweedimensionaal karakter dat alleen maar naar is. Maar hoe geweldig is een bad guy à la Hannibal Lecter? Iemand tegen wie we beschermd moeten worden met kooien en muilkorven, maar van wie we allemaal toch een beetje houden?

Nu wil ik Johan Kouwenhoven zeker niet vergelijken met Hannibal (ik zie de recensente van *de Volkskrant* al een vaginale schimmelinfectie krijgen van alle zure bewoordingen waarin ze deze misdaad tegen de literatuur moet beschrijven), maar snap je dat aardige mensen vele malen enger zijn dan onaardige mensen? Niet voor niets wordt het merendeel van de misdrijven buiten het criminele circuit gepleegd, door iemand van wie we houden, iemand die we vertrouwen.

Johan Kouwenhoven, alias de voorganger, nodigt me meteen uit om langs te komen wanneer ik hem bel en zeg dat ik over Agnes wil praten. Nu is het een algemeen bekend verschijnsel dat mensen boven de zeventig zeeën van tijd hebben en dolblij zijn met iedere vorm van aanspraak, maar ik voel me toch gekend en gevleid dat hij erop staat dat ik meteen naar hem toe kom.

Hij woont in een buitensporig groot huis voor iemand die zijn leven heeft gewijd aan het hoeden van zijn kudde.* Hier zijn natuurlijk alle tienden naartoe gegaan die zijn trouwe volgelingen zo braaf iedere maand hebben afgestaan. Ik herinner me de discussie of de tiende van het bruto- of nettoloon moest worden berekend. Mijn vader was een fel voorstander van het brutoloon, omdat hij nou eenmaal altijd de ongunstigste variant van het geloof uitkoos.

Om het vrijstaande huis, dat met recht een villa genoemd mag worden, ligt een grote tuin met een hoge heg en een groot hek eromheen. Johan Kouwenhoven houdt blijkbaar niet van pottenkijkers.

Als ik voor het elektrische hek sta, voel ik me toch een beetje nerveus. Om er nog maar een metafoor in te gooien: misschien is 'ome Johan' inderdaad wel die wolf in schaapskleren die Maaike Berentsen van hem maakt. Maar je kunt niet herder zijn én wolf én schaap. Toch?

Voordat ik op de bel kan drukken, zwaait de deur al open. 'Kathelijne,' zegt Johan met een warme stem door de intercom. De voordeur zwaait open en hij komt naar buiten. 'Had ik je echt niet even met de auto van het station moeten halen? Het is

* Christenen zijn dol op schaap-en-herdermetaforen. Zij zien Jezus als de ultieme herder die goed voor zijn schapen zorgt. Dat ze zichzelf derhalve als een kudde makke schapen zien, ervaren ze blijkbaar niet als alarmerend.

zo koud vandaag en je hebt al zo weinig vlees op de botten.'

'Ik vind het echt heel fijn om te lopen,' zeg ik. 'Dan kom ik tot rust.'

Hij glimlacht alsof hij dat eigenlijk allang over mij wist, alsof hij alles al over mij weet, alsof hij God *himself* is die al mijn haren heeft geteld, en vraagt of hij mijn jas kan aannemen.

De woonkamer is in dezelfde stijl ingericht als die van Agnes. Scandinavische degelijkheid met de nodige verwijzingen naar de Bijbel aan de muur in de vorm van houten kruisen en christelijke kunst van discutabele kwaliteit. 'Ga zitten,' zegt de voorganger. 'Dan maak ik een lekker kopje thee voor je. Of heb je liever iets anders?'

Ik vraag me af waarom hij zo blij is om me te zien. Of in ieder geval doet alsof hij blij is. Zou het toch de celebrityfactor* zijn?

'Thee,' zeg ik. 'Heb je iets van kruidenthee? Of groene thee?'

'Ik heb rooibos. Heb ik leren drinken tijdens mijn missies in Zuid-Afrika toen daar nog de apartheid was. Niet uit een zakje, maar verse rooibos. Is dat goed?'

Ja joh. Terwijl hij thee gaat maken, kijk ik in zijn boekenkast. Tot mijn verbazing zie ik niet alleen *In de Naam van God* staan, maar ook *Catamaran*. En hij heeft zowaar allerlei dvd-boxen, zoals *House of Cards* en *Homeland*.

'Ik hou erg van lezen,' zegt Johan, die opeens naast me staat. Ik had hem niet uit de keuken horen komen, de man kan zich blijkbaar geluidloos voortbewegen. 'We hebben het vorige keer over *In de Naam van God* gehad, maar waar ik echt van heb genoten is *Catamaran*. Jammer dat dat boek niet bij het grote publiek aansloeg, ik vond het bijzonder inzichtelijk.'

* C-kaliber dan, hè. Ik zeg het nóg maar een keer, voor je denkt dat ik kapsones heb gekregen. Maar geloof me, in het dorp waar ik vandaan kom, is C echt heel wat.

'Echt?'

'Ja. Zoals je de eenzaamheid van die zeiler beschrijft... Echt heel knap gedaan. Niet iedereen kan zo'n thema neerzetten zonder al te expliciet of anekdotisch te worden.'

Ik voel me bijzonder gevleid. En dan begrijp ik dat dat waarschijnlijk precies de manier is waarop Johan zijn kerk vol heeft gekregen.

Ik ga op de bank zitten. Johan neemt plaats op de bank tegenover me.

'Ik wil het met je over Agnes hebben,' zeg ik.

'Dat zei je al over de telefoon.'

'Ik vrees dat ze doordraait.' Ik vertel hem over de dreig-sms'jes en de foto die bij me op de deurmat lag. Johan luistert aandachtig. Maar als ik klaar ben, schudt hij zijn hoofd. 'Agnes kan nooit in Amsterdam geweest zijn.'

'Hoezo niet?'

'Omdat ze gisteravond hier, bij mij was.'

'Dat weet je zeker?'

Hij knikt.

'Hoe laat ging ze dan weg? Want ik wil niet veel zeggen, maar ik kreeg het eerste rare berichtje nadat ik bij haar thuis was geweest. Dat lijkt me geen toeval.'

Johan gaat achterover zitten, brengt zijn hand naar zijn kin en bestudeert me aandachtig. 'Ik zou bijna zeggen dat je jaloers bent.'

'Pardon?'

'Ja, daar moet je even aan wennen, hè, aan dat idee.'

'Misschien ben ik het er gewoon niet mee eens. Waarom zou ik jaloers zijn?'

'Weet jij iets van de maan?'

Ik knik, want wanneer de voorganger een verhaal vertelt en een retorische vraag stelt, moet je knikken en je mond houden.

Johan neemt een slok thee, dus doe ik dat ook maar. De thee is intenser en verfijnder dan alle andere theeën die ik ooit heb gedronken. Ik zie dat Johan goedkeurend naar mij kijkt. Alsof ik met ieder slokje dichter bij hem kom.*

'De maan doorloopt een cyclus, zoals je weet. Soms zien we een hele cirkel, soms slechts een sikkel, afhankelijk van welk deel door de zon wordt verlicht. We denken dat als het volle maan is, we de hele maan zien. Nietwaar?'

Weer knik ik zodat hij weet dat ik er nog bij ben. Het heeft een functie om degene die je wilt overtuigen zo veel mogelijk instemmende handelingen en woorden te laten gebruiken. Dat is een basale verkooptechniek. Hoe vaker je 'ja' hebt gezegd of hebt geknikt, hoe meer je lichaam geneigd is om te denken dat je het eens bent met waar het gesprek uiteindelijk toe leidt, terwijl dat misschien helemaal niet het geval is.

'Maar zelfs bij volle maan zie je maar één kant. De achterkant van de maan is vanaf de aarde nooit te zien. Begrijp je wat ik wil zeggen? Omdat bepaalde delen wél aan het licht komen, denken we het hele verhaal te kennen. Maar aan de achterkant is nog een hele geschiedenis waar je niets van weet, en die er mogelijk heel anders uitziet dan de voorkant.'

Ik vind het een prachtig verhaal. Zou ook een mooie boektitel zijn, *De achterkant van de maan*. Maar ik begrijp niet wat dit met Agnes en haar bedreigingen te maken heeft.

Hij neemt nog een slok van zijn thee. 'Vind je deze thee niet de lekkerste die je ooit hebt gedronken? Hierna wil je nooit meer anders, toch?'

'Heerlijk,' beaam ik.

* Echt raar dat Harold dit niet heeft doorgestreept met zijn venijnige rode pen. Te meer omdat dit wederom zo'n zin is die recensenten gebruiken om je kop eraf te hakken.

Bijna wellustig kijkt Johan naar mijn mond terwijl ik nog een slok neem. Pas dan realiseer ik me dat als dit een thriller was, dit het klassieke scenario zou zijn: ik wandel nietsvermoedend bij de moordenaar binnen en ga thee zitten drinken die toch behoorlijk anders smaakt dan normale thee. Wie zegt me dat er niet iets in de thee zit? Dit is precies waarom mensen makkelijke prooien zijn. We denken dat moorden, aanslagen, ontvoeringen en andere ellende alleen maar statistieken zijn. Dat de kans dat het onszelf zal overkomen heel klein is. Sterker nog, om vooral niet achterdochtig en hysterisch over te komen, drinken we braaf onze gifthee op tot de allerlaatste slok, terwijl we worden afgeleid met gelul over de maan.

Als Johan daadwerkelijk Tabitha heeft vermoord, dan wil hij niet dat iemand erachter komt. En al weet hij niet wat ik weet en al helemaal niet hoe ik het kan weten, hij zal geen risico willen nemen.

Alsof hij mijn gedachten raadt, zegt Johan: 'Drink maar lekker op, Kathelijne. Is goed voor je.'

'Wat zit er in die thee, Johan?' Terwijl ik hem aankijk, voel ik die rare druk op mijn keel ontstaan. Ik weet niet hoe het kan, óf het kan, maar ik ben ervan overtuigd dat er iets is gebeurd tussen hem en mij. Of het nu in dit leven of een vorig leven is.

'Pure rooibosblaadjes. Zelf geïmporteerd.' Het klinkt me allemaal net iets te glad.

'Je begrijpt heel goed wat ik bedoel. Wat heb je in die thee gedaan?' Omdat hij niet antwoordt, sta ik op. 'Waar is je wc?'

'Wat ga je doen?' Ook Johan is gaan staan. 'Wat is er aan de hand? Ga nou rustig zitten, dan vertel ik je over Agnes. En over Tabitha, als je nog meer over haar wilt weten.'

'Ik moet alleen even plassen. Blaasontsteking.' Ik probeer zo rustig mogelijk te klinken. De wc moet wel in de gang zijn. Daar zijn immers de meeste wc's.

'Waar ga je naartoe?'

'Naar de wc, dat zeg ik toch?'

Hij knijpt zijn ogen samen. 'In de hal,' zegt hij dan. 'Ik loop wel even met je mee.'

Als ik op de wc zit, merk ik dat ik buiten adem ben. Ik moet hier weg zien te komen. Iets klopt hier niet. Dat is duidelijk. Om te beginnen moet ik zorgen dat die thee, met wat er ook maar in mag zitten, uit mijn systeem gaat. Ik ga op mijn knieën voor de pot zitten en steek mijn vinger in mijn keel. Net zo diep tot mijn maaginhoud naar boven komt.

'Gaat het?' vraagt Johan aan de andere kant van de wc-deur. Hij klinkt oprecht ongerust. Een geboren toneelspeler is het.

Ik steek nog een keer mijn vinger in mijn keel, tot ik zeker weet dat alle thee uit mijn systeem is. Dan ga ik op de pot zitten om na te denken. Ik moet hier weg zien te komen. Zo snel mogelijk. Ik weet niet wat Johan van plan is, maar ik heb sterk het gevoel dat ik in gevaar ben. Ik denk dat het het beste is om zodra ik van de wc kom, meteen een sprint naar de voordeur te trekken.

Misschien staat hij er al niet meer. Misschien ben ik gewoon gek geworden. Je hoort wel vaker dat mensen door een traumatische ervaring psychotisch worden, en volgens mij ben ik daar de uitgelezen kandidaat voor. Sowieso hebben schrijvers aanleg voor psychoses, we fantaseren per slot van rekening hele boeken bij elkaar en gaan er net zo diep in tot het allemaal echt aanvoelt.

Mirjam. Die weet vast wat ik moet doen. Zij weet áltijd wat ik moet doen. Het is bijna twaalf uur. Ze zou nu toch wakker moeten zijn. Als ik haar nummer opzoek in mijn telefoon, merk ik dat mijn handen trillen. Gelukkig neemt ze op.

'Mirjam,' fluister ik. 'Mirjam! Ik zit op de wc van ome Johan. Ik denk dat hij heeft geprobeerd me te vergiftigen.'

'Wat?' Het klinkt niet alsof de ernst van de situatie tot haar doordringt. 'Doe effe rustig. Wáár ben je?'

'Bij Johan Kouwenhoven, de voorganger. De vader van Agnes.'

'Wat doe je daar nou weer?'

'Ik durf niet van de wc af te komen,' zeg ik met overslaande stem. 'Wat moet ik nou doen?'

'Heeft hij je bedreigd? Moet ik de politie bellen?'

'Ik weet het niet.'

Er wordt op de wc-deur geklopt. 'Kathelijne, gaat het?' vraagt Johan aan de andere kant van de deur.*

'Ja,' roep ik. 'Prima. Ik heb nog even nodig...'

Ondertussen zegt Mirjam in mijn oor: 'Is hij daar? Wat zegt hij?'

'Hij vroeg of het ging. Wat moet ik nou doen? Ik wil hier weg, maar hij staat in de gang en ik weet niet of hij me erdoor zal laten.'

'Geef me het adres,' zegt Mirjam. 'Dan blijf ik aan de lijn terwijl je de wc uit loopt en als ik hoor dat het misgaat, bel ik meteen de politie.'

'Oké,' zeg ik. 'Dat is een goeie. Oké, hier ga ik.' Ik spoel de wc door en open de deur zachtjes, zodat Johan, mocht hij teruggegaan zijn naar de woonkamer, me niet kan horen. Ik kijk om me heen. Johan is er niet meer. Op mijn tenen loop ik naar de voordeur. Door mijn telefoon, die ik in mijn hand hou, hoor ik Mirjam vragen wat ik aan het doen ben. Ik kan nu niet antwoorden en ik hoop maar dat ze haar mond houdt, want straks hoort Johan háár en weet hij dat ik hem doorheb.

Ik pak de klink van de voordeur vast. Dan voel ik een hand op

* Ik snap dat het lelijk is om twee dramatische wc-scènes in één boek te stoppen, maar dit is nou eenmaal hoe het ging.

mijn schouder. 'Waar ben je mee bezig?' vraagt Johan. Hij klinkt dreigend.

'Laat me gaan, Johan,' zeg ik. 'Ik zal niemand iets vertellen. Het enige wat ik wil, is dat je me laat gaan.'

'Ik denk dat wij eerst heel goed met elkaar moeten praten, Kathelijne. Je bent overduidelijk in de war. Ik denk dat je beter even rustig kunt gaan zitten.' Hij laat zijn stem zo normaal mogelijk klinken. Deze man heeft er niet voor teruggedeinsd om een gehandicapt meisje te laten geloven dat er een 'wonder' met haar is gebeurd, deze man heeft jaren geld geïncasseerd van zijn gemeenteleden en deze man heeft waarschijnlijk zijn eigen baby vermoord. Als er iemand is die kan doen alsof er niets aan de hand is, alsof iedereen veilig is terwijl de dood met een bijl om de hoek staat te wachten, is hij het.

Ik trek de voordeur open en sprint naar buiten met mijn mobieltje in mijn hand. Zo snel mogelijk bij hem vandaan. Het grote hek naar de straat zit dicht.

'Waar wil je naartoe?' roept Johan. Er ligt iets spottends in zijn stem. 'Je komt er echt niet uit zonder dat ik het hek opendoe.'

'Je kunt me niet tegen mijn wil hier houden!' Ik roep het expres harder dan zou moeten, zodat Mirjam snapt dat ze de politie moet bellen.

'Ik kan je zo niet laten gaan,' zegt Johan. 'Je bent duidelijk overstuur en ik zou niet willen dat je iets overkomt. Kom nou weer binnen. Dan drinken we nog een kop thee en breng ik je daarna naar het station.'

'Je denkt toch zeker niet dat ik daarin trap?' zeg ik. 'Ik heb jou door, weet je dat? Ik kijk dwars door je heen. Je kunt het allemaal prachtig vertellen, maar jij bent het slechtst van iedereen. Jij denkt echt dat je overal mee wegkomt, hè?'

'Meisje toch,' zegt Johan. Het is opvallend hoe kalm hij blijft terwijl ik tegen hem schreeuw. 'Doe nou even rustig.'

'Ik doe niet rustig!' schreeuw ik. 'Het is walgelijk wat jij hebt gedaan. Hoe je met die zaak van Christopher bent omgegaan. Jouw schoonzoon die al die arme meisjes heeft aangerand. En wat doe jij? Je zorgt dat alles netjes binnenskamers wordt geregeld en dat de naam van die arme Christopher vooral niet wordt bezoedeld.'

'Hou op met schreeuwen!' zegt Johan. Voor het eerst lijkt ook hij de controle te verliezen. 'Wil je dat iedereen dit hoort?'

'Ja,' zeg ik. 'Ik wil dat iedereen dit hoort.' Ik zet mijn handen aan mijn mond en schreeuw op mijn hardst: 'Christopher, de schoonzoon van Johan Kouwenhoven, heeft jonge meisjes misbruikt. En Maaike Berentsen was helemaal niet echt gehandicapt! En Johan heeft zijn eigen baby vermoord! Hij is een oplichter en een moordenaar!'

'Kom naar binnen!' schreeuwt Johan. Hij zet een paar stappen naar me toe en probeert me bij mijn arm te grijpen, maar ik spring snel opzij. 'Kom binnen, in Jezus' naam! Of moet ik je dwingen?'

'Net zoals je bij Tabitha hebt gedaan?' vraag ik met overslaande stem. 'Wat was er? Huilde ze te veel? Kon je het niet aan om in je eentje voor een jonge baby te zorgen? Moest ze daarom dood?'

'Waar heb je het over?' Zijn hele houding verandert. Hij lijkt in elkaar te zakken als een lekgeprikte ballon.

'Jij hebt Tabitha vermoord terwijl ze in haar ledikantje lag,' zeg ik, al ben ik zelf niet meer zo zeker van mijn zaak.

'Hoe kom je erbij?'

'Omdat ik... Omdat ik een visioen heb gehad.' Het lijkt me beter om dit in Bijbelse termen uit te leggen. 'Ik had een visioen waarin ik Tabitha was en mijn vader mij wurgde.'

Johan zucht diep. Hij lijkt ineens oud. Broos. 'Tabitha...'

zegt hij dan. 'Denk je dat ik mezelf nooit heb kwalijk genomen dat ze is gestorven? Begrijp je niet dat er geen dag voorbijgaat zonder dat ik me afvraag of ik beter had moeten opletten, vaker bij haar had moeten gaan kijken, haar op haar rug had moeten laten slapen in plaats van op haar buikje? Denk je dat ik begrijp waarom God het nodig heeft gevonden om mij zo hard te raken?'

'Je hebt haar vermoord,' zeg ik. 'Ze lag te huilen en jij wilde haar dood hebben. Ze mocht er niet zijn van jou. Je hebt haar keel dichtgedrukt.'

'Ik kan oprecht zeggen dat dat nooit is gebeurd.' Johan zucht weer een keer heel diep. 'Ik weet niet hoe je erbij komt, of wat voor "visioen" je hebt gehad, maar dit heeft nooit plaatsgevonden.'

Op dat moment stopt er een politiewagen voor het hek. Twee agenten stappen uit. 'Is er iets aan de hand, meneer Kouwenhoven?' vraagt de ene. 'We kregen een nogal rare melding binnen dat een jonge vrouw tegen haar wil door u zou worden vastgehouden.'

'Willen jullie tegen hem zeggen dat hij het hek open moet doen?' vraag ik.

'Natuurlijk wil ik het hek opendoen,' zegt Johan zelf al. 'Geen enkel probleem.' Hij kijkt de agenten aan. 'Helemaal niets aan de hand, zoals jullie zien.' Hij haalt een afstandsbediening uit zijn zak en drukt op een knop. Langzaam schuift het hek open. Ik stap zo snel mogelijk naar buiten.

'Gaat het, mevrouw?' vraagt een van de agenten. 'Heeft meneer Kouwenhoven geprobeerd u iets aan te doen?'

Ik kijk naar Johan zoals hij daar nu staat: oud, terneergeslagen. Wat schiet ik ermee op om een aanklacht tegen hem in te dienen? Wat schiet ik ermee op om te proberen te bewijzen dat hij zijn dochtertje heeft vermoord? (Het dochtertje dat ik zelf ooit ben geweest, volgens hypnotherapeut Solange, maar dit maakt het verhaal alleen maar vreemder.)

'Ik ben nu weer vrij en daar gaat het om,' zeg ik.

De agenten wisselen een blik uit. Het is duidelijk dat ze denken dat ik niet helemaal spoor. 'Nou,' zegt de lelijkste van de twee, en die andere is ook al niet bepaald knap, 'als er wat u betreft niets aan de hand is, dan gaan wij weer.' Ze knikken naar Johan. 'Dag, meneer Kouwenhoven.'

Als ze de straat uit zijn, staan Johan en ik er nog steeds. Het hek is automatisch weer dichtgegaan, of Johan moet op een knop hebben gedrukt zonder dat ik erop heb gelet.

'Nou, dan ga ik maar weer eens, hè,' zeg ik. 'Het enige probleem is dat ik mijn Chanel-tas bij jou op de bank heb laten staan. Kun je die alsjeblieft voor me pakken? En zeg tegen Agnes dat ze moet stoppen met dat rare gedoe. Dan laat ik jullie daarna met rust.'

'Kun je nog heel even blijven?' vraagt Johan. 'Dan blijf jij aan die kant van het hek en ik aan deze en praten we nog even. Ik vind dit geen manier om uit elkaar te gaan.'

Nu ben ik degene die zucht. 'Waarom? We hebben elkaar niets meer te zeggen. Wat hebben we überhaupt nog met elkaar te maken?'

'Nou,' zegt Johan. 'Wat we met elkaar te maken hebben, is dat ik je vader ben.'

25

Ik heb hem onderweg al drie keer geprobeerd te bellen, maar Michiel heeft niet opgenomen, en nu is zijn jas weg. Bovendien zat de voordeur op slot. Voor de zekerheid roep ik nog een keer zijn naam terwijl ik de trap op loop, mocht hij me weer opwachten omdat ik god weet wat verkeerd heb gedaan.

Hij is er echt niet. Ik staar een tijdje naar het Boeddhabeeldje op de schoorsteenmantel. Op een vreemde manier geeft het me rust. Dan loop ik naar de keukentafel en klap mijn laptop open om alles op te schrijven.

Ik ben blijkbaar vergeten mijn computer uit te zetten de vorige keer, want het scherm licht meteen op. Mijn mailbox staat open. En dan zie ik dat het niet mijn mailbox is, maar die van Michiel. Blijkbaar heb ik zijn computer gepakt.

Ik wil het niet en ik weet dat het heel slecht is, maar toch klik ik op het bovenste mailtje, dat van Ilse afkomstig is.

Kom nú naar me toe! staat er. *Ongelofelijke klootzak!*

Ik lees wat Michiel daarvoor aan haar heeft geschreven: dat zij de liefde van zijn leven is, dat ze zielsverwanten zijn, dat hij alles wil doen om het goed te maken met haar en, alsof ik nog niet genoeg heb gelezen, dat ze moet stoppen mij te bedreigen, omdat ik niets beteken.

Zij zegt dat ze niets met hem te maken wil hebben, dat hij een klootzak is, dat ze hem haat, dat ze hoopt dat hij doodvalt. Blijkbaar vinden Ilse en Michiel het inderdaad heel normaal om elkaar verrot te schelden.

En Michiel blijft haar maar sussen. *Soms heb je een heftige crisis nodig om je te realiseren wat je hebt*, schrijft hij. *Ik ben verliefd geworden, ja. Ik heb een affaire gehad. Maar als je vijftien jaar samen bent, is het toch niet heel raar dat dat een keer gebeurt? Ik weet één ding, en dat is dat wat wij hebben echt is. Vanaf het eerste moment dat ik je zag, tot op de dag van vandaag, hou ik van je en wil ik bij je zijn.*

Ik ga nog verder terug en zie dan dat Michiel niet uit zichzelf tegen Ilse heeft gezegd dat hij bij haar weggaat, maar dat zij mijn appjes heeft gevonden in zijn telefoon en hem eruit heeft gezet. Waarom heeft hij me dat niet verteld? Waarom heeft hij gedaan alsof alles vreedzaam is verlopen en hij het initiatief tot de breuk had genomen?

Wie is Michiel eigenlijk? Wie is hij nou echt? Wat heb je aan iemand die altijd precies zegt wat je wilt horen? Eén ding weet ik nu zeker: Michiel is iemand die je nooit écht kunt geloven.

Ik heb de hele dag nog niet gehuild, vreemd genoeg. Sterker nog, op de terugweg in de trein zat ik me af te vragen of het met huilen hetzelfde is als met xtc. Als je dat neemt, verbruik je in korte tijd al je gelukshormonen. Vandaar dat je daarna een dip kunt krijgen. Zou het ook zo werken met verdriethormonen? Zou je zoveel kunnen huilen dat de voorraad op een gegeven moment op is en het gewoon ophoudt?

Inmiddels heb ik het antwoord: nee, de biochemische bron van tranen is onuitputtelijk. Ik begin hysterisch te janken nadat ik de mailwisseling tussen Ilse en Michiel heb gelezen. Al slaag ik er toch vrij snel in om te stoppen. En, misschien wel voor het eerst in mijn leven, weet ik zeker wat ik moet doen.

Ik loop naar de slaapkamer en stop Michiels kleren terug in zijn koffer. Inclusief zijn vieze onderbroeken en sokken. Het past er niet meer allemaal in, hij moet inmiddels meer kleren naar mijn huis hebben meegenomen, dus ik doe de rest in een vuilniszak.

Als ik zijn spullen op de overloop zet, hoor ik de voordeur beneden opengaan. Voetstappen op de trap. 'Zo,' zegt Michiel als hij boven is. 'Wat is dit?'

'Ik heb je mailwisseling met Ilse gelezen,' zeg ik ijzig. Meer lijkt me niet nodig.

'Pardon?'

'Ja,' zeg ik. 'Je vertelt haar nogal een ander verhaal dan je mij vertelt.' Ik sta versteld van mijn eigen kalmte, al voel ik dat het ieder moment kan omslaan. 'Of nee, eigenlijk vertel je haar precies hetzelfde als je nog geen week geleden tegen mij hebt gezegd. Dat jullie zielsverwanten zijn, dat je voor altijd bij haar wilt blijven...'

'Jezus, Kattie...'

'Het lijkt me beter dat je nooit meer terugkomt,' zeg ik. 'Ik wil niets meer met je te maken hebben.'

Ik zie dat Michiel zich alweer herpakt. Hij heeft duidelijk veel ervaring met het kalmeren van boze vrouwen. Ook nu zal hij het juiste gereedschap tevoorschijn halen om dit lekje even te dichten. 'Ten eerste: wat geeft jou het recht om in mijn computer te kijken? Ooit van het woord privacy gehoord? En ten tweede: wat denk je zelf dat mensen die vijftien jaar samen zijn geweest aan elkaar schrijven?'

'Je zei tegen mij dat jij het had uitgemaakt omdat je bij mij wilde zijn, maar dat is helemaal niet waar. Niet dat ik daar ooit om heb gevraagd, hè? Voor alle duidelijkheid. Ik heb nooit gezegd dat je bij haar weg moest gaan, sterker nog, het was überhaupt nooit mijn idee om een relatie met je te beginnen! Jíj stond hier opeens op de stoep met je mooie verhalen.'

'Ilse is hier kapot van. Vind jij nou echt dat ik haar maar gewoon in de kou moet laten staan?'

'Nee, dat vind ik niet. Ga haar vooral lekker troosten, vertel haar alles wat ze wil horen en word vooral oud met haar. O nee, je bént al oud.'

'Wat ben jij een ongelofelijke trut!' zegt Michiel. Blijkbaar heb ik een teer punt geraakt. 'Wat denk je wel niet? Weet je niet dat je de wet overtreedt als je in andermans computer gaat kijken en vertrouwelijke e-mails gaat lezen? Dat mág niet, Kathelijne.'

'Bel de fucking politie maar. Misschien kunnen ze je helpen je spullen naar beneden te dragen.' Ik pak de vuilniszak op en gooi hem van de trap. 'Woeps, te laat.'

'Godverdomme! Wat ben jij zielig! Weet je wat jij bent? Een onzeker meisje dat meteen in alle staten is als papa even geen tijd voor haar heeft.'

Als antwoord pak ik zijn koffer en gooi hem achter de vuilniszak aan. 'En nu eruit, of jij bent de volgende die de trap af vliegt.'

Michiel werpt nog een laatste minachtende blik op mij, ik zou bijna denken dat er pure haat uit spreekt, en stommelt dan de trap af. Het laatste wat ik van hem zie is de enorme kale plek op zijn hoofd die glimt in het tl-licht van het trappenhuis.

26

'We moeten je iets vertellen,' zegt mijn moeder. Zij en mijn vader – niet Johan, maar de man die mij heeft opgevoed – zitten naast elkaar op de bank. Ik zit tegenover hen. Handen in mijn schoot, netjes gekleed. Afwachtend, met een open, niet-agressieve houding. Ik heb zelfs mijn haar in een middenscheiding gekamd om er zo degelijk en godsvruchtig mogelijk uit te zien.

Mijn moeder ziet eruit alsof ze al nachten niet meer goed slaapt. Ook mijn vader ziet er slecht uit, maar dat is eigenlijk altijd zo. Mijn moeder voert het woord, mijn vader kijkt naar zijn handen. Hij draait wat aan zijn trouwring. Goud slijt in de loop der jaren. Ooit zijn mijn ouders met dikke ringen begonnen, maar nu, vijfendertig jaar later, is er nog maar een dun bandje overgebleven. Ik vraag me af of de ring het redt tot hun dood. Omdat ik daar niet aan zou moeten denken, druk ik de gedachte maar snel weg. Ook weer typisch iets voor mij om af te dwalen op een cruciaal moment. Het zal een overlevingsstrategie zijn.

'Papa is niet je biologische vader,' zegt mijn moeder. Mijn vader kijkt nog steeds niet op. Alsof hij degene is die zich hiervoor moet schamen.

'Dat had ik al begrepen, ja,' zeg ik stijfjes.

'Nou, dan weet je het dus.'

Het lijkt er een tijdje op dat niemand meer iets gaat zeggen. Misschien zitten mijn ouders zelfs te wachten tot ik weer wegga, zodat ze het kunnen vergeten en door kunnen gaan met hun schijnheilige leven. Ik moet doorzetten nu. Niet alleen omdat ik zelf wil weten hoe het zit, maar ook omdat het moet van Mirjam.

'Had je een affaire met Johan Kouwenhoven?' vraag ik.

Mijn ouders wisselen een gekwelde blik. 'Ja,' zegt mijn moeder dan. 'Ik werd verliefd op hem. Het heeft niet lang geduurd. En het was nooit de bedoeling dat ik...'

'Waarom hebben jullie me dat nooit verteld?'

'We vonden het niet nodig. We hebben alles destijds uitgepraat en alles is vergeven. Ik weet dat je dit niet wilt horen, maar als Jezus al onze zonden in de diepste zee heeft geworpen, wat moet jij dan nog met deze informatie? Wat verandert er daadwerkelijk voor jou?'

'Nou, alles,' zeg ik. 'Alles. Want ik heb altijd gevoeld dat er iets niet klopte. Zoiets speel je niet weg. Toch, papa?'

Mijn vader kijkt nog steeds niet op. En zegt ook niks.

'Het was niet makkelijk voor je vader. We hebben een flinke crisis doorgemaakt, maar gelukkig heeft papa het in zijn hart gevonden om mij te vergeven...'

'Ik vroeg het aan papa,' zeg ik.

Voor het eerst kijkt mijn vader me aan. 'Het was heel moeilijk,' zegt hij.

'Dat snap ik,' zeg ik. 'Ik zou het ook kunnen begrijpen als je eigenlijk liever had gehad dat ik er niet was. Is dat het geval?'

'Ruth,' zegt mijn moeder. 'Zoiets zeg je toch niet? Ieder mens is even waardevol in de ogen van God.'

'Dat klopt,' zegt mijn vader. 'Ik heb het heel moeilijk gevonden om je te accepteren.' Hij praat zachtjes, zijn ogen alweer op zijn trouwring gericht.

'En hoe zit het met mijn naam? Tabitha. Waarom herinner ik me dat ik zo heette?'

Mijn ouders kijken allebei weg.

'Vertel me alsjeblieft hoe het zit,' zeg ik.

'De overleden dochter van Johan...' begint mijn moeder. 'Hij vond het een fijn idee als jij die naam zou krijgen.'

'Wist jij dat, papa? Wist jij dat ik naar háár was vernoemd?'

Mijn vader geeft geen antwoord. Dat zegt genoeg.

'Eerst blijkt dat je vrouw is vreemdgegaan, met de voorganger nota bene, en dan is ze nog zwanger ook, en dan vernoemt ze het kind naar het kindje van haar minnaar.'

'Johan was niet mijn minnaar,' zegt mijn moeder snel. 'Probeer het te begrijpen, Ruth...'

'Kathelijne,' onderbreek ik haar.

'Ik was jong...' gaat mijn moeder onverstoorbaar verder, 'ik was net tot het geloof gekomen en Johan wees mij de weg. Alleen...' Ze kijkt naar haar handen. 'De geest is gewillig, maar het vlees is zwak.'

'Mattheüs 26 vers 41,' zeg ik automatisch. 'En papa dan?'

'Ik ben heel blij dat papa mij heeft willen vergeven.'

'Ja, dat zei je net ook al. Dat papa je heeft vergeven. Dat Jezus je heeft vergeven... Was dat niet genoeg? Waarom moest je mij naar de overleden dochter van Johan vernoemen?'

'Johan heeft altijd het beste met jou voorgehad. Hij zag jou als een geschenk van God.' De toon van mijn moeder is verwijtend. Ik vraag me af waarom. 'Hij wilde heel graag een band met jou opbouwen. Niet als jouw vader natuurlijk, want die rol heeft papa op zich genomen, maar wel als een soort peetvader. En daarom ben jij naar Tabitha vernoemd.'

'Maar dat is toch vreselijk voor jou, papa. Heb je weleens...'

Ik moet iets wegslikken om dit aan hem te vragen. Eigenlijk wil ik gewoon naar huis nu. Maar dan denk ik aan jou, beste lezer, en weet ik dat ik dit tot een bevredigend einde moet brengen. 'Ik kan me herinneren dat jij ooit hebt geprobeerd mijn keel dicht te drukken. Klopt dat?'

Mijn vader antwoordt niet. Ik meen te zien dat hij zich schaamt. Zelfs mijn moeder houdt haar mond.

'Luister, ik ben niet boos op je, ik ga niets met deze informatie doen, ik wil alleen maar weten of mijn herinnering klopt. Ik lag in mijn bedje, je kwam binnen en ik voelde dat je wenste dat ik er niet meer zou zijn.' Terwijl ik dit vertel, slaat mijn keel helemaal dicht. Ik slik, maar het dikke gevoel in mijn strot laat zich niet verjagen. Dus ga ik verder op fluistertoon: 'Je kwam binnen en kneep mijn keel dicht. Klopt dat?'

'Wat is dit voor klinkklare onzin!' roept mijn moeder met schrille stem.

Mijn vader heft zijn hand op. 'Ruth heeft recht op de waarheid.'

'Kathelijne,' zeg ik. 'Ik zou het heel erg op prijs stellen als jullie me bij mijn naam willen noemen. Aangezien ik eigenlijk ook niet echt Ruth heet.'

Mijn ouders kijken elkaar even aan. Een blik van mensen die al veel hebben doorstaan. 'Goed, Kathelijne,' zegt mijn vader vermoeid. Hij ziet er zo oud en kwetsbaar uit dat ik zou willen opstaan en hem zou willen omhelzen. Maar ik weet dat dat niet kan. Omdat het nooit heeft gekund. Omdat ik altijd heb gevoeld dat er een drempel tussen hem en mij zat die hij met moeite en slechts gedeeltelijk kon overbruggen.

'Hoe zit het nou, papa?' vraag ik. Of liever: smeek ik. Al is dat een lelijk woord en als ik een potentiële lezer was en ik stond in de boekhandel en ik zou deze bladzijde openslaan en dit woord zien, dan zou ik op basis hiervan besluiten dit boek niet te kopen. Maar goed, ik neem aan, lieve lezer, dat als je zover bent gekomen, je me dit woord zult vergeven. Want het klopt wel: ik smeek. Ik ben zo moe van dit hele verhaal, moe van mijn hele leven waarin alles anders blijkt te zijn dan ik dacht, dat ik alleen nog maar wil weten hoe het nou echt zit en daarna onder de dekens wil kruipen en een paar maanden wil slapen.

Mijn vader haalt diep adem en zegt: 'Dat klopt. Ik ben een keer mijn zelfbeheersing verloren.'

27

Ik herken het handschrift van mijn moeder meteen. Kleine, precieze letters die weinig plaats innemen op de envelop. Ik sta er een tijdje mee in mijn handen. Er lijkt een kaartje in te zitten.

Ik neem hem mee naar boven, maak eerst een fles witte wijn open, al kom ik net bij de sportschool vandaan. Dit lijkt me zo'n moment dat niet zonder drank kan plaatsvinden. Het is een van de dure flessen die Michiel in de koelkast heeft achtergelaten. Verdomd lekkere wijn, dat moet gezegd. Vol, houtachtig, maar toch op een bepaalde manier verfijnd. Als Michiel hier was geweest, had hij de wijn eerst driehonderd keer door zijn glas laten walsen, om vervolgens slurpend de eerste slok te nemen en dan tevreden te zuchten. Maar Michiel hoeft hier niet meer te komen.

Ik ga met het glas en de kaart op de bank zitten, neem een slok en maak dan de envelop open. Er zit een geboortekaartje in, gedrukt op geel papier. Een beetje bruin aan de randen. Op de voorkant staat een pentekening van een baby.

Ik vouw het kaartje open. Er valt een gevouwen A4'tje uit dat ik straks zal bekijken.

EEN GROOT GESCHENK VAN GOD!

GEGEVEN AAN ONS OP 8 AUGUSTUS 1983:

TABITHA RUTH HASSELAAR

Ik heb me nooit afgevraagd of er een geboortekaartje van mij was. En als ik er al ooit een gedachte aan heb gewijd, dan zal ik vast tot de conclusie zijn gekomen dat mijn ouders daar geen geld voor hadden.

Ik vouw het papier open. Het is een uittreksel van de rechtbank waarin staat dat mijn eerste naam voor de wet is komen te vervallen. Het dateert van een klein jaar na mijn geboorte. Mijn moeder heeft met een zwarte pen op het papier geschreven, zo net naast de adresgegevens. '*Papa wilde het zo.*'

Ik neem nog maar een slok wijn. De alcohol stijgt nu al naar mijn hoofd. Drinken vlak na het sporten is nooit een goed idee.

Dan vouw ik de brief weer op, stop hem terug in het geboortekaartje en leg hem in de gevouwen handen van het Boeddhabeeld op de schoorsteenmantel. Maar dan vind ik dat zo kitscherig van mezelf*, dat ik hem weer terugpak. Waar zal ik dit relikwie laten? Het lijkt opeens van groot belang dat ik er de juiste plek voor vind. Dan loop ik naar de slaapkamer en leg het in de lade van mijn nachtkastje. Samen met mijn notitieblok. Ik hoef er niet meer naar te kijken, maar ik weet dat het er is.

En dan: het einde. Hoe sluit je een boek op een goede manier af? Ikzelf hou er niet van als alles tot op het bot is uitgekauwd. En gezien ik al hard genoeg heb gewerkt voor deze interactie tussen ons, lezer en schrijver, vind ik dat jij best nog even mag nadenken over hoe de tandwieltjes van het grote geheel in elkaar vallen.

* En Harold vindt dat ook. Héél soms zijn we het met elkaar eens.

Ook mag je mij inmiddels officieel irritant vinden, op internet zeggen dat dit geen échte thriller is* en het één ster geven op bol.com omdat er te veel expliciete seks in zit (al valt dat best mee). Als je maar niet mijn boeken illegaal gaat downloaden. Dat is het enige wat ik je echt kwalijk zal nemen.

Ik zal hierna voorlopig geen boeken meer schrijven. Ik heb gezegd wat ik wilde zeggen. En na jaren uit mijn creatieve bron te hebben geput, ben ik uitgeput. (Ha! Op de valreep nog een lelijke metafoor!) Ik wil niet meer hele dagen in eenzaamheid achter een beeldscherm doorbrengen. Ik wil niet meer stressen omdat ik weet dat ik kalm en gefocust moet zijn om goed te kunnen schrijven en in paniek raken alleen al bij de gedachte dat iets die concentratie zou kunnen verstoren.

Ik weet nu wie ik ben. Ik ben Kathelijne Hasselaar, niet omdat ik zo geboren ben, niet omdat het op het omslag van mijn boeken staat, maar omdat ik voel dat ik haar ben. Ik wil niets groots en meeslepends meer, maar to-dolijstjes afwerken, nieuwe dingen leren, mensen om mij heen.

Dus dit wordt (voorlopig) mijn laatste zin. Die moet bij voorkeur een rond geheel vormen met de eerste. Want ook daar herken je een goede schrijver aan. Helaas is ook dát me niet gelukt. Maar ik heb je wel iets anders te zeggen, lieve lezer: dank je wel. Je bent goed voor me geweest. Ik zal je gifgroene vierkante bril missen.

* Dit is dan ook geen thriller, het is een literaire thriller. En om de aloude discussie maar weer eens aan te zwengelen, deze benaming heeft niets met de kwaliteit van het boek te maken, maar is een genreaanduiding. 'Literaire thriller' wil zeggen dat een boek tussen het klassieke thrillergenre en een roman in zit. Niets meer en niets minder. Daarom kan ook een kutboek nog steeds een literaire thriller zijn. Capisce?

Dank aan:

Jelleke Cremers
Raymond Leta
Denise Larsen
voor het meelezen

Malon Hamoen
voor je herinneringen

Nadja Dubislav
Jiri Dubislav
voor het tolereren van de vele
Marqt-kant-en-klaarmaaltijden